U.G.E.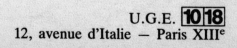
12, avenue d'Italie — Paris XIIIᵉ

LE CHAT
QUI PARLAIT
AUX FANTÔMES

PAR

LILIAN JACKSON BRAUN

Traduit de l'anglais
par Marie-Louise NAVARRO

INÉDIT

« *Grands Détectives* »
dirigé par Jean-Claude Zylberstein

Si vous désirez être régulièrement tenu au courant
de nos publications, écrivez-nous :
Editions 10/18
12, avenue d'Italie
75627 Paris Cedex 13

Titre original :
The Cat Who Talked to Ghosts

CHAPITRE PREMIER

Jim Qwilleran est un homme riche. Le plus riche du comté de Moose pour être précis. Comme chacun sait, le comté de Moose prétend être à six cents kilomètres au nord de partout; avant-poste rocailleux à une distance confortable du crime, de la circulation, de la pollution et des centres urbains surpeuplés du Sud. Les autochtones font d'ailleurs montre d'un chauvinisme certain et parlent avec beaucoup de mépris de ce qu'ils appellent « le Pays d'En-Bas ».

Avant que Qwilleran n'ait hérité de cette fabuleuse fortune, il a été pendant plus de vingt-cinq ans journaliste au Pays d'En-Bas, spécialiste des enquêtes criminelles pour les principaux journaux du pays. Son nom, écrit avec le peu conventionnel QW, ainsi que sa photographie étaient connus de millions de lecteurs. Puis, à l'âge difficile de cinquante ans, il a hérité de la fortune Klingenschoen et s'est retiré dans le comté de Moose.

Depuis, il vit fort simplement dans la ville de Pickax, siège du comté — population 3 000 âmes —, partage son modeste appartement de célibataire avec deux chats siamois, écrit une chronique pour le journal local, conduit une voiture à faible consommation d'essence et sort avec la bibliothécaire de la ville. Il semble ignorer qu'il possède la moitié du comté de Moose et des biens importants dans le New Jersey.

Ce grand et bel homme, portant une grosse moustache, se promène souvent dans Pickax à bicyclette et fréquente un vieux bouquiniste. Il lit beaucoup et, bien que son regard mélancolique et la courbe tombante de sa moustache lui donnent l'air triste, il mène une vie satisfaisante.

Il n'est pas surprenant que Qwilleran ait conservé le même intérêt pour les enquêtes criminelles. Il possède une curiosité naturelle et un cynisme inhérent à tout journaliste, qui le poussent à flairer les méfaits comme un chat une souris. Récemment, ses soupçons lui ont fait découvrir un crime après un événement que tout le monde acceptait comme un coup du sort. Les circonstances initiales seront mieux relatées en lui laissant la parole, grâce à la cassette enregistrée peu après ce trajet en automobile qu'il a effectué à minuit passé, en direction de North Middle Hummock.

Je savais que le téléphone allait sonner. Je le sus dix bonnes secondes avant qu'il ne vînt interrompre le premier acte d'*Otello*. C'était un dimanche soir, au début du mois d'octobre. J'étais en pyjama, détendu et j'écoutais la cassette de l'opéra que Polly Duncan avait ramenée d'Angleterre. Les siamois, eux aussi, étaient détendus, sans nécessairement écouter la musique. Koko était assis sur la table basse. Il se tenait très droit en se balançant légèrement, avec une expression vague au fond de ses yeux bleus bridés. Yom Yom était enroulée sur mes genoux, une patte repliée autour des oreilles, commentaire félin implicite sur Verdi, sans doute. Je ne suis pas grand amateur d'opéra moi-même, mais Polly s'efforce de me convaincre d'en écouter et je reconnais que cet *Otello* de Verdi est une œuvre puissante.

Soudain, au cours de la scène de bagarre entre ivrognes, le corps de Yom Yom se raidit, ses pattes se contractèrent. Au même instant, Koko ouvrit les yeux tout grands et ses oreilles pointèrent en direction du téléphone. Dix secondes plus tard, celui-ci se mit à carillonner. Je consultai ma montre. A Pickax, peu de gens se hasardent à téléphoner après minuit.

— Oui? dis-je, avec brusquerie, m'attendant à entendre une voix confuse demander à parler à Doreen, Nadine ou Caroline, sur fond de brouhaha de bar. Ou bien le correspondant pouvait déclarer sèchement : « Qui est là? » Dans ce cas, je dirais avec hauteur : « Qui demandez-vous, monsieur? » et il raccrocherait aussitôt, sans la moindre explication. De toutes les phrases de quatre mots que je connais, la plus expéditive pour interrompre ce genre d'appel est : « Qui êtes-vous, monsieur? »

Cependant, ce n'était pas un homme qui appelait. Je crus reconnaître Iris Cobb, bien que sa voix habituellement joyeuse fût teintée d'un frémissement qui m'inquiéta.

— Je suis navrée de vous déranger aussi tard, Mr. Q., mais je suis bouleversée...

— Que se passe-t-il?

— J'entends... j'entends des bruits étranges dans la maison, dit-elle dans un soupir.

Mrs. Cobb vivait seule dans une vieille ferme de campagne transformée en musée. Les bruits y sont des facteurs communs et le moindre son s'amplifie, la nuit. Les ronflements d'un chauffage central ou les crissements d'une pompe électrique, par exemple, peuvent être énervants, surtout s'ils se répètent, ou encore un volet mal fermé qui bat contre le mur peut affoler une personne sensible.

— Cela ne pourrait-il être un problème mécanique ou quelque chose d'extérieur? demandai-je.

— Non, non, pas du tout, dit-elle, d'un ton distrait, comme si elle écoutait autre chose. Tenez! Voilà que cela recommence!

— Quel genre de bruit entendez-vous?

Ma curiosité était maintenant éveillée. Elle hésita avant de me répondre avec une sorte de timidité :

— C'est effrayant... presque... surnaturel.

Comment convenait-il de réagir? Mrs. Cobb avait toujours trouvé amusant de prétendre que toutes les vieilles maisons possédaient leur fantôme, mais aujourd'hui, sa voix exprimait la plus profonde horreur.

— Pouvez-vous me décrire ce bruit de façon plus précise?

— On dirait quelqu'un qui frappe sur les murs... ou que l'on gratte... avec une sorte de gémissement et parfois un cri.

Je caressais machinalement ma moustache qui se hérisse toujours dans des moments pareils. Nous étions au mois d'octobre et dans le comté de Moose, on aime parfois célébrer pendant tout un mois Halloween; cette fête remontant au temps des druides a lieu la veille de la Toussaint et donne naissance à des plaisanteries sur les fantômes et les esprits. Déjà on voyait des potirons suspendus à toutes les portes et des draps blancs pendaient à des branches d'arbres. Les plaisantins pouvaient commencer leurs facéties plus tôt — peut-être quelques jeunes venant de la ville proche de Chipmunk, tristement célèbre pour ses voyous.

— Vous devriez appeler la police, conseillai-je avec calme. Dites que vous soupçonnez des rôdeurs.

— Je l'ai fait avant-hier soir et pendant que le shérif était là avec ses hommes, tout a été tranquille. Ce fut très embarrassant.

— Depuis combien de temps ce genre de phénomène se produit-il? Je veux dire, quand avez-vous entendu ces bruits mystérieux pour la première fois?

— Il y a environ deux semaines. D'abord ce n'était que des sortes de coups, pas très forts et de temps en temps.

Sa voix était mieux contrôlée, maintenant, et je pensai que la meilleure façon de l'aider était de continuer la conversation. Elle pourrait ainsi se débarrasser de ses frayeurs.

— Avez-vous parlé de cette situation autour de vous? dis-je.

— Eh bien, oui, je l'ai exposée aux gens qui vivent au bout du chemin, mais ils ne m'ont pas prise au sérieux.

— Et si vous en disiez un mot à Larry ou à Mr. Tibbitt?

— Je préférerais ne pas le faire...

— Pourquoi donc?

— Eh bien, le jour, quand le soleil brille, je me sens un peu sotte. Je ne voudrais pas qu'ils s'imaginent que je perds la tête.

C'était compréhensible.

— Je suppose que vous laissez les lampes extérieures éclairées, après la tombée de la nuit?

— Oh! oui, toujours! Et je surveille ce qui se passe dehors, mais je ne vois jamais rien d'anormal. Du reste, les bruits semblent venir de l'intérieur de la maison.

— Je reconnais que c'est une situation inquiétante, Mrs. Cobb, déclarais-je en m'efforçant de paraître concerné, sans être alarmiste. Pourquoi ne sauteriez-vous pas dans votre voiture pour aller passer la nuit chez Susan, au Village Indien? Nous ferons des recherches, demain matin. Il doit y avoir une explication logique.

— Oh! non, je ne pourrais jamais! s'écria-t-elle,

avec une intonation terrifiée. Ma voiture est dans la grange, j'ai bien trop peur pour aller jusque-là! Oh! mon Dieu, Mr. Q., que vais-je devenir? Ah! Seigneur, voilà que cela recommence!... Oh!

Sa phrase se termina par un cri perçant qui me donna la chair de poule.

— Oh! mon Dieu, je vois quelque chose s'agiter, là, juste devant la fenêtre!

— Ressaisissez-vous, Mrs. Cobb, dis-je d'un ton ferme. Écoutez-moi, je vais venir vous chercher pour vous conduire au Village Indien. Téléphonez à Susan et dites-lui que nous arrivons. Préparez une valise pour la nuit et buvez une tasse de lait bien chaud. A tout de suite.

J'enfilai un pantalon et un pull-over sur mon pyjama, saisis les clés de la voiture, une veste et sortis en courant, butant presque sur l'un des chats qui se trouvait sur mon passage. Mrs. Cobb avait un problème de santé et ces bruits pouvaient être imaginaires, le résultat de la prise d'un médicament, par exemple, mais ils n'en étaient pas moins inquiétants.

La ferme de North Middle Hummock était à quarante-cinq kilomètres de chez moi. Je fis le trajet en vingt minutes. Heureusement, il n'y avait pas de circulation. C'était un dimanche soir et tout le comté de Moose était à la maison, endormi devant le poste de télévision.

Les vieux pavés de la grande rue, humides après une récente ondée, brillaient comme une scène de nuit dans un film à suspens. Je traversai le centre de Pickax à cent kilomètres à l'heure et brûlai le seul feu rouge de la ville.

Ensuite il n'y avait plus d'éclairage et il faisait sombre sur ces routes de campagne. Cela avait été une région minière au XIXe siècle. Maintenant la route nationale est bordée de mines abandonnées, de puits effondrés avec des panneaux annonçant « Attention, danger », mais par cette nuit sans lune, tout disparaissait dans l'obscurité.

Je roulai avec mes phares allumés et suivis la ligne jaune, je passai devant *TristeDale Dîner*, une étape solitaire qui restait ouverte toute la nuit. Les lumières qui luisaient faiblement à travers les vitres sales me permirent d'identifier le carrefour où je devais tourner dans Ittibittiwassee Road. La route devenait droite et plate. Je poussai le moteur jusqu'à cent trente kilomètres à l'heure.

Au-delà du Vieux Pont de Bois, la route était sinueuse et vallonnée et je redescendis à cent kilomètres en pensant à la femme qui comptait sur moi, ce soir. La pauvre Mrs. Cobb avait eu plus que son compte de tragédies. Quelques années plus tôt, alors que j'habitais au Pays d'En-Bas et écrivais des articles pour le *Daily Fluxion*, elle avait été ma propriétaire. J'avais loué un appartement meublé au-dessus de sa boutique d'antiquaire dans un quartier mal famé de la ville. Après le meurtre de son mari, elle avait vendu le magasin et était venue à Pickax où elle avait travaillé comme expert au musée. Maintenant, elle était directrice du musée Goodwinter, installé dans une vieille ferme où elle avait également un logement de fonction. Il n'était pas surprenant qu'elle m'ait téléphoné en se sentant en danger. Nous étions de vieux amis, bien que, d'une manière un peu cérémonieuse, nous nous appelions mutuellement « Mrs. Cobb » et « Mr. Q. ». Je la soupçonnais parfois de souhaiter des relations plus intimes, mais elle n'était pas mon type de femme. Je l'admirais pour ses qualités de femme d'affaires, d'expert en meubles anciens, mais elle se montrait facilement sentimentale avec les hommes et pouvait devenir encombrante. C'était aussi une remarquable cuisinière et je reconnais que j'appréciais

13

son rôti en cocotte et son gâteau à la noix de coco. Quant aux siamois, ils auraient commis un meurtre pour son pâté en croûte.

Je roulais donc à toute allure vers North Middle Hummock, en pyjama, au secours de cette pauvre femme en détresse. Pendant un bref instant, l'idée me traversa l'esprit que cet appel téléphonique en catastrophe, au milieu de la nuit, était peut-être un moyen de m'attirer près d'elle. Depuis que j'ai hérité de cette maudite fortune Klingenschoen, je me méfie des femmes. Et depuis que Mrs. Cobb est arrivée à Pickax, avec sa camionnette de livres de cuisine et son attitude d'adoration, je me tiens sur mes gardes. J'apprécie un bon repas et je l'ai toujours considérée comme une remarquable cuisinière, mais elle porte trop de rose pour mon goût et trop de fanfreluches, sans parler de ses lunettes à monture ornée de pierres du Rhin. Au surplus, j'ai une liaison avec Polly Duncan qui est intelligente, cultivée, stimulante, affectueuse et... jalouse !

Chercher North Middle Hummock dans le noir était littéralement aller à l'aveuglette. Cela avait été une communauté prospère naguère, lorsque les mines fonctionnaient, mais le désastre économique qui avait suivi la Première Guerre mondiale l'avait réduite à l'état de ville fantôme : un tas de décombres envahi par les mauvaises herbes et finalement invisible. Par une nuit sans lune, sans réverbère et sans le moindre poteau indicateur, tous les arbres et les buissons se ressemblaient. Finalement mes phares éclairèrent la barrière de la ferme Fugtree et je saluai mentalement cette peinture blanche qui me permettait de me repérer. Après un autre passage sombre, il y avait un cottage peint en blanc, une lumière brillait à une fenêtre. Quelqu'un regardait la télévision. Ce cottage marquait l'entrée de Black Creek Lane et au bout du

14

sentier se dressait la ferme Goodwinter. Je me sentis soulagé.

Mrs. Cobb avait hérité la ferme historique Goodwinter de Herb Hackpole, son troisième mari, après une très courte union. Elle avait immédiatement vendu la ferme à la Société d'Histoire afin de la transformer en musée, pour la somme symbolique de un dollar. Elle était ce genre de personne, spontanée, au grand cœur, incroyablement généreuse.

En roulant sur l'allée couverte de gravier, je remarquai que la cour de la ferme Goodwinter était plongée dans l'ombre. Les coupures de courant sont fréquentes dans le comté de Moose... et cependant je me souvenais avoir vu de la lumière à la ferme Fugtree et quelqu'un regardait la télévision dans le cottage, à l'entrée du sentier. J'éprouvai une sensation désagréable sur ma lèvre supérieure.

Je fis le tour de la cour pour venir me garer devant l'entrée de l'appartement de Mrs. Cobb, laissai les phares allumés et pris ma torche électrique. D'abord, je fis retomber deux fois le heurtoir en cuivre sur la porte. N'obtenant pas de réponse, j'essayai la poignée. Je ne fus pas surpris de constater que la porte n'était pas fermée. C'est la coutume dans le comté de Moose. Je fis courir le faisceau de la lampe dans le hall et aperçus un interrupteur électrique. Je le pressai par acquit de conscience, car je pensais encore qu'il devait y avoir une coupure de courant. Quatre chandeliers électriques s'allumèrent sur les murs.

— Mrs. Cobb ! appelai-je. C'est Qwilleran !

Il n'y eut pas de réponse. Pas plus qu'il n'y eut de grincements, de craquements ou de gémissements et certainement aucun cri. En fait, il régnait un silence impressionnant. Sur la gauche un passage voûté conduisait au salon et son ameublement ancien fut éclairé dès que j'eus trouvé l'interrupteur. Pourquoi, me demandai-je, cette femme effrayée avait-elle éteint toutes les lampes ? Les racines de mes moustaches me lançaient des signaux alarmants. Parfois, je souhaiterais être moins sensible à ce phénomène.

De l'autre côté du hall, la porte de la chambre était ouverte. Sur le lit, il y avait une valise à demi garnie de linge de nuit. La porte de la salle de bains était fermée.

— Mrs. Cobb ! appelai-je encore.

Avec quelque appréhension, j'ouvris la porte de la salle de bains et poussai la conscience jusqu'à écarter le rideau de la douche.

L'appelant toujours, je revins sur mes pas pour gagner la cuisine à l'ancienne mode avec sa cheminée, sa grande table en chêne, ses placards en pin, puis je donnais la lumière et au même moment, mon instinct me dit ce que j'allais trouver. Il y avait un pot de lait sur la table de la cuisine et sur le sol était étendue une femme vêtue d'une jupe et d'un pull-over roses, les yeux fixes ; le visage rond douloureusement contracté ne donnait aucun signe de vie.

CHAPITRE DEUX

Lorsque Qwilleran découvrit le corps sans vie de Mrs. Cobb, il éprouva plus de chagrin que de véritable choc. Il avait appréhendé le pire dès qu'il était sorti du sentier et avait vu la ferme dans l'obscurité. En regardant la silhouette vêtue de rose — rose jusqu'à son dernier jour! — il frotta sa moustache avec son poing, partagé entre la tristesse et la colère. Il était impensable que cette charmante femme disparût ainsi dans la fleur de l'âge, au sommet de sa carrière, alors qu'elle était si heureuse! Elle avait gagné l'admiration de la communauté. Son dernier mari l'avait laissée bien pourvue financièrement et à l'âge de cinquante-cinq ans, elle était grand-mère pour la première fois. Mais, se souvint-il, le destin ne frappait jamais au bon moment.

Avisant le téléphone de la cuisine, il composa le numéro de la police et fit part de la nouvelle, sans émotion, établissant seulement les faits, avec les quelques détails nécessaires. Le téléphone était posé sur une relique d'une vieille école : un bureau fixé sur un socle métallique avec un banc en bois et une tablette qui se soulevait. La partie supérieure du bureau était garnie de rainures pour les plumes et les crayons et d'un creux pour l'encrier. La tablette était gravée de plusieurs générations d'initiales. Sur le bureau se trou-

17

vait également un carnet alphabétique contenant des numéros de téléphone. Il était ouvert à la lettre E. Qwilleran appela Susan Exbridge, au Village Indien. Elle répondit à la première sonnerie.

— Susan, c'est Qwill, dit-il. Iris vous a-t-elle appelée il y a un moment ?

— Oui. La pauvre était complètement affolée pour une raison que j'ai mal saisie. Elle s'est montrée presque incohérente, mais j'ai cru comprendre que vous deviez aller la chercher pour la conduire passer la nuit ici. Je suis en train de mettre des draps roses dans la chambre d'amis.

— Tel était le projet. Je suis à la ferme. Iris ne viendra pas.

— Pourquoi ? Qu'est-il arrivé ?

— Je l'ai trouvée étendue sur le sol de la cuisine. Elle ne respirait plus. J'ai appelé la police.

Susan se mit à pleurer.

— Oh! Qwill, c'est terrible! C'est épouvantable! Qu'allons-nous devenir sans elle ? Je suis anéantie!

Susan avait tendance à la dramatisation, mais elle avait aussi des raisons personnelles pour se sentir touchée. Les deux femmes étaient associées dans une entreprise à Pickax et les lettres dorées venaient juste d'être peintes sur la vitrine : « EXBRIDGE ET COBB, Magasin d'antiquités. » L'ouverture était prévue pour le samedi suivant.

— Nous en reparlerons demain, Susan, dit Qwilleran. Le shérif va arriver d'un moment à l'autre.

— Puis-je faire quelque chose ?

— Reposez-vous et préparez-vous pour une journée chargée, demain. Je vais appeler Larry et je suis sûr qu'il aura besoin de votre aide pour toutes les dispositions à prendre.

Larry Lanspeak était président de la Société d'Histoire et président du Conseil d'administration du musée Goodwinter, tout en étant, par ailleurs, propriétaire des grands magasins de Pickax. Aussi bien comme homme d'affaires que comme acteur de talent au Club théâtral de Pickax, il apportait une énergie sans bornes à tout ce qu'il entreprenait.

Qwilleran composa le numéro de téléphone de la maison des Lanspeak, dans la banlieue élégante de West Middle Hummock, et bien qu'il fût près de 2 heures du matin, Larry répondit au téléphone d'une voix aussi claire que s'il avait été midi.

— Larry, c'est Qwill. Navré de vous déranger. Nous avons des ennuis. Je vous appelle du musée. Iris m'a appelé il y a une heure. Elle était dans un état de frayeur indescriptible et je me suis précipité ici. Vous êtes au courant de l'état de son cœur, n'est-ce pas ? Je suis arrivé trop tard. Je l'ai trouvée morte sur le sol de la cuisine. J'ai appelé la police.

Il y eut un silence prolongé à l'autre bout de la ligne.

— Larry ?

D'une voix caverneuse, Larry répondit :

— Ce n'est pas possible ! Nous avons besoin d'elle et elle était bien trop jeune pour s'en aller ainsi !

— Elle avait notre âge, dit Qwilleran, d'un ton morose.

— Je m'habille et j'arrive aussi vite que possible. Seigneur ! Quelle triste nouvelle ! Carol va être effondrée !

Qwilleran éclaira les lampes de la cour et éteignit ses propres phares juste au moment où la voiture du shérif débouchait dans l'allée. Un jeune officier de police portant un chapeau à larges bords descendit du véhicule.

— Quelqu'un a rapporté une mort subite.

— Il s'agit de Mrs. Cobb, la conservatrice du musée. Elle m'a téléphoné dans un état de panique et je suis venu voir si je pouvais l'aider. Je suis Jim Qwilleran, de Pickax.

Le policier inclina la tête. Tout le monde connaissait cette grosse moustache qui appartenait à l'homme le plus riche du comté.

Ils entrèrent dans l'appartement et Qwilleran se dirigea vers la cuisine.

— L'ambulance est en route, dit le policier. Le corps sera transporté à l'hôpital. Le médecin légiste devra signer le permis d'inhumer.

— Il faudra peut-être le témoignage du docteur Halifax. Il la suivait pour des problèmes cardiaques.

Le policier acquiesça en prenant des notes pour son rapport. Qwilleran expliqua :

— Mrs. Cobb m'a appelé parce qu'elle entendait des bruits étranges et qu'elle avait peur de rester seule ici.

— Elle nous a téléphoné, il y a deux jours. J'ai contrôlé partout, mais je n'ai rien trouvé d'anormal. Pas de trace de rôdeurs dans les environs. Êtes-vous un parent ?

— Non. Elle a un fils qui vit à Saint Louis. Il décidera ce que nous devons faire. Je vais lui téléphoner pour le prévenir.

A ce moment l'ambulance arriva et deux silencieux brancardiers emportèrent le corps revêtu de rose de celle qui avait séduit la communauté par sa générosité, sa personnalité joviale et sa connaissance encyclopédique des antiquités. « Sans parler de la qualité de sa cuisine », pensa Qwilleran. Chaque fois qu'il y avait une fête de charité ou une réunion publique, Mrs. Cobb passait la nuit à préparer des pâtisseries. Non seulement des tuiles au chocolat, des sablés, des meringues, des croissants aux amandes, mais bien d'autres gourmandises encore. Assez ironiquement, la plupart des citoyens du comté de Moose se souviendraient de Mrs. Cobb surtout pour ses friandises.

Qwilleran feuilleta le carnet d'adresses, à la

recherche du numéro de téléphone de son fils. Malheureusement, il était incapable de se rappeler le nom du jeune homme. Il avait le vague souvenir qu'il s'appelait Dennis. Son nom de famille n'était pas Cobb, car il était le fils du premier mari d'Iris, c'était un nom qui sonnait comme Gough, prononcé Goff... ou encore Lough, prononcé Luff ou Keough, prononcé Kyow. A la lettre H, il trouva un numéro à Saint Louis et il le composa. Une voix d'homme ensommeillé répondit.

Plus d'une fois, Qwilleran avait été appelé à prévenir un parent d'un décès et il le faisait avec sensibilité. Sa voix au timbre chaud et sa sympathie donnaient une impression de véritable compassion.

— Dennis? demanda-t-il, sur un ton sobre. Désolé de vous réveiller à cette heure. Je suis Jim Qwilleran, un ami de votre mère. Je vous appelle de North Middle Hummock...

Aussitôt le jeune homme fut alarmé :

— Que se passe-t-il? demanda-t-il.

— J'ai reçu un appel téléphonique d'Iris à minuit passé. Elle avait peur de se trouver seule à la ferme, aussi lui ai-je proposé de la conduire chez une amie...

— Qu'est-il arrivé? *Dites-moi ce qui est arrivé!*

— Je l'ai trouvée étendue sur le sol de la cuisine. Il ne fait aucun doute qu'elle a succombé à une crise cardiaque. Je suis navré de vous annoncer cette nouvelle, Dennis...

— Oh! mon Dieu! Je devais prendre l'avion pour venir la voir demain... je veux dire aujourd'hui. Son médecin me l'avait suggéré.

— C'est une grande perte pour nous tous. Elle s'était fait beaucoup d'amis ici et avait gagné l'estime de toute la communauté.

— Je le sais. Elle me disait dans ses lettres combien elle était heureuse. Pour la première fois de sa vie, elle avait l'impression d'appartenir à un milieu.

— Cela nous amène aux dispositions à prendre pour ses funérailles. Que devons-nous faire? La décision vous appartient, mais le Fonds Klingenschoen considérera comme un privilège de couvrir toutes les dépenses. Iris a-t-elle exprimé un vœu?

— Grand Dieu, non! Elle était trop occupée à vivre. Je ne sais que dire. Tout cela est tellement inattendu. Il faut que j'y réfléchisse et que j'en parle avec Cheryl.

— Rappelez-moi ici, au musée, dès que possible. L'hôpital attend vos instructions.

Après avoir reposé le récepteur, Qwilleran remarqua l'étagère de livres de cuisine contre le mur, un triste substitut aux trois douzaines de livres de cuisine reliés qu'elle avait perdus dans un désastreux incendie. Sur d'autres étagères divers objets anciens étaient disposés. Suspendus aux poutres, des ustensiles de cuisine en cuivre brillaient. Autour de la cheminée il y avait des ustensiles en fer forgé utilisés à une époque où l'on faisait la cuisine à la crémaillère. C'était un endroit chaleureux et amical. Mrs. Cobb adorait sa cuisine.

Distraitement, il feuilleta le carnet téléphonique où les numéros étaient inscrits en gros caractères, signe évident de sa vue déficiente. Le carnet contenait les numéros des aides bénévoles, mais aussi ceux de Kristi... Vince et Verona... qui pouvaient-ils être? Ainsi que le nom du docteur Halifax. Le numéro de son cabinet et celui de son domicile étaient notés. A Pickax, on pouvait appeler le médecin au milieu de la nuit. HB & B représentaient de toute évidence l'étude de notaire Hasselrich, Bennett et Barter. Sans doute s'étaient-ils occupés de son héritage et avaient-ils reçu son testament. Mrs. Cobb avait hérité une fortune importante de son dernier mari, bien qu'elle préférât ne pas porter son nom.

Pendant qu'il attendait, Qwilleran se promena dans l'appartement, à la recherche de signes sur les dernières minutes de sa vie. Dans la valise ouverte sur son lit se trouvaient une robe de chambre et des mules roses. Le pot à lait était toujours sur la table de la cuisine ; il le mit dans le réfrigérateur. Il y avait une tasse de lait chaud dans le four à micro-ondes. Il en vida le contenu dans l'évier et rinça la tasse.

La porte conduisant de la cuisine au musée n'était pas fermée à clé et il allait l'ouvrir quand le téléphone sonna. Il fut satisfait à l'idée que Dennis le rappelait aussi rapidement. Cependant la voix qu'il entendit était celle d'une femme.

— Je suis Kristi, de la ferme Fugtree, dit-elle. Iris va-t-elle bien ? J'ai vu une voiture de police et une ambulance aller chez elle.

— Je regrette de vous dire que Mrs. Cobb a succombé à une crise cardiaque.

— Oh ! Non ! Je suis désolée. Je savais qu'elle voyait le docteur Hal, mais je ne me doutais pas que c'était aussi sérieux. Êtes-vous Mr. Lanspeak ?

— Non, seulement un ami de Pickax.

— Comment est-ce arrivé ?

La voix était jeune et sympathique.

— Les détails seront dans le journal de demain, sans doute.

— Oh !... Eh bien, je suis désolée, vraiment, répéta-t-elle. J'étais assise près de mes petits malades, quand j'ai vu les lumières. C'est pourquoi j'ai appelé.

— Il n'y a pas de mal.

— Eh bien, merci. Quel est votre nom ?

— Jim Qwilleran.

La plupart des femmes auraient réagi avec un « Oh ! » excité en se rendant compte qu'elles parlaient au plus célèbre célibataire riche du comté, mais cette jeune personne se contenta de répondre :

— Mon nom est Kristi Waffle.

— C'est aimable à vous d'avoir appelé. Bonne nuit.

Il entendit arriver une voiture et sortit pour accueillir Larry Lanspeak. En dépit de son haut statut dans la société, Larry était un homme très simple. De taille moyenne, il avait des traits quelconques et donnait une impression anonyme qui lui permettait de se glisser dans un grand nombre de rôles, de façon convaincante, au Club théâtral.

Il entra dans l'appartement du pas étudié d'un homme qui souhaiterait être plus grand.

— Personne n'appréciera jamais tout ce que cette femme a fait pour notre communauté, dit-il, elle refusait d'être rémunérée. Nous ne retrouverons jamais quelqu'un qui l'égale pour la remplacer et...

Il fut interrompu par la sonnerie du téléphone.

— Ce doit être son fils qui appelle de Saint Louis, dit Qwilleran, mais il fronça les sourcils dès qu'il eut décroché en entendant les premiers mots :

— Allô, ici Vince Boswell, dit une voix nasillarde, j'appelle pour prendre des nouvelles d'Iris. Lui est-il arrivé quelque chose ? Ma femme et moi étions en train de regarder la télé, quand nous avons entendu l'ambulance.

Qwilleran répondit avec froideur :

— Je regrette de vous apprendre que Mrs. Cobb a eu une crise cardiaque qui lui a été fatale.

— Sans blague ? Quelle malchance ! dit la voix désagréable qui diminua de volume pour communiquer la nouvelle : Un type me dit qu'Iris a eu une crise cardiaque fatale, chérie.

Puis il cria dans l'appareil :

— Nous aimions bien Iris, ma femme et moi. Pouvons-nous faire quelque chose ?

Qwilleran tenait le récepteur à quelques centimètres de son oreille.

— Je ne le crois pas. Merci d'avoir appelé.

— Nous sommes tout près, si vous avez besoin d'aide au musée, n'hésitez pas à faire appel à moi.

— C'est fort aimable à vous, merci Mr. Bosworth.

— Boswell, corrigea l'autre, nous habitons le cottage au coin de la route. Larry Lanspeak est un de nos amis.

Qwilleran raccrocha et demanda :

— Qui est Boswell ?

— N'avez-vous jamais rencontré Vince Boswell et Verona ? Elle fait partie de nos volontaires et Vince répertorie les anciennes presses à imprimer qui sont dans la grange. Il écrit une histoire de l'imprimerie.

Qwilleran réfléchit. Le monde avait-il besoin d'un autre ouvrage sur l'imprimerie ?

— Où avez-vous trouvé ce type, Larry ?

— Il est arrivé de Pittsburgh.

« Il doit servir d'entraîneur à une équipe de base-ball », pensa Qwilleran.

— Vince a proposé de faire ce travail gratuitement, aussi lui avons-nous laissé la libre disposition du pavillon de gardien. Maintenant qu'Iris n'est plus là, il faudra que nous trouvions quelqu'un qui habite ici à demeure pour des raisons de sécurité. Je pense que Boswell pourrait éventuellement convenir de façon temporaire.

— Je serai disposé à m'installer ici jusqu'à ce que vous trouviez un résident permanent, dit Qwilleran.

— C'est fort aimable à vous, Qwill, mais je ne voudrais pas vous imposer un tel dérangement.

— Pas du tout. Je désirais passer quelque temps au musée, spécialement pour examiner la section des documents, afin de trouver des sujets de chroniques.

— Si vous êtes sérieux, vous nous tireriez une véritable épine du pied. Vous n'auriez pas à vous occuper du fonctionnement du musée. Il y a une ligne téléphonique indépendante et les volontaires ont leurs propres clés. Personne ne vous dérangera.

— J'aurai mes chats avec moi, naturellement, dit Qwilleran. Koko sera le surveillant en chef et Yom Yom s'est déjà distinguée en attrapant une souris au musée. Iris les avait invités, un soir, il y a quelque temps, et ils n'ont provoqué aucun dommage.

— Je ne m'inquiète pas à leur sujet, dit Larry, je sais qu'ils sont bien élevés ; ils pourront organiser un bal et inviter les chats du voisinage en se goinfrant de mulots.

— Ce sont des chats d'intérieur, répondit aussitôt Qwilleran, et je veille à ce qu'ils ne sortent pas.

Le téléphone sonna encore et cette fois c'était Dennis.

— Nous avons bien réfléchi Cheryl et moi, Mr. Qwilleran. Nous pensons que les funérailles et l'enterrement doivent avoir lieu là-bas où Mère avait tant d'amis. Je vais prendre l'avion comme j'en avais l'intention et entre-temps, je vous charge de toutes les dispositions que vous jugerez convenables. Mère parlait souvent de vous dans ses lettres. Je sais que vous avez été très bon pour elle.

— Je suis heureux que vous veniez, Dennis. J'irai vous attendre à l'aéroport et je vous retiendrai une chambre à l'hôtel de Pickax. Pardonnez-moi, mais je ne connais pas votre nom.

— C'est Hough. H-O-U-G-H, qui se prononce Huff.

— Prenez-vous le vol de 5 heures pour Minneapolis ?

— C'est exact... et, Mr. Qwilleran, j'aurais quelque chose à vous confier, quelque chose qui est arrivé à ma mère au cours des dernières semaines. C'est en rapport avec le musée. Elle était extrêmement perturbée.

Qwilleran tira sur sa moustache :

— Je souhaite certainement l'apprendre.

— Merci pour tout, Mr. Q. C'est ainsi que Mère vous appelait, n'est-ce pas ?

— La plupart des gens m'appellent Qwill. C'est ainsi qu'il faut faire, Dennis.

Tout en reposant lentement le récepteur, il se demanda ce qu'avait pu être le récent état d'esprit d'Iris. Ce devait être dû à ses médicaments.

— Quelle est la décision ? demanda Larry.

— Nous devons nous occuper de tout. Les funérailles et l'enterrement auront lieu ici. Je demanderai au Fonds Klingenschoen de couvrir les dépenses et je veux que tout soit exécuté dans les règles.

— Je suis entièrement d'accord. Nous ferons appel aux pompes funèbres Dingleberry et le service religieux sera célébré dans la Vieille Église de Pierre.

— Voulez-vous être assez aimable pour donner deux coups de téléphone pendant que je prépare une tasse de café ? demanda Qwilleran. Il faudrait prévenir la maison Dingleberry et l'hôpital. S'ils ont besoin du nom du plus proche parent, c'est son fils Dennis H-O-U-G-H, qui se prononce Huff. Puis j'appellerai la station de radio WPKX et le bureau de nuit du journal. Ils pourront publier un article en première page, demain et j'écrirai un éloge funèbre mardi.

Larry ajouta :

— Dites que le musée sera fermé toute la semaine.

Ils s'installèrent devant la table en chêne de la cuisine, en poussant sur le côté les bougies roses dans leur chandelier en opaline et servirent le café dans les tasses en majolique tout en prenant note des détails : les amis à inviter à la cérémonie, mardi soir, le service religieux qui aurait lieu à l'église le mercredi matin. En tant qu'ex-président de la Chambre de commerce, Larry était certain que tous les bureaux fermeraient le matin des funérailles. En tant que membre du Conseil des établissements scolaires, il demanderait aux écoles d'envoyer une délégation.

— Les cours élémentaires sont tous venus visiter le musée, dit-il, et Iris avait toujours des biscuits et des limonades à distribuer aux enfants.

Depuis plus d'un siècle les funérailles constituaient un événement notoire à Pickax. Tous les habitants de la ville se réunissaient en masse pour offrir leurs respects aux disparus et compter le nombre de véhicules de la procession. Ces statistiques devenaient un sujet de conversation digne d'être rappelé et cité : quatre-vingt-treize voitures pour Senior Goodwinter, l'année précédente. Soixante-quinze, quand le capitaine Fugtree avait été enterré. Les plus mémorables funérailles avaient été celles d'Ephraïm Goodwinter, en 1904 : cinquante-trois buggies, trente-sept charrettes, plus de cent personnes à pied et dix-sept à bicyclette avaient suivi le convoi funèbre.

« Tout sauf des chameaux et des éléphants », avait remarqué un passant irrévérencieux, en cette occasion. Ephraïm, propriétaire de la mine Goodwinter, était cordialement détesté, mais c'était une longue histoire voilée de qu'en-dira-t-on et de préjugés, une de celles que Qwilleran aurait bien aimé pouvoir élucider.

Puis vint la question des fleurs.

— Je suis sûr qu'Iris aurait aimé des fleurs, dit-il. Il y a une certaine sentimentalité dans ce tribut floral et notre amie avait une âme romantique.

— Et l'éloge funèbre ? Iris était excessivement modeste.

— Sans doute, mais elle cherchait des approbations. Lorsqu'elle est arrivée à Pickax, je l'ai conduite à une réunion du Conseil municipal et l'assistance l'a applaudie, par marque de courtoisie. Iris en a été si touchée qu'elle a pleuré en rentrant à la maison. Aussi je suis en faveur de l'éloge funèbre.

— Parfait. Nous le ferons prononcer par le maire ou par le président du Conseil municipal. A moins que nous ne fassions appel à une femme. Susan, peut-être... ou Carol? Qu'en pensez-vous?

— Connaissant Iris, je dirai qu'il vaut mieux en charger un homme.

— Vous avez sans doute raison. Nous demanderons à Susan de choisir le cercueil et les vêtements.... Bon, eh bien, je suppose que c'est tout ce que nous pouvons faire cette nuit. J'ai une vente promotionnelle au magasin, demain... Je veux dire, aujourd'hui et si je rentre tout de suite, je pourrai encore avoir trois heures de sommeil.

— Je n'ai qu'une seule chose à ajouter, dit Qwilleran. Iris se plaignait d'entendre des bruits suspects, en particulier après la tombée de la nuit. Avez-vous jamais remarqué quelque chose d'anormal?

— Je ne saurais le dire. Je me suis trouvé souvent ici assez tard, lorsque nous préparions une exposition. Tout ce que j'ai jamais entendu, c'est le coassement d'une grenouille ou peut-être un cri de chouette.

— Lorsque je suis arrivé ici, ce soir, tout était dans l'obscurité. J'ai d'abord cru à une panne de courant, mais quand j'ai appuyé sur les interrupteurs, tous fonctionnaient. Comment expliquez-vous cela?

— Je ne sais pas, avoua Larry en bâillant et, de toute évidence, désireux de s'en aller. Lorsque nous avons découvert que sa vue baissait, nous avons recommandé à Iris de ne pas faire d'économie d'électricité, mais elle avait des idées arrêtées et tenait à ses habitudes. Je vous porterai les clés du bureau.

Il alla jusqu'à la porte du musée et revint en tenant deux clés.

— Celle-ci ouvre la porte de l'appartement et

celle-là celle de la grange. Il y a aussi une bonne provision de bûches pour la cheminée.

— De quelle grange s'agit-il ?

— De la nouvelle, en métal. La vieille grange est remplie de presses d'imprimerie.

— Et cette porte qui donne accès au musée, peut-on la fermer ?

— Non. Nous ne nous sommes jamais souciés d'installer un verrou et Iris la laissait toujours ouverte quand elle était dans la cuisine.

— Je la tiendrai fermée à cause des chats, déclara Qwilleran. Je ne veux pas les voir rôder dans le musée.

— Faites à votre guise, Qwill. Je ne sais pas comment vous remercier pour venir ainsi à notre aide. J'espère que vous serez bien installé. Tenez-moi au courant.

Les deux hommes rejoignirent leurs voitures et empruntèrent Black Creek Lane, Larry dans sa longue limousine qui distinguait un riche propriétaire et Qwilleran dans sa petite voiture économique. Il retourna à Pickax à une vitesse normale tout en réfléchissant.

Quelqu'un avait éteint les lumières, bouton par bouton, pièce par pièce, intérieur et extérieur.

Quelqu'un avait éteint le four à micro-ondes.

Quelqu'un avait fermé la porte entre la cuisine et le musée.

CHAPITRE TROIS

Il faisait presque jour lorsque Qwilleran arriva à son appartement de Pickax. En ville, le silence était impressionnant. Bientôt les réveille-matin allaient sonner pour éveiller la population et la sirène de 7 heures, sur le toit de la mairie, tirerait les derniers dormeurs de leur lit. Ils allumeraient leur radio et apprendraient la mort d'Iris Cobb, tandis que le téléphone arabe de Pickax entrerait en action pour se relayer à travers le réseau téléphonique, afin de propager la nouvelle.

Qwilleran gravit péniblement les marches de son étroit escalier pour gagner son appartement, au-dessus du garage Klingenschoen. Sur le palier il était attendu par deux siamois de fort méchante humeur. Yom Yom lui adressa un regard de reproche et Koko ne mâcha pas ses mots. Les yeux brillants, la queue dressée, les pattes raides, il prononça une seule syllabe d'une grande intensité, « YAO ! » qui voulait dire tout à la fois : « *Où es-tu allé? Les lampes sont restées allumées toute la nuit, tu ne nous as pas donné à manger, la fenêtre est ouverte.* »

— Du calme ! protesta Qwilleran, je crois entendre Vince Boswell, et inutile de me harceler avec des bêtises. J'ai des nouvelles qui vont vous retourner le cœur. Nous avons perdu Mrs. Cobb. Plus de pâté en croûte, pour vous, ronchonneurs !

Il les enferma dans leur propre appartement, une pièce avec moquette, coussins et télévision, avant de se laisser tomber sur son propre lit. Il dormit sans entendre la sirène de 7 heures. Il dormit malgré le marteau-piqueur de la grande rue où l'on perçait encore la chaussée.

A 8 heures il commença à faire surface pour répondre à un appel téléphonique d'Arch Riker, un ami de longue date qui était maintenant directeur du journal local.

Sans formule de politesse ou d'excuse, Riker demanda :

— Avez-vous entendu la nouvelle, Qwill ? Iris Cobb a été trouvée morte chez elle, la nuit dernière.

— Je sais, répondit Qwilleran, d'une voix rauque. C'est moi qui ai trouvé le corps, appelé la police, prévenu son fils, organisé les funérailles, téléphoné la nouvelle à la radio et au journal avant de rentrer chez moi à 5 heures du matin. Avez-vous d'autres nouvelles plus réjouissantes à m'annoncer ?

— Retournez à votre sommeil, vieux grincheux, dit Riker.

A huit heures et demie, Polly Duncan appela :

— Qwill, êtes-vous levé ? Avez-vous entendu cette affreuse nouvelle concernant Iris Cobb ?

Qwilleran se contrôla et lui donna une version adoucie de sa tirade à Riker. Puis, durant la demi-heure suivante, il fut appelé par Fran Brodie, son ex-décoratrice, Mr. O'Dell, son homme à tout faire, et Eddington Smith, qui vendait des livres d'occasion, tous prenant une part active dans la propagation des nouvelles.

Avec exaspération, il s'arracha de son lit, pressa le bouton de la cafetière électrique et ouvrit une boîte de saumon rose pour les siamois. En avalant les premières gorgées de son café chaud, il les regarda manger, corps près du sol, queue horizontale, la tête s'agitant sur le côté. Ensuite, ils entreprirent le rituel primitif avec la gueule grande ouverte et la langue rose sortie, suivi par le lavage du masque et des oreilles avec la patte humide, dans une chorégraphie laborieuse. Cette tâche banale était exécutée avec grâce et élégance par deux objets d'art en fourrure beige avec des extrémités et un masque sombre où brillaient deux yeux bleus. Qwilleran avait découvert que regarder les siamois avait un effet thérapeutique qui soulageait de la fatigue, de la frustration, de l'irritabilité et de la nervosité. Une véritable drogue, sans effet secondaire.

— Très bien, les gars, dit-il, j'ai d'autres nouvelles pour vous. Nous allons nous installer à la ferme-musée Goodwinter.

Il avait pour politique de communiquer avec les chats en termes directs. Comme s'ils comprenaient ce qu'il venait de dire, ils sortirent de la pièce tous les deux. Ils détestaient tout changement d'adresse.

Qwilleran chargea sa voiture avec du matériel pour écrire, un dictionnaire non abrégé, une valise de vêtements pour le temps rafraîchi qui se profilait, sa stéréo portable, quelques cassettes, y compris celle d'*Otello*. Puis il sortit le panier en osier dans lequel les chats avaient l'habitude de voyager.

— Allons-y, cria-t-il. Où êtes-vous, polissons?

Deux solides chats siamois pesant à eux deux plus de dix-huit livres s'étaient soudain volatilisés.

— Venez, inutile de me jouer un de vos tours!

En rampant sur les genoux et les mains, il finit par découvrir Yom Yom sous le lit et Koko dans le coin le plus sombre d'un placard où il se cachait derrière une paire de bottes.

En silence et avec mollesse, ils se laissèrent tomber dans le panier en osier dont il referma prestement le couvercle. Mais ils préparaient une contre-attaque. Dès que la voiture se dirigea vers North Middle Hummock, ils commencèrent leur concert organisé de miaulements et de crachements. Les coups de patte qu'ils échangeaient faisaient rouler le panier et leurs cris suggéraient une bataille à mort.

— Si vous voulez bien arrêter votre cirque, cria Qwilleran, je ferai un commentaire sur ce trajet. Nous nous dirigeons maintenant vers le nord de la route de Pickax et approchons de la mine Goodwinter. Comme vous vous en souvenez, elle a été le théâtre d'une explosion désastreuse en 1904.

Il y eut une trêve momentanée dans le panier en osier. Les chats aimaient le son de sa voix. Celle-ci avait une résonance qui calmait les instincts sauvages toujours présents sous la fourrure soyeuse. Il poursuivit sur le ton d'un commentateur touristique :

— Sur notre droite, nous arrivons à *TristeDale Dîner*, célèbre pour sa mauvaise cuisine et responsable du plus mauvais café du comté. Les vitres n'ont pas été nettoyées depuis la présidence de Hoover. C'est ici que nous tournons dans Ittibittiwassee Road.

Les passagers enfin attentifs se tenaient tranquilles maintenant. Le soleil brillait. Le ciel était de ce bleu particulier au mois d'octobre, avec de petits nuages blancs teintés de gris. Les bois flamboyaient sous leur parure automnale. Le trajet était tout différent de ce qu'avait été la course folle de Qwilleran, la nuit précédente.

— Serrez les dents, dit-il aux chats, nous arrivons sur le Vieux Pont de Bois, puis nous prendrons un virage sur la gauche où se dresse l'infâme Arbre du Pendu.

Ensuite ils se trouvèrent dans la ville fantôme qui avait été North Middle Hummock ; la barrière blanche de la ferme Fugtree se présenta et finalement il aperçut l'annonce affichée contre un vieux panneau de bois :

FERME-MUSÉE GOODWINTER
1869
ouverte du vendredi au dimanche
de 1 h à 4 h de l'après-midi ou sur rendez-vous.

Black Creek Lane était bordé d'arbres dans une débauche de couleurs or, rouge sombre, saumon et orange, offrant un aperçu sur ce qu'avait pu être l'ancienne forêt qui avait recouvert le comté de Moose, avant l'arrivée des bûcherons. A l'extrémité du sentier se dressait la ferme vénérable.

— Nous voici arrivés, annonça Qwilleran.

Il porta le panier en osier dans l'aile gauche du bâtiment.

— Nous disposerons de deux cheminées et de larges appuis de fenêtre avec vue sur la vie sauvage. C'est là quelque chose que l'on ne trouve pas à Pickax.

Les siamois émergèrent du panier avec précaution, puis ils se dirigèrent directement vers la cuisine. Yom Yom s'arrêta devant la cuisinière où elle avait attrapé une souris, quatre mois plus tôt, et Koko à l'endroit exact où Mrs. Cobb s'était effondrée. Il fit le gros dos, gonfla sa queue et commença une danse macabre. Qwilleran les fit sortir de la cuisine et ils se mirent à tout explorer méthodiquement, reniflant les tapis, sautant sur les tables avec la légèreté d'une plume, essayant le siège des fauteuils pour trouver le plus confortable. Ils examinèrent également la salle de bains où leur litière avait été placée. Dans le salon, Koko reconnut une haute armoire en pin — une *schrank* allemande qui provenait de la maison Klingenschoen. Elle mesurait deux mètres trente de haut et Koko pouvait sauter sur le haut d'un seul bond bien calculé.

Sur les étagères se trouvaient seulement quelques livres brochés et une grande quantité de bibelots. Les fauteuils étaient recouverts d'un velours foncé sur lequel on distinguait le mieux les poils de chat. Des carpettes étaient jetées sur les parquets cirés, bien pratiques pour les glissades.

Tandis que les chats inspectaient les lieux, Qwilleran transporta les bagages. Il entassa son équipement pour écrire sur la table en chêne de la cuisine. Il posa l'appareil stéréo sur une commode autrichienne, au salon. Cependant le rangement de ses vêtements posa un problème. Car les placards de la chambre étaient remplis par la garde-robe d'Iris Cobb. Mais le pire de tout, à son avis, était l'ameublement de la chambre : des commodes et des tables avec leur froid dessus de marbre, un fauteuil à bascule, trop élégant de forme et une énorme tête de lit en bois sombre chantourné qui atteignait presque le plafond et paraissait peser une tonne. Il avait déjà des visions de cette « chose » qui s'écroulerait sur lui pendant son sommeil.

— Ce sera un test, confia-t-il aux siamois. Ou bien cette maison émet des bruits étranges, la nuit venue, ou bien ces bruits étaient dans la tête de cette pauvre Iris. Mais je doute que nous résolvions le problème de l'obscurité qui régnait dans la cour et la maison. Combien de lampes étaient-elles allumées avant qu'elle ne s'écroule ? Il devait y avoir de la lumière dans la cuisine où elle faisait chauffer le lait, peut-être dans la chambre où elle préparait sa valise et certainement dans la cour parce qu'elle m'attendait. De toute évidence, le micro-ondes était branché.

— Ik-Ik-Ik, fit Koko, en se grattant l'oreille.

Qwilleran enferma les deux chats en dehors de la cuisine, tandis qu'il s'asseyait devant la table pour écrire l'éloge funèbre de Mrs. Cobb sur la propre machine à écrire de celle-ci. Il n'avait pas besoin de notes. Il était très au fait de sa compétence d'antiquaire et d'expert agréé. Elle avait prouvé son savoir-faire en dressant un catalogue de l'importante collection Klingenschoen et fait preuve de générosité en faisant don de la ferme à la Société d'Histoire pour qu'elle fût transformée en musée. Elle avait poursuivi ses efforts afin d'obtenir des donations des plus vieilles familles du comté de Moose. Qwilleran ne pouvait terminer son panégyrique sans mentionner les délicieux cookies qui sortaient de sa cuisinière.

Il omit le fait que ses trois maris n'étaient pas morts de façon naturelle. Hough avait succombé à un empoisonnement alimentaire, Cobb avait été victime d'un meurtre accidentel et Hackpole… Qwilleran préférait ne pas se souvenir de Hackpole.

Son article terminé, il le téléphona à la secrétaire du *Quelque chose du comté de Moose*, pour l'édition de mardi. Certes, le nom de ce journal était insolite, mais le comté de Moose se vantait de son originalité.

Ce travail avait ouvert l'appétit de Qwilleran et il alla fourrager dans le réfrigérateur où il trouva un potage au poulet et un feuilleté au fromage.

Avant qu'il ait terminé son repas, le heurtoir de cuivre retentit sur la porte et il alla ouvrir. Le visiteur était un homme décharné d'un certain âge, avec un nez pointu et des yeux inquisiteurs.

— J'ai vu votre voiture dans la cour, dit-il d'une voix nasillarde. Puis-je faire quelque chose pour vous? Je suis Vince Boswell. Je travaille sur les presses à imprimer dans la grange.

Qwilleran reconnut la voix désagréable qu'il avait entendue au téléphone, le genre de voix qui vous déchirait les tympans. Il répondit avec froideur :

— Comment allez-vous? Je viens de m'installer ici. Je vais y rester quelques semaines.

— Mais c'est parfait! Ainsi je n'ai pas à m'inquiéter. Je gardais toujours un œil sur le musée, quand Iris s'absentait. Vous devez être Jim Qwilleran qui écrit dans le *Quelque chose*, j'ai vu votre photo dans le journal. Comptez-vous rester longtemps ici?

— Je vais aller et venir.

— Alors je surveillerai le musée, quand vous vous absenterez. J'écris, moi aussi. Des choses techniques. Je prépare un livre sur l'histoire des presses à imprimer et je dresse un inventaire de tout ce qui se trouve dans cette grange. Vaste besogne!

Le regard de Boswell s'attarda derrière Qwilleran et glissa vers le sol.

— Je vois que vous avez un minet.

— J'ai deux chats, reconnut Qwilleran.

— Ma petite fille adore les minous. Peut-être ma femme pourra-t-elle conduire Baby pour les lui montrer?

Qwilleran se racla la gorge :

— Ce ne sont pas des chats ordinaires, Mr. Boswell. Ce sont des siamois, chats de garde, hautement caractériels et peu habitués aux enfants. Je ne voudrais pas que votre fillette soit griffée.

Il se rendait compte que la courtoisie de mise dans le comté de Moose exigeait qu'il invitât son visiteur à boire un verre ou au moins une tasse de café, mais la voix claironnante de Boswell le dérangeait. Il déclara :

— Je vous aurais offert une tasse de café, mais je pars pour l'aéroport. Quelqu'un vient en ville pour les funérailles.

Boswell secoua la tête avec tristesse.

— Ma femme et moi avons beaucoup de peine. Iris était une charmante personne. Quand les funérailles auront-elles lieu?

— Vous trouverez les informations dans le journal, demain, dit Qwilleran, en consultant sa montre. Excusez-moi, Mr. Boswell, mais je dois vraiment partir.

— Appelez-moi Vince et n'hésitez pas à faire appel à moi si vous avez besoin de quelque chose.

Il partit avec un geste de la main qui s'adressait également au chat.

— Au revoir, minet. Heureux de vous avoir rencontré, Mr. Qwilleran.

Ce dernier ferma la porte et se tourna vers Koko. Personne ne l'avait jamais appelé « minet ». Une façon plus appropriée de s'adresser à lui aurait été « Votre Excellence » ou « Votre Altesse ».

Avant de partir pour l'aéroport, il téléphona à Susan Exbridge, au Village Indien.

— Je voulais seulement vous informer que je m'étais installé dans l'appartement d'Iris, au cas où vous auriez besoin de quelque chose.

La vice-présidente de la Société d'Histoire possédait de l'énergie à revendre et un enthousiasme qui égalait celui de son président.

— Je suis épuisée, dit-elle. Je me suis précipitée au musée ce matin, pour choisir les vêtements d'Iris. Je me suis décidée pour cet ensemble en daim rose qu'elle portait pour son mariage, l'année dernière. Puis je suis allée choisir le cercueil chez Dingleberry. Iris l'aurait adoré ! Il est capitonné de velours rose, très féminin. Ensuite, j'ai discuté de la musique avec l'organiste de l'église et j'ai dressé une liste pour les visites dans le hall des Dingleberry où sera exposé le corps, demain soir. J'ai engagé un orchestre. J'ai aussi chargé le fleuriste de faire venir des fleurs de Minneapolis. Le comté de Moose a l'habitude de chrysanthèmes rouille et or, ce qui serait horrible avec la doublure du cercueil, ne pensez-vous pas ?

— Vous paraissez avoir eu une journée bien remplie, Susan.

— Vous pouvez le dire ! Et si émouvante aussi. Je n'ai pas encore eu le temps de pleurer, mais maintenant, je vais boire deux martinis et je pourrai pleurer tout mon soûl sur la pauvre Iris... Qu'avez-vous fait aujourd'hui, Qwill?

— J'ai écrit l'éloge funèbre et je l'ai téléphoné au journal. Maintenant je pars pour l'aéroport chercher le fils d'Iris. Je l'emmènerai dîner et je le laisserai à l'hôtel. Son nom est Dennis H-O-U-G-H — qui se prononce Huff. Vous et Larry devrez vous charger de lui demain.

— Qu'avez-vous en esprit?

— Eh bien, vous pourrez vous assurer qu'il déjeune et dîne convenablement et vous l'escorterez chez Dingleberry à l'heure convenue.

— Est-il séduisant? demanda Susan, sans ambages.

Récemment divorcée, elle était toujours en quête de possibilités.

— Ça dépend des goûts, dit Qwilleran. Il mesure un mètre cinquante et pèse cent quarante kilos. De plus, il a un œil de verre et des pellicules.

— Exactement mon type, dit-elle, d'un ton dégagé.

Qwilleran changea de vêtements, trouva du rôti de bœuf dans le réfrigérateur. Il le réchauffa pour les siamois et partit pour l'aéroport.

Deux ans plus tôt, dans le comté de Moose, l'aéroport était constitué par un grand pré et un hangar pour servir d'aérogare. Mais un don du Fonds Klingenschoen avait permis l'installation d'une véritable piste d'atterrissage, la construction de plusieurs hangars et d'un parking. La municipalité avait orné l'entrée de plantes vertes et de chrysanthèmes dorés.

Au terminal, le kiosque à journaux offrait des exemplaires du dernier numéro du *Quelque chose* et un encadré noir annonçait la nouvelle en première page :

BULLETIN NÉCROLOGIQUE

Iris Cobb-Hackpole a été trouvée morte dans son

appartement de North Middle Hummock, ce matin, apparemment victime d'une crise cardiaque. Elle était conservatrice de la ferme-musée Goodwinter et sur le point d'ouvrir une boutique d'antiquités à Pickax. Depuis quelque temps, sa santé laissait à désirer. Les détails des funérailles seront annoncés ultérieurement.

Quand le turbopropulseur à deux moteurs atterrit et se dirigea vers le terminal, Qwilleran se demanda s'il allait reconnaître Dennis, après leur dernière rencontre au Pays d'En-Bas. Il se souvenait de lui comme d'un jeune homme fraîchement diplômé qui travaillait dans un cabinet d'architecture. Depuis lors, Dennis s'était marié, avait eu un enfant et s'était établi à son compte, toutes choses qui avaient réjoui le cœur de sa mère.

L'homme jeune qui s'avança d'un pas décidé montra les changements que peuvent apporter quelques années de maturité et de responsabilités. Son visage portait des traces de fatigue et de chagrin. Qwilleran lui serra la main avec chaleur :

— C'est bon de vous revoir, Dennis. Je regrette seulement que ce soit en d'aussi tristes circonstances.

— Le pire de tout est que ma mère insistait pour que Cheryl et moi venions lui rendre visite, mais nous étions toujours tellement occupés ! Je me battrais de regret, maintenant. Elle n'a même jamais vu son petit-fils !

En roulant en direction de Pickax, Qwilleran demanda :

— Iris vous a-t-elle parlé du comté de Moose, des mines abandonnées et de tout cela ?

— Oui. Elle aimait écrire. J'ai conservé la plupart de ses lettres. Notre fils pourra les lire, un jour.

Qwilleran jeta un coup d'œil vers son passager et compara son visage fin et mélancolique avec les joues rondes et l'air gai de Mrs. Cobb :

— Vous ne ressemblez pas à votre mère.

— Je suppose que je ressemble à mon père, bien que je ne l'aie pas connu, même en photographie. Il est mort, alors que j'avais trois ans... d'un empoisonnement alimentaire. Tout ce que je sais est qu'il avait fort mauvais caractère et qu'il était cruel avec ma mère. Après sa mort il y a même eu de méchantes langues pour prétendre qu'elle l'avait empoisonné. Vous connaissez les petites villes, les gens n'ont rien d'autre à faire que remuer de la boue. Aussi sommes-nous partis pour une grande ville où ma mère m'a élevé, seule.

— J'ai une profonde sympathie pour ce genre de femme, dit Qwilleran. Ma mère a dû faire face à cette situation et je suis le premier à reconnaître que ce ne fut pas facile pour elle. Comment Iris a-t-elle découvert le monde des antiquités ?

— Elle a travaillé quelques années comme cuisinière dans une famille aisée qui possédait de nombreux meubles anciens. Elle a été séduite tout de suite et s'est mise à étudier le sujet. Nous travaillions ensemble sur la table de la cuisine, le soir. J'étudiais les mathématiques, tandis qu'elle compulsait des livres d'art. Puis elle a rencontré C.C. Cobb et ils ont ouvert leur magasin de brocante dans Zwinger Street où ils avaient acheté une vieille maison. Je pense que vous connaissez le reste.

— Cobb était réputé pour son caractère difficile.

— Hackpole également, d'après ce que j'ai entendu dire.

— Moins nous parlerons de cet individu et mieux cela vaudra, déclara Qwilleran, en se rembrunissant. Avez-vous dîné ? Nous pourrions nous arrêter dans un restaurant. Il en existe deux ou trois de convenables à Pickax.

— J'ai mangé un sandwich à Minneapolis et j'avoue que je prendrai volontiers un hamburger et une bière.

Ils se rendirent au *Vieux Moulin de Pierre*, un authentique moulin à eau datant du siècle dernier, converti en restaurant, avec sa roue qui continuait à tourner. Dennis commanda une bière, Qwilleran une eau de Squunk avec un zeste de citron.

— Cette eau est meilleure que son nom ne le laisse entendre, expliqua Qwilleran. C'est une source minérale locale qui jaillit d'un puits à Squunk Corners.

Il y eut un petit silence, puis il ajouta :

— Je suis navré qu'Iris n'ait pas vécu assez longtemps pour voir l'ouverture de la boutique « Exbridge et Cobb » qui est bien différente du magasin de Zwinger Street. Son appartement au musée est également rempli de meubles anciens. Je suppose que vous allez en hériter.

— Je ne le pense pas, dit Dennis. Elle savait que je n'apprécie pas les antiquités. Cheryl et moi préférons le mobilier en verre et en acier chromé, ainsi que les meubles modernes venant d'Italie. Mais j'aimerais visiter le musée. J'ai travaillé pour une firme qui restaurait les vieux bâtiments.

— La ferme Goodwinter est une réussite du genre et tout le mérite en revient à votre mère. C'est à environ quarante-cinq kilomètres de Pickax. J'ai même mis en question le fait de la voir vivre seule là-bas.

— Moi aussi. J'aurais voulu qu'elle ait un chien de garde, un berger allemand ou un doberman, mais elle n'a rien voulu entendre. Elle n'aurait jamais accepté un chien à moins qu'il n'ait eu des pattes Louis XV !

— Aviez-vous des contacts réguliers avec elle ?

— Oui, nous avions de bonnes relations. Je lui téléphonais tous les dimanches et elle m'écrivait une ou deux fois par semaine. Avez-vous jamais vu son écriture ? Elle était impossible !

— Seul un expert aurait pu la déchiffrer.

— Aussi lui ai-je offert une machine à écrire électrique. Elle l'adorait. C'était une femme heureuse... puis le malheur l'a frappée.

— Que voulez-vous dire ?

— Elle est allée consulter le médecin pour une indigestion et il a découvert qu'elle avait des troubles coronariens. Son taux de cholestérol était beaucoup trop élevé, le taux de triglycérides anormal et elle pesait vingt-cinq kilos de trop. Psychologiquement, elle s'est effondrée.

— Mais elle paraissait en si bonne santé !

— C'est pour cela que ce fut un tel choc. Alors, elle a commencé à déprimer, puis elle s'est mise à s'inquiéter au sujet du musée. Croyez-vous aux fantômes ?

— Je crains que non.

— Moi non plus. Mère s'est toujours intéressée aux esprits, du moins, ceux qu'elle jugeait sympathiques.

— Je le sais, dit Qwilleran, à Zwinger Street, elle prétendait qu'il y avait un fantôme facétieux dans la maison, mais j'ai découvert que C.C. Cobb lui jouait des tours. Chaque nuit, il se levait pendant qu'elle dormait et il mettait du sel dans ses pantoufles ou suspendait sa petite culotte sur un chandelier. Il doit avoir déployé de grands efforts d'imagination pour trouver une nouvelle farce tous les jours.

— C'est ce que j'appelle de la dévotion conjugale, dit Dennis.

— Franchement, je pense qu'elle n'était pas dupe, mais elle ne voulait pas que C.C. le sache et ça, c'est de la véritable dévotion.

On leur servit les hamburgers et les deux hommes mangèrent en silence pendant quelques minutes, puis Qwilleran demanda :

— Vous disiez que votre mère commençait à s'inquiéter au sujet du musée, je ne m'en étais pas rendu compte.

Dennis hocha la tête :

— Elle s'était mis dans la tête que la maison était hantée. D'abord elle s'en est amusée, puis elle a eu peur. Cheryl et moi avons essayé de l'inciter à nous rendre visite. Nous pensions qu'un changement d'atmosphère lui ferait du bien, mais elle ne voulait pas s'en aller avant l'ouverture officielle de sa boutique. Peut-être était-ce les médicaments... je ne sais, mais elle prétendait entendre des bruits qu'elle ne pouvait expliquer. Cela peut arriver dans les vieilles maisons, les poutres craquent, il y a des souris, des courants d'air sous les portes ou par la cheminée.

— Vous a-t-elle signalé quelque chose en particulier?

— J'ai apporté certaines de ses lettres, dit Dennis. Elles sont dans mes bagages. J'ai pensé que vous pourriez les lire et voir s'il n'y avait pas quelque chose d'anormal. A mon avis, tout cela n'a guère de sens. Néanmoins, je voudrais en parler avec son médecin.

— Le docteur Halifax est un homme charmant, très humain, prêt à écouter et à expliquer. Il vous plaira.

Ils partirent pour le *Nouvel Hôtel* de Pickax. Malgré son nom, Qwilleran prévint Dennis de ne pas s'attendre au confort moderne.

— Il était « nouveau » quand il a été construit, dans les années 30, mais il est pratique parce qu'il est central. Larry Lanspeak prendra contact avec vous demain, ou même ce soir. C'est le président de la Société d'Histoire et c'est un homme sympathique.

— Oui. Mère ne tarissait pas d'éloges sur les Lanspeak.

Ils se garèrent devant l'hôtel et Qwilleran accompagna Dennis jusqu'à la réception, où l'apparition de la célèbre moustache assura un service de premier ordre de la part du personnel. Le réceptionniste était un beau garçon blond, comme il s'en trouvait beaucoup dans le comté de Moose. Qwilleran lui dit :

— Mitch, vous devez avoir une réservation au nom de Dennis Huff, qui s'écrit H-O-U-G-H. Il est là pour les funérailles de Mrs. Cobb. Veillez à ce qu'il ne manque de rien. Dennis, voici Mitch Ogilvie, membre de la Société d'Histoire. Il connaissait bien votre mère.

— J'ai été navré d'apprendre la triste nouvelle, Mr. Hough. Votre mère était une femme merveilleuse et sa disparition sera une grande perte pour le musée.

Dennis murmura un remerciement et signa le registre.

— Bonne nuit, Dennis, dit Qwilleran. Je vous verrai pour la cérémonie, chez Dingleberry, demain soir.

— Merci pour tout, Qwill... attendez, une minute.

Il prit une enveloppe dans l'attaché-case qu'il tenait à la main et la lui tendit :

— Ce sont des photocopies, vous n'aurez pas besoin de me les rendre. Ces lettres sont les plus récentes, la dernière est arrivée samedi. Peut-être pourrez-vous reconstituer ce qui s'est passé au musée... ou bien décider que tout cela n'existait que dans sa tête.

CHAPITRE QUATRE

Après avoir laissé Dennis Hough à l'hôtel, Qwilleran retourna à North Middle Hummock à travers un nuage de vapeurs bleues spectrales — clair de lune, avec des passages de brume qui s'établissaient dans la vallée des Hummock. Lorsqu'il arriva à destination et éteignit ses phares, la maison était baignée dans une sorte de bleu mystique.

Il entra et donna de la lumière. Seules trois lampes s'allumèrent dans les chandeliers muraux. Au même moment deux formes fantomatiques surgirent du salon.

— Qu'est-il arrivé aux ampoules électriques ? demanda-t-il aux chats, hier soir, les quatre fonctionnaient.

Les siamois bâillèrent et s'étirèrent :

— Avez-vous un rapport à me faire ? Y a-t-il eu des bruits suspects ?

Koko se lécha la poitrine d'une langue rose et Yom Yom se frotta aux chevilles de Qwilleran, suggérant qu'elle grignoterait bien un petit quelque chose.

C'était la première fois que les chats restaient seuls ici. Qwilleran regarda autour de lui, en quête de tableaux placés de travers, de livres jetés sur le sol, d'abat-jour de lampe renversés. Personne ne pouvait jamais deviner comment ils allaient réagir dans un environnement étranger.

Heureusement, seuls quelques poils de chats sur les bras en velours bleus d'un fauteuil et quelques fleurs séchées au milieu du salon témoignaient de leur présence féline. Ils avaient choisi le fauteuil préféré de Mrs. Cobb — et le plus confortable — pour se l'approprier. Tous deux avaient grimpé en haut de la *schrank* pour examiner le bouquet de fleurs séchées qui remplissaient un panier d'osier.

Qwilleran se prépara une tasse de café avant de s'asseoir pour lire les dernières lettres d'Iris Cobb, se félicitant que Dennis lui eût offert une machine à écrire. La première lettre, datée du 22 septembre, commençait par des questions sur Dennis Junior, des commentaires sur le temps agréable, s'extasiant sur la boutique d'antiquaire qui devait ouvrir le 17 octobre et donnait une longue recette concernant un nouveau dessert qu'elle venait d'inventer. Après quoi, elle écrivait :

Je m'amuse tellement au musée ! L'autre jour, j'ai pensé qu'il serait intéressant d'exposer un objet en cuivre dans une des salles d'exposition et je me souvins que quelqu'un avait fait don au musée d'une de ces anciennes bassinoires à long manche, en mauvais état. J'ai vérifié avec l'ordinateur. (Le Fonds Klingenschoen a fait enregistrer notre catalogue, n'est-ce pas merveilleux ?) En effet, il était indiqué que le cuivre était un peu cabossé et le manche desserré, mais qu'il valait la peine d'être restauré. Aussi suis-je descendue chercher l'ustensile. La cave est un ramassis d'objets hétéroclites et j'ai cherché autour de moi en quête de la bassinoire, lorsque j'ai entendu un bruit mystérieux contre le mur. Je me suis dit : « Oh ! Seigneur ! nous avons un fantôme ! » J'ai écouté pour déterminer de quel mur venait le bruit, puis j'ai ramassé un vieux presse-purée en bois et j'ai frappé moi-même contre le mur. Après cela, je n'ai plus rien entendu. Si c'était un fantôme, je l'avais effrayé.

J'aimerais vraiment que vous puissiez venir pour l'ouverture de la boutique. Il y aura une grande réception. Susan prépare du champagne-cocktail, des fleurs et tout le reste.

Affectueusement,

Maman.

Qwilleran réfléchit. Les fleurs seraient des chrysanthèmes dorés et rouille, sans aucun doute. Il prit la lettre suivante datant du 30 septembre et nota un changement notable d'humeur. Iris Cobb écrivait :

Chers Dennis et Cheryl,
Je suis terriblement bouleversée. Je viens d'avoir les résultats des analyses du docteur Hal et rien ne va plus ! Le cœur, le sang, le cholestérol, tout est de travers. J'ai trop pleuré pour pouvoir parler, autrement je vous aurais téléphoné. Si je ne suis pas un régime sévère et si je ne prends pas d'exercice et quelques médicaments, j'aurai besoin d'une opération. Ce fut un choc terrible ! Je n'avais jamais pensé qu'une chose pareille pouvait m'arriver. J'en arrive à avoir des idées de suicide. Pardon de vous accabler ainsi avec tous mes soucis. Je ne peux en écrire plus ce soir.

Maman.

« Pauvre Iris », pensa Qwilleran. Sa mère avait connu la même expérience, quand le médecin avait diagnostiqué une maladie incurable. Il prit la lettre suivante et fut heureux de la trouver en meilleur état d'esprit. La missive avait été envoyée quelques jours plus tard.

Chers enfants,
Votre appel téléphonique m'a fait tant de bien!
J'aurais dû aller vous voir, quand vous m'avez invitée.
Maintenant, je dois rester jusqu'à l'ouverture officielle
du magasin. Dans la journée, je me sens bien, mais le
soir, je deviens nerveuse et déprimée — surtout à cause
de ces bruits anormaux. Je vous ai parlé de ces coups
qui ont retenti dans la cave. Maintenant, je les entends
tout le temps. Il y a aussi des grattements et même des
gémissements. Parfois, je me demande si ce n'est pas
dans ma tête et alors je m'inquiète encore plus et
j'éprouve une terrible oppression qui me serre la poi-
trine.
J'ai toujours dit qu'une vieille maison reflétait les
gens qui avaient vécu là, comme si quelque chose d'eux
imprégnait le bois et le plâtre. Cela a l'air un peu fou, je
le sais, mais des événements terribles sont toujours
arrivés aux Goodwinter, suicides, accidents mortels, je
sens tout cela dans l'atmosphère de la maison et c'est
très pénible à supporter. Est-ce mon imagination qui
me joue des tours? Ou bien y a-t-il un mauvais esprit
qui hante ces lieux?
J'ai été si préoccupée par mes propres ennuis que j'ai
oublié de vous demander des nouvelles du petit Dennis.
Avez-vous découvert ce qui provoquait son urticaire?
Affectueusement,
Maman et Grand-Maman!

La dernière lettre n'était pas datée, mais Dennis
l'avait reçue le samedi, la veille de la mort de sa mère.

Cher Dennis,
Je ne sais pas combien de temps je vais pouvoir
supporter cette situation. Je veux parler de ces bruits qui
ne cessent de se produire. Les volontaires qui viennent
m'aider n'entendent rien. Je suis la seule à les percevoir.
J'en ai parlé au docteur Hal. Il m'a fait arrêter les

médicaments pendant quelques jours, mais cela n'a apporté aucune différence. J'entends toujours des bruits, mais seulement lorsque je suis seule. Je déteste l'idée d'en parler à Larry. Il me prendra pour une folle. Le musée est ouvert le vendredi, le samedi et le dimanche. Il y a, alors, beaucoup de monde. Je vais attendre jusqu'à lundi et si cela ne s'améliore pas, je donnerai ma démission.

Maman.

P.S. Pour l'instant, je n'entends plus rien.

Ayant reçu cette lettre le samedi, Dennis avait appelé le docteur Halifax et pris un billet pour le lundi matin. Elle était morte le dimanche, dans la nuit, le visage révulsé de douleur... ou de quoi d'autre ? Elle était morte de peur, décida Qwilleran, mais pourquoi et comment ?

Après avoir lu cette dernière lettre, il n'était pas pressé d'aller se coucher dans ce lit avec cette monstrueuse tête de lit qui l'attendait. Il envisagea même de dormir sur le divan du salon, mais d'abord, il devait se livrer à une expérience. Il avait l'intention d'attendre minuit avec les lampes et les chandeliers allumés dans toutes les pièces et la stéréo réglée à plein volume. Puis, très exactement à minuit, il resterait assis dans le noir et il écouterait.

Pour la phase n° 1 de cette stratégie, il parcourut l'appartement, donnant et fermant la lumière. Dans le hall d'entrée deux ampoules s'éclairèrent. La veille, les quatre fonctionnaient. Une heure plus tôt, seulement trois. Il tira sur sa moustache, ayant peu de patience pour un système électrique déficient. Il n'était pas davantage d'humeur à chercher des ampoules de rechange.

Très à l'aise dans sa robe de chambre Mackintosh et ses pantoufles mangées aux mites, il ouvrit une boîte de sardines pour les chats et se prépara une tasse de café. Ensuite, il plaça la cassette d'*Otello* dans l'appareil stéréo et s'installa dans le fauteuil en velours bleu, devant la cheminée. Il se retint pour ne pas allumer le feu. Les craquements des bûches auraient gâché le son pur de la cassette.

Cette fois, il espérait entendre l'enregistrement du début à la fin, sans interruption. A sa consternation, juste comme Otello et Desdémone entonnaient leur duo d'amour à l'acte I, le téléphone sonna. Il baissa le volume du son et alla répondre dans la chambre.

— Qwill, c'est Larry, dit la voix énergique. Je viens de m'entretenir au téléphone avec Dennis Hough. Merci de l'avoir installé à l'hôtel. Il paraît très satisfait.

— J'espère qu'on ne lui a pas donné la suite nuptiale avec le lit rond et les draps en satin, soupira Qwilleran que cette interruption agaçait.

— Il est dans la suite présidentielle, la seule avec le téléphone et la télévision en couleurs. Tout est prêt pour demain. Susan se charge de lui pour le déjeuner. Carol et moi les inviterons tous les deux à dîner. Êtes-vous confortablement installé vous-même?

— Je m'attends à avoir des cauchemars en couchant dans ce lit monstrueux.

D'un ton moqueur, Larry répondit :

— Ce monstre, Qwill, est le lit sans prix du général Grant. Il a été fabriqué au siècle dernier pour une Exposition universelle. Remarquez la qualité du bois de rose, regardez la sculpture délicate, appréciez-en la patine.

— Racontez ce que vous voulez, Larry, mais cette tête de lit ressemble à la porte d'un mausolée et j'ai l'impression que je suis prêt à y être enterré. Autrement, tout va bien.

— Dans ce cas, je vous souhaite une bonne nuit. Ce

fut une rude journée et aucun de nous n'a beaucoup dormi la nuit dernière, n'est-ce pas? J'ai finalement désigné les autres porteurs de cercueil, aussi je peux maintenant me servir un verre de bière bien gagné et aller me coucher.

— Une question, Larry, avez-vous rencontré Iris pendant les heures de visite, la semaine dernière?

— Non. Mais Carol l'a vue. Elle dit qu'Iris avait l'air fatiguée et inquiète. Le mauvais résultat de ses consultations médicales, je suppose, et peut-être la tension à l'idée d'ouvrir la nouvelle boutique. Carol lui a conseillé de s'allonger et de se reposer.

Qwilleran retourna à son opéra, mais il avait manqué son duo d'amour. Il ferma l'appareil avec agacement, contrôla l'activité des chats, baissa les lumières et s'étendit dans le fauteuil en velours bleu avec les pieds posés sur un tabouret. Puis il attendit dans le noir. Il prévoyait des coups, des grattements, des gémissements, des cris...

Quatre heures plus tard, il se réveilla en sursaut. Il avait un torticolis et deux chats siamois sur les genoux. Leurs poids combinés lui avaient endormi une jambe. Dans leur sommeil, ils représentaient deux fois le poids qu'ils pesaient sur la balance du vétérinaire. Qwilleran se leva en boitant et frotta son pied endolori. S'il y avait eu des bruits dans la pièce, il n'avait rien entendu. L'appel téléphonique de Larry était la dernière chose dont il se souvenait.

Rétrospectivement, il y avait une question dans cet appel qui l'intriguait. Larry avait mentionné les porteurs de cercueil, que diable avait-il voulu dire en parlant « des autres »? Il attendit avec impatience sept heures du matin pour téléphoner chez les Lanspeak. Sans autre préambule, il demanda:

— Larry, puis-je vous poser une question?

— Bien sûr. Que désirez-vous savoir?

— Qui sont les porteurs de cercueil?

— Les trois membres masculins faisant partie du Conseil du musée, plus Mitch, vous et moi. Pourquoi me posez-vous cette question?

— Jusqu'ici, personne ne m'avait annoncé que je serais porteur de cercueil. Je n'y vois pas d'objection majeure, mais je suis heureux de l'avoir appris avant le grand jour.

— Susan ne vous en a-t-elle pas touché un mot?

— Elle m'a parlé tout au long d'un costume tailleur en daim rose, d'un cercueil capitonné de rose et de fleurs roses qu'elle faisait venir de Minneapolis, mais pas un mot des porteurs de cercueil.

— Je suis désolé, Qwill. Cela pose-t-il un problème?

— Non. Pas de problème. Je voulais seulement être sûr.

La vérité était que cela provoquait un véritable problème. Cette fonction nécessitait un costume noir — ce que Qwilleran n'avait pas porté depuis vingt-cinq ans. Pas plus au cours de ses années de misère que pendant ses périodes florissantes, il n'avait jugé utile de se munir d'une garde-robe de ce type. Dans le comté de Moose, il pouvait s'en tirer avec des pull-overs, une canadienne, une veste de sport en tweed avec des poches en cuir et un blazer bleu marine. En ce moment, il possédait un costume gris clair, acheté lorsqu'il avait été témoin au mariage d'Iris Cobb avec Hackpole. Il ne l'avait plus porté après cette occasion mémorable.

A neuf heures précises, il téléphona chez Scottie, le magasin pour hommes au centre de Pickax, et déclara:

— J'ai besoin d'un costume sombre en vitesse, Scottie.

— Qu'appelez-vous sombrrre, mon garçon, et qu'entendez-vous par « en vitesse »?

Le propriétaire écossais aimait rouler les *r* quand il s'adressait à Qwilleran, qui se vantait toujours que le nom de jeune fille de sa mère fût Mackintosh.

— Très foncé. Je vais être porteur de cercueil et les funérailles ont lieu demain matin. Avez-vous quelqu'un pour des retouches éventuelles?

— Oui, mais je ne sais pas si je vais l'avoir très longtemps. Il a rendez-vous chez le médecin. Venez tout de suite et il fera un premier essayage.

— Je ne suis pas à Pickax, Scottie. J'habite pour quelque temps la ferme Goodwinter. Pouvez-vous retenir votre tailleur pendant une demi-heure? Insistez sur l'urgence de mon cas.

— C'est un Écossais entêté, mais je vais faire de mon mieux.

Qwilleran se précipita sur son rasoir, glissa et se coupa. Juste comme il arrêtait le saignement, en jurant entre ses dents, le heurtoir de cuivre résonna :

— Maudit soit ce Boswell, dit-il, à haute voix.

Il était persuadé que c'était encore cet importun. Qui d'autre que lui aurait pu venir à cette heure indue?

Il alla ouvrir en maillot de corps avec une serviette de toilette à la main. Il se trouva devant une femme qui tenait une assiette de biscuits.

— Oh! Vous vous rasiez! Pardonnez-moi, Mr. Qwilleran, dit-elle, en couvrant son visage avec sa main, d'un air embarrassé.

Elle s'exprimait avec un accent du Sud prononcé en insistant sur l'accent tonique du dernier mot, comme s'il y avait eu un point d'interrogation à la fin de chaque phrase.

— Je suis votre voisine, Verona Boswell. Je vous ai apporté quelques biscuits tout frais pour votre déjeuner.

C'était un accent rafraîchissant dans le comté de

Moose, à six cents kilomètres au nord de partout, mais Qwilleran n'avait pas le temps d'apprécier.

— Merci beaucoup, dit-il, en prenant l'assiette.

— Je voulais seulement vous souhaiter la bienvenue.

— C'est très aimable à vous.

Il s'efforçait d'être bref. D'un autre côté la mousse de savon séchait sur son visage et le tailleur de Scottie l'attendait.

— N'hésitez pas à me dire si je peux faire quelque chose pour vous.

— J'apprécie votre amabilité.

— J'espère que nous ferons plus ample connaissance après... après les funérailles.

— Oui, oui, c'est convenu, Mrs. Boswell.

Il recula et commença à fermer la porte.

— Oh! je vous en prie, appelez-moi Verona. Nous sommes appelés à beaucoup nous rencontrer.

— Certainement. Mais je dois vous demander de m'excuser, maintenant je vais me rendre à Pickax pour une affaire urgente.

— Alors, je ne vous retiendrai pas plus longtemps. Nous nous verrons probablement ce soir à... à la cérémonie.

A contrecœur, elle recula en disant :

— Baby, ma petite fille aimerait tant voir vos minets!

Qwilleran termina sa toilette en soupirant d'exaspération. Il avait toujours vécu dans de grandes villes où l'on pouvait ignorer ses voisins et être complètement ignoré d'eux en retour. Le voisinage envahissant des Boswell pourrait créer un problème, se dit-il. Sans parler de « Baby » qui désirait rencontrer ses « minets ». Était-ce réellement le nom de l'enfant ? Baby Boswell? Qwilleran n'aimait pas cette enfant avant même d'avoir jeté les yeux sur elle. Il était persuadé que c'était une de ces insupportables gamines, jolie, vaine et précoce. De toute sa vie, il n'avait jamais éprouvé d'attirance pour les très jeunes enfants.

Quant à Verona Boswell, elle n'était pas vilaine et sa voix douce offrait un contraste plaisant avec l'accent nasillard de son mari. Verona paraissait sensiblement plus jeune que lui, mais elle avait perdu sa fraîcheur, probablement à force d'entendre ses harangues criardes. Quelles que fussent les vertus d'un bon voisinage, il était bien décidé à voir les Boswell aussi peu que possible.

En se rendant à Pickax à vive allure, il fut arrêté pour excès de vitesse, mais le policier qui contrôla son permis de conduire et reconnut sa moustache se contenta de lui donner un avertissement. Chez Scottie il était attendu par une sélection de costumes bleu marine foncé. Le tailleur attendait, lui aussi, avec nervosité, un double centimètre autour de son cou.

— Je ne veux pas quelque chose de trop cher, remarqua Qwilleran en regardant les étiquettes.

— C'est parler en vrai Mackintosh, dit Scottie, en secouant sa tête de cheveux gris. Ce clan a toujours été reputé pour ses poches profondes et ses bras courts. Peut-être souhaitez-vous seulement louer un costume si ce n'est que pour assister à des funérailles?

Qwilleran le regarda de travers.

— D'un autre côté, un costume sombre constitue un bon fonds de garde-robe et pourrait s'avérer pratique au cas où vous auriez l'intention de vous remarier.

Qwilleran dut se livrer à un choix difficile, étant donné que tous les prix lui semblaient exagérés. Il se décida enfin. Tandis que le tailleur procédait à quelques retouches, élargissant ici, resserrant là, Scottie remarqua :

— Ainsi, vous vous êtes installé dans la ferme Goodwinter? Avez-vous rencontré un vieil homme mort assis sur un tonnelet de pièces d'or?

— Jusqu'à présent, je n'ai pas eu ce plaisir. Est-il supposé être un visiteur régulier de la ferme?

— Le vieil Ephraïm Goodwinter était un avare et l'on raconte qu'il revient régulièrement compter son argent. Comment voulez-vous régler ce costume? Au comptant ou avec une carte de crédit à raison de dix dollars par semaine?

Du magasin de Scottie, Qwilleran se rendit au nouveau complexe immobilier où le *Quelque chose du comté de Moose* occupait un vaste local. Construit pour abriter les bureaux d'édition ainsi qu'une installation moderne d'imprimerie, c'était un projet coûteux qui n'avait été rendu possible que grâce à un prêt sans intérêt accordé par le Fonds Klingenschoen. En haut de la première page on pouvait lire :

Arch Riker : directeur de la publication
Junior Goodwinter : rédacteur en chef
William Allen : directeur adjoint.

Qwilleran entra d'abord dans le bureau du rédacteur en chef, dominé par un grand bureau à rouleau démodé qui réduisait à l'état de gnome le mince jeune homme assis devant. Ce bureau avait appartenu à son arrière-grand-père, l'avare Ephraïm.

Junior Goodwinter avait un visage juvénile et une corpulence d'adolescent. Il se laissait pousser la barbe dans l'espoir de paraître plus de quinze ans.

— Salut, Qwill! Tirez une chaise et posez vos pieds sur le bureau, dit-il à Qwilleran. Vous avez écrit un bel article sur Iris Cobb. J'ai appris que vous aviez établi votre quartier général dans mon ancien lieu de naissance.

— Pour quelque temps. Jusqu'à ce qu'ils aient trouvé un nouveau conservateur. J'espère faire quelques recherches pendant mon séjour là-bas. Ce bureau ancestral est-il pratique?

— Pas très. Tous ces casiers et ces petits tiroirs paraissaient une bonne idée, mais vous ne retrouvez jamais ce que vous avez eu la mauvaise inspiration d'y ranger. Cependant j'aime bien ce système à rouleau. Je peux y laisser le travail en cours, fermer le rouleau et rentrer à la maison avec la conscience tranquille.

— Avez-vous découvert des compartiments cachés? J'imagine que le vieil Ephraïm avait quelques secrets qu'il souhaitait dissimuler.

— Bon sang! Je ne saurais par où commencer à chercher! Pourquoi n'amèneriez-vous pas Koko ici pour le laisser renifler? C'est son truc.

— Il a beaucoup reniflé depuis qu'il est à la ferme. Il se souvient d'Iris et se demande pourquoi elle n'est pas là. A propos, juste avant de mourir, elle a parlé de bruits étranges qu'elle entendait. Avez-vous jamais connu des expériences surnaturelles, quand vous viviez là-bas?

— Non, dit Junior, j'étais trop occupé à monter à cheval et à me bagarrer avec mon grand frère qui mesurait un mètre quatre-vingt-cinq.

— Vous ne m'aviez jamais dit que vous étiez un cavalier, Junior.

— Oh! mais si! Ne le saviez-vous pas? Je voulais être jockey. Mes parents n'ont pas voulu. Avec mes quarante-cinq kilos, j'avais pour alternative groom ou journaliste.

— Comment va le bébé?

Qwilleran n'avait jamais été capable de se souvenir du nom et du sexe de la progéniture de ses amis.

— Un gosse incroyable! Ce matin, il a saisi mon doigt et l'a serré si fort que je ne pouvais plus le détacher et il n'a que quatre semaines! Quatre semaines et trois jours.

Le poing serré comme son arrière-grand-père, pensa Qwilleran. Puis il regarda du côté de la porte :

— Qui va là? N'est-ce pas William Allen?

Un gros chat blanc fit son entrée dans la pièce en agitant la queue d'un air important.

— C'est bien lui, en personne et non sa réincarnation, confirma Junior. Par miracle il a survécu à l'incendie qui a ravagé le vieil immeuble. Il a probablement été incommodé par la fumée, mais il s'est remis sans faire de réclamation à l'assurance. Nous l'avons retrouvé il y a quelques semaines, dix mois après l'incendie. Devinez où il était? Assis devant le bureau de placement!

Qwilleran se rendit, ensuite, dans le bureau du directeur. Arch Riker était assis dans son fauteuil à haut dossier devant une table ayant un dessus convexe en noyer supporté par deux blocs de marbre.

— Aimez-vous travailler dans cet environnement moderne? demanda Qwilleran. Je détecte la jolie main d'Amanda dans cet agencement.

— Cela paralyse mon style habituel. Je n'ose pas mettre les pieds sur cette table, grogna Riker qui avait toujours proclamé qu'il réfléchissait mieux avec les pieds surélevés.

— Ces deux piliers de marbre ressemblent à des pierres tombales.

— Je ne serais pas surpris qu'elles soient authentiques. Amanda a des instincts de pilleur de tombes. Au fait, vous avez écrit une oraison funèbre fort convenable pour Iris Cobb. J'espère que vous en écrirez une aussi bonne, quand mon tour viendra. Qu'y a-t-il de caché derrière tout cela?

— Que voulez-vous dire?

— Ne faites pas le cachottier, Qwill. Vous soupçonnez toujours qu'un accident de voiture est un suicide et qu'un suicide cache un meurtre. Que s'est-il réellement passé dans la nuit de dimanche? Vous paraissez préoccupé.

Qwilleran tira sur sa moustache d'un air coupable et dit avec désinvolture :

— Si j'ai l'air préoccupé, Arch, c'est parce que j'ai acheté un costume foncé pour les funérailles. Je suis porteur de cercueil et je ne sais pas si Scottie pourra me livrer à temps. Irez-vous chez Dingleberry, ce soir?

— J'en ai l'intention. J'ai invité la délicieuse Amanda à dîner. Nous nous arrêterons chez Dingleberry, en rentrant... si elle tient encore debout et marche droit.

— Dites au sommelier de mettre de l'eau dans son bourbon. Nous ne voulons pas que la dame de vos pensées se déshonore chez Dingleberry.

Amis depuis toujours, les deux hommes avaient jeté leur gourme ensemble et s'étaient confié leurs amours de jeunesse, comme leurs problèmes conjugaux. Tous les deux avaient connu les désagréments d'un divorce. Ils se livraient souvent à des échanges de plaisanteries sur Amanda, leur amie excentrique, au franc-parler, avec un penchant pour la dive bouteille. On pouvait appliquer de nombreux adjectifs flatteurs à cette femme d'affaires prospère, membre agressif du Conseil municipal, mais « délicieuse » n'était certainement pas le mot juste.

— Polly sera-t-elle avec vous? demanda Riker.

— Elle assiste à un dîner avec le Conseil d'administration de la bibliothèque, mais elle passera plus tard.

— Nous pourrions peut-être aller quelque part ensuite, tous les quatre, proposa Riker. J'éprouve toujours le besoin de boire un verre après avoir payé mes respects à un défunt.

Qwilleran se leva pour partir :

— Volontiers. A tout à l'heure.

— Pas si vite ! Combien de temps allez-vous rester en ville ? Ne pouvez-vous attendre l'heure du déjeuner ?

— Pas aujourd'hui. Je dois rentrer chez moi pour défaire mes valises. Je dois aussi chercher où sont rangées les ampoules électriques et faire l'inventaire du freezer. Iris préparait toujours des plats comme si elle attendait quarante personnes pour dîner.

— Rentrer chez vous ? Il n'y a pas même vingt-quatre heures que vous êtes là-bas et vous vous croyez déjà chez vous ! Vous possédez vraiment une facilité d'adaptation.

— Je suis un saltimbanque, dit Qwilleran. Chez moi est l'endroit où se trouvent ma brosse à dents et le plat des chats. A ce soir.

En retournant à North Middle Hummock, il remarqua que le vent s'était levé et que les feuilles commençaient à tomber. Sur Fugtree Road, la route était jonchée par les feuilles jaunes des trembles. Ce serait une journée agréable pour se promener, songea-t-il. Sa bicyclette était à Pickax et son exercice quotidien lui manquait. Il se sentait détendu et de bonne humeur. Badiner avec ses collègues le mettait toujours dans d'aimables dispositions. Un moment plus tard, ce bel équilibre mental fut quelque peu perturbé.

En débouchant dans Black Creek Lane, il dut appuyer brusquement sur ses freins. Une petite fille se tenait au milieu du sentier, un jouet à la main. Au bruit du freinage sur le gravier, Mrs. Boswell sortit en courant de la maison.

— Baby ! Je t'ai dit cent fois de rester dans la cour !

Elle saisit l'enfant dans ses bras et lui confisqua son jouet.

— C'est à papa, tu ne dois pas y toucher.

Qwilleran baissa la vitre de sa portière :

— Eh bien! elle m'a fait une belle frayeur! Vous devriez la tenir en laisse.

— Je suis désolée... Mr. Qwilleran.

Il continua à rouler lentement en réprimant un frisson à la pensée de l'accident qu'il venait d'éviter, puis il repensa à l'accent traînant de Verona et soudain, il se rendit compte que le « jouet » que l'enfant tenait à la main était en fait un talkie-walkie. Au moment où il se garait dans la cour de la ferme, la camionnette de Boswell démarra devant la grange. Le conducteur se pencha à la portière :

— A quelle heure ont lieu les funérailles, demain? dit la voix en trompette qui résonna dans la campagne.

— A dix heures et demie.

— Savez-vous qui a été sélectionné comme porteur? J'ai pensé que l'on pourrait faire appel à moi, étant donné que je suis un voisin et tout ça. J'aurais été heureux d'accepter bien que je sois très occupé avec cet inventaire. Quand vous aurez envie de voir une presse à imprimer datant du siècle dernier, dites-le-moi, je prendrai le temps de tout vous montrer et vous expliquer. C'est très intéressant.

— J'en suis persuadé, dit Qwilleran, avec un visage de marbre.

— Nous pensons aller au service, ce soir, ma femme et moi. Si vous voulez profiter de la voiture, ce sera un plaisir, il y a de la place.

— C'est aimable à vous, mais je rejoins des amis à Pickax.

— Très bien, mais n'oubliez pas que nous sommes là pour vous aider si vous en avez besoin.

Boswell fit un geste amical de la main et remit le moteur en marche pour aller jusqu'à son cottage.

Tirant sur sa moustache avec irritation, Qwilleran entra dans l'appartement et se mit à la recherche des chats. C'était toujours son premier souci, quand il rentrait à la maison. Ils étaient dans la cuisine. Ils parurent surpris de le revoir si tôt. Ils paraissaient embarrassés, comme s'il avait interrompu un rite privé félin auquel il n'était pas supposé assister.

— Qu'êtes-vous encore en train de manigancer, polissons ? demanda Qwilleran.

Koko répondit « Ik Ik Ik » et Yom Yom lécha nonchalamment une tache sur son ventre neigeux.

— Je vais aller faire une promenade, alors vous pouvez reprendre vos occupations.

Après avoir enfilé un costume plus chaud, il remonta lentement le sentier, appréciant ce somptueux feuillage automnal, ce ciel d'un bleu profond et cet épais tapis de feuilles sous ses pieds. Lorsqu'il atteignit le cottage, il hâta le pas de crainte que Boswell ne sortît pour engager la conversation. Arrivé au carrefour, il tourna à droite pour explorer une partie de Fugtree Road qu'il n'avait jamais eu l'occasion de traverser. La route était pavée ; il n'y avait pas d'habitation, mais seulement des pâturages rocailleux, des lopins de terre et des écureuils occupés à manger des glands sur les chênes. Il parcourut environ un kilomètre et demi, sans rien remarquer d'intéressant, sauf un pont qui enjambait un étroit ruisseau qui était, sans doute, Black Creek. Puis il revint sur ses pas, se pressa à nouveau devant le cottage des Boswell et ralentit devant la ferme Fugtree.

Le nom de Fugtree était célèbre dans le comté de Moose. La ferme avait été construite par l'un des barons de l'industrie forestière au XIXe siècle et c'était un parfait exemple de la riche époque victorienne : deux étages, avec une tour et une surabondance d'ornements architecturaux. Un complexe de granges, abris et poulaillers indiquait que la ferme avait été également exploitée par un gentleman-farmer qui possédait beaucoup d'argent. Aujourd'hui les bâtiments extérieurs étaient misérables, la maison avait besoin d'être repeinte et le terrain était envahi par les mauvaises herbes. Les actuels occupants ne prenaient pas soin de la propriété comme autrefois.

Tandis que Qwilleran spéculait sur sa grandeur passée, quelqu'un dans la cour regarda dans sa direction, les mains sur les hanches. Il fit demi-tour et revint d'un pas vif dans Black Creek Lane. En passant devant le cottage, il prit soin de garder son regard droit devant lui. Malgré tout, il entendit de petits pas trottiner derrière son dos, sur le chemin.

— Bonjour, dit une voix enfantine.

Il l'ignora et hâta le pas.

— Bonjour, répéta la petite voix, en arrivant à sa hauteur.

Il continua à marcher. Lorsqu'il était enfant à Chicago, on lui avait appris qu'il ne fallait jamais parler à des étrangers et en tant qu'adulte, dans une société qui avait bien changé, il jugeait plus prudent de ne jamais s'adresser à des enfants inconnus.

— Bonjour, répéta la petite voix, tandis qu'il marchait résolument dans le sentier en écrasant les feuilles sous ses pas.

« C'est probablement une enfant solitaire », songeat-il, mais il bannit aussitôt cette pensée de son esprit et termina sa promenade au pas de charge.

En arrivant dans l'appartement, il appuya sur le commutateur du hall par pure curiosité. Trois ampoules électriques répondirent à l'appel. D'abord les quatre avaient fonctionné, puis trois, puis deux. Maintenant à nouveau, trois ampoules marchaient. En grommelant entre ses dents, il entra dans la cuisine où Koko était assis sur l'appui de la fenêtre, surveillant avec attention la cour devant la grange. Yom Yom surveillait Koko.

Qwilleran déclara, en élevant la voix :

— Puisque vous deux, paresseux, passez votre temps à flâner dans la cuisine, vous pourrez peut-être me dire où trouver des ampoules électriques neuves ? Viens, Koko, faisons une petite inspection.

Avec une apparente difficulté, Koko détourna son attention de la scène extérieure et exécuta un saut prodigieux du bord de la fenêtre pour atterrir sur le haut du grand réfrigérateur qu'Iris Cobb avait laissé rempli de nourriture.

— J'ai parlé d'ampoules électriques et non de boulettes de viande, protesta Qwilleran.

Il ouvrit et referma plusieurs placards sans résultat, mais finit par trouver une ampoule électrique ayant la forme d'une bougie. Il transporta une chaise dans le hall, suivi par les siamois qui désiraient assister à la représentation. Toute action sortant de l'ordinaire attirait leur attention et un homme grimpant lourdement sur une chaise de cuisine était un spectacle rare.

Une fois juché sur son perchoir, Qwilleran avait oublié quelle ampoule il devait remplacer. Il redescendit et appuya sur l'interrupteur. Les quatre ampoules répondirent.

— Il y a un esprit dans cette maison, murmura-t-il, en reportant la chaise dans la cuisine et en remettant l'ampoule neuve à sa place.

CHAPITRE CINQ

Les établissements Dingleberry occupaient une vieille maison en pierres dans Goodwinter Boulevard, une de celles qui avaient été construites par les riches propriétaires de mines durant les années de prospérité du comté de Moose. Bien que l'extérieur fût sinistre, l'intérieur avait été décoré par l'atelier d'Amanda : épaisse moquette, murs tendus de lin et rideaux de soie vert pâle mettant en valeur le lourd mobilier du XVIIIe siècle en acajou et des peintures à l'huile insignifiantes dans leurs larges cadres dorés. Ce décor était tellement apprécié que la plupart des riches résidences de Pickax étaient traitées dans ce même ton de « vert Dingleberry ».

Lorsque Qwilleran se présenta le mardi soir, l'important parking, derrière la maison, était déjà plein et toutes les places autorisées sur le boulevard, occupées. En entrant dans l'immeuble, il entendit un murmure respectueux de voix venant des pièces adjacentes. Susan Exbridge, aussi élégante que d'habitude, vint aussitôt au-devant de lui.

— Dennis est un amour, déclara-t-elle à mi-voix. Je suis si triste pour lui ! Il pense qu'Iris serait encore en vie s'il était arrivé un jour plus tôt, mais j'ai fait de mon mieux pour lui retirer tout remords de conscience. Je l'ai emmené déjeuner chez *Tipsy*, puis nous sommes allés faire un tour à la campagne, en voiture. Il a été très impressionné par la propriété Fitch. Elle est à vendre, comme vous le savez. Il pense que cette grande maison pourrait être convertie en appartements et qu'il aimerait vivre lui-même dans l'autre maison. Je ne lui en ai pas soufflé mot, mais s'il hérite de la fortune d'Iris, il pourra se permettre d'acheter la propriété Fitch et nous pourrons l'avoir au Club théâtral. Il s'intéresse au théâtre et nous avons besoin d'un bel homme tel que lui pour jouer les rôles principaux — enfin, de son âge, veux-je dire. De toute façon, je ne comprends pas que quelqu'un puisse souhaiter vivre à Saint Louis. Et vous ?

— Vous devriez travailler dans l'immobilier.

— Je m'y résoudrai peut-être si la boutique n'a pas un grand succès. Comment pourrais-je la faire marcher sans Iris ? J'ai des relations, mais elle avait le savoir-faire. Exbridge et Cobb, cela sonnait tellement bien ! Voulez-vous la voir ? Elle paraît si charmante !

Susan accompagna Qwilleran dans la salle où les visiteurs rassemblés en petits groupes parlaient d'une voix basse mais animée. Un mur entier était garni de fleurs roses avec quelques floraisons rouges et blanches pour donner de l'accent et Iris Cobb, vêtue de son costume en daim rose, était étendue dans un cercueil capitonné de rose, avec ses lunettes à monture ornée de pierres du Rhin dans une main, comme si elle venait de les retirer pour faire un somme.

— Le vernis à ongles rose est-il votre idée, Susan ? Je ne l'ai jamais vue porter de vernis, remarqua Qwilleran.

— Elle prétendait qu'elle ne pouvait pas en mettre parce qu'elle avait les mains trop souvent sous le robinet. Mais elle n'aura plus de cuisine à faire maintenant, aussi je pense que le vernis est approprié.

— Ne vous leurrez pas, en ce moment elle est en

train de préparer quelque pâtisserie éthérée pour les anges.

— Le notaire vous a-t-il appelé ? demanda Susan qui était plus sensible aux faits pratiques que spirituels.

— Non. Pourquoi l'aurait-il fait ?

— La lecture du testament aura lieu mardi. Larry et moi avons été priés d'y assister. Je me demande pourquoi. Cette idée me rend nerveuse.

— Iris vous a peut-être légué son lit du général Grant, dit Qwilleran, sur un ton persifleur.

Un nouveau groupe de visiteurs arriva et Susan s'excusa pour retourner à son rôle d'hôtesse d'accueil à l'entrée. Qwilleran aperçut Dennis qui lui adressa un signe de la main.

— Avez-vous lu ses lettres ? demanda-t-il, en s'approchant.

Qwilleran hocha la tête avec tristesse.

— Elle a décliné rapidement. C'est bien regrettable.

— J'ai demandé au docteur Halifax si les bruits qu'elle entendait pouvaient provenir de médicaments. Il n'a pas voulu se prononcer, mais j'ai vu les résultats de ses derniers examens. Elle était vraiment en mauvaise santé. Le médecin prétend qu'elle avait une terreur panique des opérations. Vous savez qu'elle avait refusé de se faire opérer de la cataracte, bien que sa vue ait beaucoup baissé, risquant même de l'empêcher de conduire.

— Quand souhaitez-vous venir à la ferme ?

— Pourquoi pas demain, après les funérailles ? Je suis curieux de...

Dennis fut interrompu par une voix forte à l'entrée et il se tourna de ce côté. Tout le monde se tut et regarda dans cette direction. Les Boswell venaient d'arriver et se dirigeaient vers le cercueil. L'homme tenait la petite fille dans ses bras. Pour la première fois, Qwilleran remarqua qu'il boitait assez bas.

— Regarde, Baby, dit-il, de sa voix d'aboyeur public, c'est la gentille dame qui te donnait des gâteaux. Elle est partie vivre au ciel et nous sommes venus lui dire au revoir.

— Dis au revoir à Mrs. Cobb, Baby, dit sa mère, de sa voix douce.

— Bye-Bye, dit Baby, en agitant ses doigts d'un geste enfantin.

— Iris paraît si... jolie, n'est-ce pas, Baby ?

— Pourquoi est-elle dans cette boîte ?

Pour une enfant de cet âge, elle prononçait les mots d'une façon remarquable.

Son père la posa par terre et se tourna vers Qwilleran qui le regardait.

— Il y a salle comble, ici, ce soir. Il n'y a pas une place au parking, annonça-t-il de sa voix de stentor. C'est la plus grande cérémonie du genre à laquelle j'assiste. Regardez donc ces fleurs ! C'était une femme très populaire. Elle agissait parfois comme si elle n'avait pas grand-chose dans la tête, mais les gens l'aimaient, on peut le juger à cette foule.

Mrs. Boswell, qui tenait sa fille par la main, dit à son tour :

— Baby, voici le gentil monsieur qui habite au musée, dis bonjour à Mr. Qwilleran.

— Bonjour, dit Baby.

Qwilleran baissa les yeux vers la toute petite fille, pathétiquement menue avec sa courte veste en velours bleu et son pantalon blanc froissé. L'ensemble avait, de toute évidence, été confectionné à la hâte à la maison. Avant qu'il ait pu répondre, ses parents localisèrent Lanspeak et le laissèrent en compagnie de Baby. Elle leva des yeux admiratifs sur sa moustache et dit de sa voix précise :

— Qu'avez-vous au milieu de la figure?

— Mon nez. Ton papa n'a-t-il pas un nez?

— Oui. Il a un nez.

— Et ta maman n'a-t-elle pas un nez?

— Tout le monde a un nez, convint Baby, avec dédain, comme si elle avait affaire à un simple d'esprit.

— Alors tu devrais reconnaître un nez quand tu en vois un.

Baby ne fut pas émue par cette logique irréfutable.

— Où travaillez-vous? demanda-t-elle.

— Je ne travaille pas. Où travailles-tu?

— Je suis trop petite. Mon papa travaille.

— Où cela?

— Dans la grange.

— Que fait-il dans la grange?

Baby frotta son pied de poupée sur le sol:

— Je ne sais pas. Je ne vais jamais dans la grange.

— Pourquoi cela?

— Parce que je risquerais de me salir.

— C'est probable, dit Qwilleran, regardant autour de lui, en quête de secours.

— Il y a des chatons dans la grange, reprit Baby.

— Si tu ne vas pas dans la grange, comment le sais-tu?

Ce dialogue animé avait attiré l'attention amusée d'un groupe de personnes. Mrs. Boswell vint récupérer sa fille.

— N'ennuie pas Mr. Qwilleran, dit-elle avec douceur.

Ce fut un soulagement pour lui de circuler au milieu des adultes. Le livre des visiteurs recevait la signature de l'élite de Pickax, notables, riches collectionneurs, politiciens, certains en tant que membres de leur association, la Société d'Histoire ou celle d'études généalogiques, ces deux organisations étant les plus importantes du comté qui se flattait de son riche héritage. Le Club des vétérans, quant à lui, n'acceptait que les résidents de longue date, d'un âge avancé et de nombreux membres à cheveux blancs marchaient en s'appuyant sur une canne ou circulaient dans un fauteuil roulant. Qwilleran pensa que c'était une bonne idée d'avoir chargé Mitch Ogilvie, le jeune employé à la réception de l'hôtel, de garder un œil sur ces personnes âgées. Il s'occupait de sa tâche avec efficacité, écoutait leurs histoires et encourageait les vétérans à parler.

Arch Riker était là. Il tenait le bras d'une Amanda qui avait du mal à conserver son équilibre. Polly Duncan, en compagnie du Conseil d'administration de la bibliothèque au grand complet, échangea un regard avec Qwilleran à travers la pièce bondée. Ils étaient toujours discrets en public. Le dynamique Homer Tibbitt, âgé de quatre-vingt-quatorze ans, était accompagné d'une femme d'un certain âge, les cheveux d'un étonnant brun doré.

— Qui est ce type qui marche comme un robot ? demanda Riker à Qwilleran.

— Lorsque vous aurez son âge, vous ne pourrez sortir de votre lit sans l'aide d'un derrick, répondit Qwilleran. Il s'agit de Homer Tibbitt, proviseur de collège en retraite. A quatre-vingt-quatorze ans, il travaille toujours comme bénévole au musée.

— Cette femme de quatre-vingt-cinq ans, qui a une chevelure de trente-cinq ans, est Rhoda Finney, dit Amanda. Elle poursuit Homer de ses assiduités depuis des années, avant même la mort de sa femme, en fait. C'est une Lockmaster-Finney et nous avons tous entendu parler d'eux.

Les déclarations d'Amanda étaient toujours un mélange de rumeur, d'imagination et de vérité, dans des proportions inconnues.

— Le vieux type à qui parle Homer est Dingle-berry, le plus vieil entrepreneur de pompes funèbres des trois comtés.

Elle désignait une silhouette frêle et voûtée appuyée contre une colonne.

— Il a enterré plus de secrets qu'un chien des os. Je parie que certains viennent le hanter. Regardez-moi ces vieilles badernes avec leurs têtes rapprochées, ils hennissent comme de vieilles carnes ! Vous pouvez parier qu'Adam raconte une histoire polissonne à Homer après avoir prié sa bonne amie de fermer son appareil acoustique.

Riker lui pressa le bras :

— Venez, Amanda, il est temps de partir.

Qwilleran manœuvra dans la pièce, afin de rencontrer le regard de Polly, puis il tourna la tête en direction de la sortie. Elle prit congé de ses amis et vint le rejoindre.

Dans le hall, Riker demanda :

— Et si nous allions au *Vieux Moulin* ? Il reste ouvert plus tard que *Chez Stéphanie*.

— Entendu, nous vous y retrouvons, dit Qwilleran.

Polly et lui partirent chacun dans leur voiture.

Au pittoresque moulin, les deux couples demandèrent une table tranquille et furent conduits dans un angle discret, avec vue sur la roue à eau du moulin. Ils formaient un étrange quatuor : l'héritier des biens Klingenschoen, avec sa grosse moustache ; Arch Riker avec son égalité de caractère, ses cheveux qui s'éclaircissaient et la silhouette pansue d'un homme ayant passé sa vie derrière un bureau ; Polly Duncan, avec son visage agréable, sa voix mélodieuse, administrait avec compétence la bibliothèque de Pickax, et enfin Amanda, membre de la fameuse famille Goodwinter, qui levait le coude facilement, au grand dam des membres respectables de sa famille. Polly avait une silhouette épanouie, un penchant pour les costumes tailleurs gris, tout simples, mais elle était un modèle d'élégance comparée à Amanda, sur qui tout vêtement neuf semblait sortir de chez un fripier et qui paraissait n'avoir jamais une mèche de cheveux en place. Néanmoins, Arch Riker appréciait sa compagnie pour des raisons perverses que Qwilleran ne pouvait qu'imaginer.

Amanda commanda son habituel bourbon, Polly demanda un sherry sec, Riker un scotch et Qwilleran se contenta d'une tarte au potiron et de café.

— Quel merveilleux article nécrologique vous avez écrit sur Iris, Qwill! dit Polly. Dans la vie courante elle était si efficace que l'on avait tendance à oublier ses admirables qualités.

Amanda leva son verre :

— A la mémoire de sainte Iris des Hummock!

Puis elle tressaillit et rabroua Riker qui l'avait pincée sous la table. Polly leva son verre et cita *Hamlet* : « Des volées d'anges chantent pour ton repos. »

Les deux hommes hochèrent la tête et burent en silence. Puis Riker demanda :

— Comment s'est passé votre été en Angleterre, Polly? Avez-vous étonné vos interlocuteurs par vos connaissances de Shakespeare?

Elle eut un petit sourire amusé :

— Je n'ai eu aucune occasion de les exposer, Arch, j'étais trop occupée à répondre à toutes leurs questions sur le cinéma américain.

— Du moins les Anglais savent-ils que le barde d'Avon était un écrivain élisabéthain et non une marque de cosmétique.

— Voici la grosse artillerie, murmura Amanda en voyant entrer deux couples.

En se rendant à la table qui leur était réservée, les

Lanspeak, Dennis Hough et Susan Exbridge s'arrêtèrent pour s'entretenir avec le groupe de Qwilleran.
Polly observa :

— La cérémonie était remarquable chez Dingleberry et quelle magnifique coordination de couleurs,
jusqu'au vernis à ongles !

— Tout le mérite en revient à Susan, dit Carol
Lanspeak.

— J'aurais dû le deviner, répondit Polly, sur un ton
qui pouvait passer pour un compliment pour le goût
exquis de Susan, sauf que les sourcils de Polly se
dressèrent de façon équivoque.

Qwilleran et Riker échangèrent un coup d'œil
complice. Le peu de sympathie de Polly pour Susan
n'était un secret pour personne.

Tandis que les nouveaux arrivants gagnaient leur
table, Riker remarqua :

— Est-il exact que la maison Dingleberry vous
enterre gratuitement si vous avez cent ans ou plus ?

— Ils peuvent le faire, grommela Amanda. Ils
gagnent un argent fou, mais j'ai eu un mal de chien à
me faire payer la décoration de leur salon.

— Ils espéraient vous avoir à la fatigue, ironisa
Qwilleran.

— Les établissements Dingleberry remontent à
trois générations, dit Polly, le grand-père Adam Dingleberry fabriquait des cercueils. La deuxième généra-
tion a combiné un magasin de meubles et une entreprise de pompes funèbres. La présente entreprise est
dirigée par Adam, ses fils et ses petits-fils.

— Quel est ce crétin avec une voix de crécelle qui
est venu troubler la sérénité de la réunion ? demanda
Amanda.

— Vous avez tapé dans l'œil de leur gamine, Qwill,
dit Riker. Qui étaient ces gens ?

— Mes voisins au musée. Il dresse un catalogue des

presses d'imprimerie pour la Société d'Histoire. A propos, Arch, l'article nécrologique que je vous ai soumis parle des heures de visite chez Dingleberry. Quelqu'un a transformé « heures de visite » en « visitation ». Je sais bien que c'est considéré comme de bon ton dans certains cercles, mais c'est une hyperbole ridicule qui ne peut passer dans un journal d'une certaine classe. Une visitation est une manifestation divine.

— Ou une communication avec un esprit, ajouta Polly. Shakespeare parle de la visitation du fantôme du père de Hamlet.

— A propos de fantômes, dit Qwilleran, y a-t-il jamais eu des rumeurs selon lesquelles la ferme Goodwinter serait hantée ?

— S'il n'y en a pas eu, c'est un tort, déclara Amanda d'un ton belliqueux. Trois générations ont connu des morts violentes, à commencer par ce vieux grigou d'Ephraïm, et ils l'avaient tous méritée.

Son chevalier servant la reprit d'un air amusé :

— Vous parlez de vos parents, Amanda.

— Ils ne figurent pas dans mon arbre généalogique. Dans ma famille, nous avons tous un petit grain de folie et la caractéristique d'Ephraïm a toujours été d'être riche et pingre.

— Du calme, Amanda, on vous écoute.

— Eh bien, laissez-les faire, dit-elle, en regardant autour d'elle avec arrogance.

Protestant toujours, Riker insista :

— Notre rédacteur en chef est un descendant direct d'Ephraïm et il n'est ni riche, ni pingre. Junior est pauvre et généreux.

— Ce n'est qu'un gamin, grogna Amanda. Laissez-lui le temps et il deviendra aussi pourri que les autres.

Avec un clin d'œil à Qwilleran, Riker changea habilement de conversation :

— Quelqu'un à cette table croit-il aux fantômes?

— Il y a des hallucinations provoquées par les drogues, le délire et autres désordres physiques ou mentaux, dit Qwilleran.

— Il existe des fantômes depuis des siècles, protesta Polly, lisez la Bible, Cicéron, Plutarque, Dickens et Poe.

— Lorsque nos enfants étaient jeunes, nous avions loué une baraque dans la montagne pour passer les vacances, dit Riker. Notre chien nous accompagnait, bien entendu. C'était un gros boxer courageux, mais chaque nuit, cet animal se glissait sous le sol de la baraque en gémissant comme un couard. Je n'avais jamais rien entendu de pareil. Plus tard, nous avons découvert que l'ancien propriétaire de la maison avait été assassiné par un vagabond.

— J'ai connu un phénomène du même genre, dit Polly. Je voyageais en Europe lorsque ma mère est morte. Je ne savais même pas qu'elle était malade, mais une nuit, je me suis réveillée et je l'ai vue près de mon lit aussi clairement que je vous vois, avec son manteau gris à boutons d'argent.

— A-t-elle parlé? demanda Riker.

— Non, mais je me suis redressée et j'ai dit : « Mère, que fais-tu là? » Aussitôt, elle a disparu. Le lendemain j'ai appris qu'elle était morte quelques heures avant que je ne voie son image.

— Ce phénomène est connu sous le nom de « crise d'apparition différée », dit Qwilleran. C'est une sorte de télépathie provoquée par une concentration émotionnelle intense.

— Peuh! fit la délicieuse Amanda.

Qwilleran et Polly se dirent discrètement bonsoir dans le parking du restaurant et partirent chacun de leur côté après s'être dit : « Je vous appellerai » et « A bientôt ».

C'était une autre de ces nuits sombres où les nuages voilaient la lune. A l'encontre de la folle randonnée qui avait répondu à l'appel d'Iris Cobb, le trajet s'effectua à une allure paresseuse. Qwilleran pensait à Polly Duncan, à sa voix mélodieuse, à son bagage littéraire, à son ombrageuse affection et à son dédain hautain pour Susan Exbridge. Susan se faisait coiffer chez Delphine, dépensait de l'argent en toilettes, conduisait une voiture impressionnante, portait de véritables bijoux, vivait au Village Indien et faisait partie du Conseil d'administration de la bibliothèque, bien qu'elle ne lût jamais aucun livre, toutes choses que Polly désapprouvait hautement. Néanmoins, il était surpris que Polly acceptât les manifestations surnaturelles ; il aurait pensé qu'elle avait plus de bon sens.

Il aperçut de la lumière à la ferme Fugtree et la télévision était allumée au cottage Boswell, mais la cour du musée était dans l'obscurité. Ce qu'il fallait installer était un système automatique pour que les lampes s'éclairent à la tombée de la nuit.

Il se gara et chercha la torche électrique dans le compartiment à gants, mais la torche était restée à la maison. Il alluma les phares de sa voiture et trouva son chemin jusqu'à la porte, tout en observant en même temps un mouvement derrière l'une des fenêtres. Les chats devaient l'avoir attendu, installés sur l'appui d'une fenêtre, pensa-t-il, et ils avaient sauté à terre pour venir à sa rencontre. Cependant, lorsqu'il ouvrit la porte, seule Yom Yom fit son apparition. Koko était ailleurs, on l'entendait ronchonner dans ses moustaches dans un monologue félin coupé de « iks » et de « yaos ».

Qwilleran se dirigea d'un pas ferme vers l'arrière de

l'appartement et observa que le chat faisait des méandres dans la cuisine, comme un limier, reniflant ici et là, comme s'il détectait des traces de nourriture. Les habitudes de Mrs. Cobb, lorsqu'elle faisait la cuisine, ayant été extrêmement désinvoltes, une cuillerée de farine tombait parfois sur le sol, une crème vigoureusement fouettée pouvait éclabousser, une tomate s'écrasait parfois par terre. Pourtant le sol paraissait propre et fraîchement ciré. Koko suivait le souvenir d'une odeur. Il recherchait quelque chose connu de lui seul et il commentait ses déductions de grognements assourdis.

Qwilleran se mit en pyjama avant de faire un autre essai pour écouter l'enregistrement d'*Otello*. Les siamois vinrent le rejoindre au salon, mais au premier accord, ils sortirent de la pièce et restèrent cachés pendant toute la scène de l'orage. Au bout d'un moment, ils pensèrent qu'ils pouvaient se risquer à revenir, mais les trompettes retentirent et ils redisparurent promptement.

Juste comme le triomphant Otello faisait une entrée dramatique, le téléphone sonna. Qwilleran grogna, baissa le volume du son et prit l'appel dans la chambre.

— Notre étude a essayé de vous joindre, Qwill, dit le notaire qui se chargeait de toutes les questions légales concernant le Fonds Klingenschoen. En tant que notaire de Mrs. Cobb, nous nous permettons de vous suggérer d'assister à la lecture de son testament, jeudi matin.

— Avez-vous une bonne raison pour me demander d'être présent?

— Je suis certain que vous trouverez l'expérience intéressante. En dehors des legs importants à sa famille, elle souhaitait laisser certains souvenirs à des amis. A 11 heures, jeudi matin, à l'étude.

Qwilleran le remercia sans enthousiasme et retourna à *Otello*.

Il avait suivi le livret en anglais et maintenant il avait perdu le passage de l'opéra. Il rembobina la bande magnétique et la remit au point de départ. A nouveau les siamois reprirent leur stupide pantomime d'entrée précautionneuse et de fuite éperdue. Cette fois la bande se déroula sans interruption jusqu'à l'acte II. Le sinistre Iago se lançait dans son *Credo* plein de haine quand... le téléphone sonna encore. Une nouvelle fois, Qwilleran alla décrocher dans sa chambre.

Une voix de femme déclara :

— Mr. Qwilleran, vos phares sont allumés.

Pris par l'opéra, Qwilleran ne comprit pas immédiatement ce qu'on lui disait : ses phares ? Quels phares ? Puis la compréhension se fit :

— Mes phares ! Oh ! merci, qui appelle ?

— Kristi, de la ferme Fugtree. Je vois votre maison des fenêtres d'en haut.

Après l'avoir encore remerciée, Qwilleran se précipita dehors, éteignit ses phares. Le rayon lumineux était devenu une pâle lueur et il comprit que la batterie était à plat. Il ne se trompait pas. Le moteur refusa de tourner. S'appuyant sur les coussins du siège de la voiture, il dut faire face aux faits : les garages de la campagne fermaient à 9 heures et il était minuit passé. Les funérailles avaient lieu à dix heures et demie et auparavant il devait aller chercher son costume chez Scottie. Avec une batterie déchargée, c'était impossible.

Il n'y avait qu'une seule solution. Aussi désagréable qu'elle pût être, c'était la seule permettant de résoudre le problème.

CHAPITRE SIX

Tôt le mercredi matin, Qwilleran serra les dents, se mordit les lèvres et décrocha le téléphone pour appeler le cottage de Black Lane Creek. Il était important, se dit-il, de ne pas se montrer trop soudainement amical et de ne pas se confondre en excuses, mais d'être quelques degrés plus chaleureux qu'auparavant avec une note d'urgence pour masquer son embarras.

— Mr. Boswell, dit-il, ici Qwilleran. J'ai un sérieux problème.

— Comment puis-je vous rendre service ? Ce sera un privilège et un plaisir, claironna la voix qui déchirait les tympans.

— J'ai oublié d'éteindre mes phares en rentrant et ma voiture refuse de partir. Seriez-vous, par hasard, équipé pour me permettre de recharger ma batterie ?

— Bien sûr, je viens vous voir tout de suite.

— Je suis navré de vous déranger si tôt, mais je dois être à Pickax à 9 heures.

— Aucun problème en ce qui me concerne.

— Naturellement, je vous rembourserai.

— Vous n'y songez pas ! A quoi serviraient les voisins si ce n'était pas à s'entraider ? J'arrive immédiatement.

Qwilleran maudit cet homme et sa langue sirupeuse. Il espéra qu'il n'attendait pas de lui qu'il le rembourse

81

en faisant du baby-sitting, pendant que les parents iraient au cinéma à Pickax.

Aussi désagréable que cela fût, Qwilleran survécut aux manifestations amicales de Boswell. Il le remercia sincèrement, mais sans effusion. En se mettant en route pour Pickax, il songea qu'un petit cadeau de remerciement serait convenable puisque Boswell refusait toute rémunération. Une bonne bouteille ? Une boîte de chocolats ? Une plante en pot ? Un jouet pour Baby ? Il écarta aussitôt cette dernière suggestion. Un geste de cette nature pourrait être mal interprété et Baby commencerait à venir poser des questions et voudrait voir les « minets ». Elle se mettrait peut-être même à l'appeler « Oncle Qwill ».

En passant devant la ferme Fugtree, il se souvint qu'il avait également une dette de reconnaissance envers Kristi Waffle. Des chocolats ? Une plante en pot ? Elle paraissait jeune et spirituelle, apparemment elle avait des enfants, mais de quel âge ? Avait-elle un mari ? Si oui, pourquoi ne coupait-il pas les mauvaises herbes ? Ils semblaient assez peu à leur aise. L'inévitable pick-up qui était garé dans l'allée semblait bon à être jeté à la casse. Lorsqu'il arriva chez Scottie, il était toujours dans le même état de perplexité. Une corbeille de fruits ? Une dinde surgelée ? Une bonne bouteille ?

Qwilleran récupéra son costume bleu foncé et se précipita à son appartement, au-dessus du garage. Dans le square, les gens se rassemblaient déjà pour aller à la Vieille Église de Pierre. La circulation était détournée, les voitures du cortège funéraire s'alignaient par rangs de quatre et le square lui-même était rempli de curieux. Il s'habilla rapidement, trouva une paire de chaussettes noires, mais toutes ses cravates étaient rayées, écossaises ou simplement rouges, aussi dut-il retourner chez Scottie pour en acheter une convenable.

82

Lorsqu'il arriva finalement à l'église correctement cravaté, il observa trois générations de Dingleberry. Le vieil Adam appuyé contre le mur du narthex, ses fils s'occupant fiévreusement des détails et les petits-fils dirigeant la procession. A l'intérieur de l'église, les orgues faisaient retentir les premiers accords. Les bancs étaient remplis, des fleurs roses étaient disposées devant l'autel et Iris Cobb était étendue dans son cercueil rose avec son costume en daim rose.

Tout se passait comme elle l'aurait souhaité pour ses adieux à Pickax. Bien qu'elle se fût toujours montrée modeste, elle se glorifiait de l'attention et de l'approbation d'autrui. Qwilleran ressentit une sorte de satisfaction posthume pour son ancienne gouvernante, si désireuse de faire plaisir aux autres et qui avait atteint un tel statut.

Après l'enterrement, il assista à un léger lunch dans un salon privé de *Chez Stéphanie*. Les conversations se poursuivaient en mineur et les invités s'efforçaient de faire des réflexions appropriées en exprimant quelques souvenirs tristes et des réminiscences nostalgiques. Dennis Hough fut le premier à apporter un changement de conversation en déclarant :

— J'ai rencontré tant de gens charmants ici que je ne m'étonne pas que mère y ait été heureuse. Je m'installerais moi-même volontiers dans le comté de Moose si j'en avais la possibilité.

— Voilà une décision qui l'aurait comblée de joie, dit Susan.

— Mais je ne sais pas comment Cheryl réagira à cette idée. C'est si loin de tout ! Comment est le système scolaire ?

Ce fut Carol Lanspeak qui répondit :

— Grâce au Fonds K. nous avons pu étendre nos facilités, améliorer le système existant, engager d'autres professeurs.

— Le Fonds K.?

— C'est le surnom affectueux pour le « Fonds Klingenschoen ».

— Le comté possède plusieurs complexes industriels et commerciaux, mais nous aurions besoin d'un bon architecte, ajouta Larry Lanspeak, vous devriez considérer la question.

Après le lunch, alors que Qwilleran et Dennis roulaient vers North Middle Hummock, le jeune homme demanda :

— Comment fonctionne le Fonds Klingenschoen?

— Il dirige et investit la fortune Klingenschoen et distribue les revenus au bénéfice de la communauté sous forme de commandites, de bourses scolaires, de prêts à faible intérêt, etc.

— Si j'ouvrais un cabinet d'architecte, aurais-je une chance d'obtenir un prêt?

— Il n'y a aucun doute à ce sujet, si vous faites appel au Fonds en présentant un bon dossier.

— Ma mère m'a dit que la fortune Klingenschoen vous appartenait dans sa totalité.

— J'en ai hérité, mais j'ai découvert que trop d'argent était un fardeau, expliqua Qwilleran. J'ai résolu le problème en remettant tout entre les mains de la fondation. Je laisse ses dirigeants se débrouiller.

— C'est fort généreux de votre part.

— Non, pas généreux, mais avisé. J'ai tout ce dont j'ai besoin. J'étais heureux en vivant avec deux valises dans un appartement meublé. Je n'ai toujours pas de grands besoins.

En passant devant un champ entouré d'une haie, Qwilleran ajouta :

— C'est ici qu'un vol de corbeaux a surgi de derrière des buissons et effrayé un cheval. Le cavalier a été désarçonné et il est mort dans sa chute. Ces oiseaux noirs se livrent à une sorte de guérilla contre les humains à certaines époques de l'année.

— Qui était cet homme?

— Samson Goodwinter. C'est arrivé il y a plus de soixante-quinze ans, mais les gens en parlent encore comme si cela s'était passé la semaine dernière.

— Ma mère remarquait dans ses lettres que tous les Goodwinter ont connu une mort violente.

— Laissez-moi vous expliquer la famille Goodwinter, dit Qwilleran. Ils sont quarante-neuf dans le seul annuaire téléphonique de Pickax, descendant tous de quatre frères. Il y a une branche très admirée des Goodwinter, comme celle du docteur Halifax, et des Goodwinter excentriques telle l'amie de Arch Riker, Amanda. Une autre branche de la famille se spécialise dans les moutons noirs. Mais les Goodwinter infortunés dont vous parliez sont tous les descendants du frère aîné, Ephraïm, il a porté la guigne à tous ses descendants.

— Comment cela?

— Il était avare. Il possédait la mine Goodwinter, le journal local, deux banques dans le comté, mais il était trop pingre pour prendre des mesures de sécurité dans la mine. Résultat, il y eut une explosion qui fit trente-deux victimes.

— Quand est-ce arrivé?

— En 1904. A partir de ce moment-là, la famille a été violemment détestée. Pour trente et quelques personnes et leur famille, il était le diable incarné. Il essaya de se faire pardonner en créant la bibliothèque municipale, mais les familles des victimes ont refusé de l'absoudre. Les gens jetaient des pierres sur sa maison et on essaya d'incendier sa grange. Ses fils et un gardien faisaient le guet, à tour de rôle, armés d'un fusil, après la tombée de la nuit.

— A quoi ressemblait-il? Le savez-vous?

— Le musée possède son portrait. Un scélérat à la mine rébarbative avec des favoris, des joues creuses et une bouche aux lèvres minces.

Ils roulaient maintenant dans une région vallonnée connue sous le nom des Hummock.

— Au prochain virage vous verrez un arbre de forme grotesque en haut d'une colline, dit Qwilleran, on l'appelle l'Arbre du Pendu. C'est là que l'on a retrouvé Ephraïm Goodwinter se balançant au bout d'une corde, le 30 octobre 1904.

— Qu'était-il arrivé ?

— Sa famille prétendit qu'il s'agissait d'un suicide, mais une rumeur circula à Pickax, affirmant qu'il avait été lynché.

— Y a-t-il une preuve dans un sens ou dans l'autre ?

— Eh bien, la famille produisit une lettre annonçant son intention de se donner la mort, aussi n'y eut-il pas d'enquête ou d'accusation et s'il a été lynché, il est curieux que personne n'ait jamais dénoncé les vigiles et qu'il n'y ait pas eu de confession sur le lit de mort d'un des participants. Aujourd'hui, il existe une confrérie appelée les Nobles Fils du Nœud Coulant. Ils sont supposés être les descendants directs des lyncheurs.

— Que font-ils ? En avez-vous jamais rencontré ?

— Personne ne sait qui appartient à cette association, pas même leurs épouses. Le maire de Pickax pourrait être un des « Nobles Fils », ou les Dingleberry, ou Larry Lanspeak. C'est un secret qui a été gardé pendant trois ou quatre générations et croyez-moi, il n'est pas facile de garder un secret dans le comté de Moose. Il existe un réseau de communication en ville qui fait paraître dérisoires les satellites interplanétaires. Naturellement, on n'appelle pas cela des racontars, mais des « informations partagées ».

— Fantastique ! s'exclama Dennis. C'est un pays intéressant.

En arrivant dans Black Creek Lane, Qwilleran conduisit plus lentement, afin de permettre à son passager d'admirer la beauté du feuillage à l'approche de la ferme. Une camionnette démarra au moment où ils arrivèrent.

— Préparez-vous, dit Qwilleran, voici la grande gueule qui a apporté une note discordante à la cérémonie funéraire, hier soir.

La camionnette s'arrêta à leur hauteur et Vince Boswell se pencha à la portière :

— Navré de n'avoir pu être présent aux funérailles, dit-il, j'essaie de terminer mon travail sur les presses avant les premières chutes de neige. Combien y a-t-il eu de voitures à la cérémonie ?

— Je ne les ai pas comptées, répondit sèchement Qwilleran, puis se rappelant l'aide fournie pour la recharge de la batterie, il poursuivit sur un ton plus cordial : Il y avait la fanfare municipale. Ce fut très impressionnant.

— Cela a dû être un beau spectacle. J'aurais souhaité être là pour dire adieu à cette gentille dame.

Il regarda Dennis et ajouta :

— Je crois que nous n'avons pas été présentés.

Qwilleran fit brièvement les présentations.

— Vous êtes venu chercher certaines affaires de votre mère, je suppose. Elle possédait un livre de cuisine que ma femme aimerait bien avoir, si vous n'en avez pas l'usage. Juste en souvenir. Elle recherche toujours de nouvelles recettes. Si vous désirez venir tous deux dîner à la maison, ce soir, vous serez les bienvenus. Ce ne sera pas un repas de gala, juste à la fortune du pot.

— C'est fort aimable à vous, dit Qwilleran, mais le temps de Mr. Hough est limité. Il désire seulement visiter la ferme.

— Je serai heureux de vous montrer les presses, dans la grange, monsieur.

— Pas cette fois, merci quand même.

— Eh bien, faites-moi savoir si je puis vous être d'une quelconque assistance, dit Boswell.

Tandis que la camionnette s'éloignait, Dennis demanda :

— Croyez-vous qu'il soit un des Nobles Fils du Nœud Coulant ?

— Il est certainement le fils de quelqu'un que la bienséance m'empêche de qualifier, dit Qwilleran, mais il m'a tiré d'une situation difficile, ce matin. Je devrais lui en être reconnaissant. C'est peut-être pour cela qu'il réclame le livre de cuisine de votre mère.

— A la cérémonie, hier soir, il a demandé à Larry la place de ma mère comme conservateur-résident du musée. C'était un peu prématuré, ne trouvez-vous pas ?

— Vince Boswell n'est pas réputé pour sa délicatesse.

Ils firent d'abord le tour des bâtiments. Qwilleran indiqua les caractéristiques de la maison. La partie originale était construite avec des poutres mesurant trente-cinq centimètres, assemblées avec du mortier constitué d'argile, de paille et de sang de cochon. Les ailes est et ouest avaient été ajoutées plus tard et toute la structure était recouverte de bardeaux en cèdre que le temps avait argentés.

Dennis ne manifesta aucune émotion en pénétrant dans l'appartement de sa mère. Il se promena, les mains dans les poches, commentant les larges lames de parquet, l'extravagant usage de boiseries chantournées et les fenêtres à petits carreaux dont certaines conservaient leurs vitraux de couleur d'origine. Il ne fit aucune réflexion sur le lit du général Grant, ni sur la *schrank* de Pennsylvanie. Pas plus que sur la collection d'étains dans la cuisine. Tout cela constituait des trésors pour Iris Cobb.

Quand ils entrèrent dans la cuisine, Koko se leva du

bord de la fenêtre, s'étira longuement et d'un seul bond sauta en haut du réfrigérateur.

— Il est trop tôt pour dîner, lui dit Qwilleran.

— Est-ce là Koko? demanda Dennis. Ma mère m'a parlé de lui. Elle assurait qu'il est très intelligent.

Koko était maintenant sur le sol, dessinant d'étranges arabesques avec son nez, tournant la tête de droite à gauche, en couvrant ainsi toute la pièce.

— C'est son numéro de limier, expliqua Qwilleran.

Lorsque celui-ci s'approcha du téléphone, Koko parut s'exciter. Il sauta sur le banc de la table d'école et renifla le dessus d'un nez humide.

— Qu'y a-t-il dans cette table? demanda Dennis.

Qwilleran souleva le couvercle.

— Des papiers, constata-t-il.

Il y avait des notes gribouillées de l'écriture indéchiffrable d'Iris Cobb, des coupures de journaux, des fiches, une loupe, un vieux carnet de notes écorné — sa couverture jadis noire était devenue grise avec des traces d'eau et de farine.

— On dirait le carnet de recettes culinaires personnelles de ma mère. Elle prétendait que c'était le seul objet de valeur qu'elle ait sauvé de l'incendie, l'année dernière, parce qu'il se trouvait dans ses bagages, à l'époque. Elle voulait l'emporter en voyages de noces, si vous voulez bien croire une chose pareille!

— Connaissant votre mère, je n'en doute pas, dit Qwilleran en reposant le carnet sur la table. Il y a des femmes dans le comté de Moose qui vendraient leur âme pour mettre la main sur ce carnet. Désirez-vous visiter le musée, maintenant?

— Volontiers, dit Dennis, en consultant sa montre.

La partie la plus importante de la maison était meublée de tables à tréteaux, de lits en corde, de garde-manger, de chaises à haut dossier, de meubles incrustés de métal et autres signes extérieurs de richesse datant du temps des pionniers. L'aile ouest était consacrée aux collections de textile, de documents, d'appareils d'éclairage et de divers objets disparates. Dennis ignora les murs peints au pochoir qui avaient enchanté sa mère, les rideaux des fenêtres qui avaient nécessité tant de recherches et les dons qu'elle avait soutirés aux vieilles familles de la région.

— C'est au sous-sol qu'elle a entendu les bruits pour la première fois, dit Dennis.

— Nous allons y descendre, répondit Qwilleran.

En haut de l'escalier, une affiche expliquait que le « cellier » avait été, à l'origine, en sol battu, utilisé pour conserver les légumes et les pommes, en hiver, et peut-être le lait et la crème de la vache de la famille. Plus tard, une cave à charbon avait été ajoutée et un emplacement était réservé aux conserves. Maintenant le sol était cimenté et tout ce qu'il y avait de plus moderne en matière de chauffage et de machine à laver y était installé, mais les poutres, au-dessus de la tête, avaient toujours trente-cinq centimètres d'épaisseur et la patine des ans.

Qwilleran avisa une porte conduisant à une réserve sous l'aile ouest où des meubles abîmés et des ustensiles ménagers en mauvais état avaient été entassés, sans ordre, ni méthode. Qwilleran remarqua un presse-purée en bois. Les murs de pierre étaient épais et grossièrement couverts de plâtre craquelé. « Iris l'a-t-elle écaillé en frappant dessus pour éloigner son visiteur fantôme ? » se demanda Qwilleran.

— Rien, ici, n'explique l'origine de ces bruits, dit Dennis, la maison est construite comme Fort Knox. Remontons. Susan doit venir me chercher pour me faire visiter la propriété Fitch. L'agent immobilier nous rejoindra là-bas.

— Songez-vous sincèrement à vous installer dans le comté de Moose?

— Je ne peux rien dire avant d'en avoir discuté avec Cheryl, mais quand je lui aurai parlé de la propriété Fitch, elle pourrait bien être tentée.

Inutile de lui parler de Susan, pensa Qwilleran. Il existait une évidente sympathie entre Dennis et la joyeuse divorcée. Il s'en était aperçu chez Dingleberry et au lunch qui avait suivi les funérailles. Il le remarqua encore, lorsque Susan arriva et enleva le jeune homme pour le conduire au domaine Fitch. Il avait environ quinze ans de moins qu'elle, mais il était aussi grand que son ex-mari et possédait le même physique avantageux.

Après le départ du couple, il retourna dans la maison et appuya sur l'interrupteur de l'entrée, par pure curiosité. La dernière fois les quatre ampoules électriques fonctionnaient, maintenant il n'y en avait plus que trois. Qwilleran tira sur sa moustache.

Il s'était attendu à passer l'après-midi avec Dennis à examiner les objets exposés au musée et à jeter un coup d'œil sur les presses à imprimer dans la grange, après quoi, ils auraient pu aller boire un verre à la *Taverne des Naufragés* de Mooseville, avant d'aller dîner à l'*Hôtel des Lumières du Nord*, avec vue sur le lac, pour terminer la soirée au *Café de l'Ours Noir* à Brrr.

Quelque peu déçu, il téléphona à Polly à la bibliothèque municipale.

— N'aimeriez-vous pas venir dîner chez moi? demanda-t-elle.

— Je ne voudrais pas vous obliger à faire la cuisine après avoir travaillé toute la journée, protesta-t-il.

— Ne vous inquiétez pas, je peux préparer quelque chose très facilement.

Il savait ce que ce serait. Ils avaient récemment lu à

haute voix la *Cocktail-Party* de T.S. Eliot et depuis lors, Polly préparait des plats au curry au lieu de poissons frits et de côtelettes d'agneau grillées. Il ne détestait pas la cuisine indienne, mais Polly poussait une bonne idée un peu trop loin. Son cottage commençait à avoir un arôme permanent rappelant Bombay, comme s'il s'était incrusté dans les tapis et les meubles.

— Êtes-vous certaine que cela ne vous dérangera pas?

— Bien sûr que non. De plus, j'ai une surprise pour vous.

— De quoi s'agit-il? demanda Qwilleran qui détestait les surprises.

— Si je vous le dis, ce ne sera plus une surprise, n'est-ce pas? Venez à six heures et demie. Cela me donnera le temps de rentrer à la maison et de changer de vêtements.

Et de trouver de la poudre de curry, pensa Qwilleran. A contrecœur il acquiesça. Il aurait préféré du poisson blanc au court-bouillon ou les côtelettes de porc farcies des *Lumières du Nord*.

Maintenant il avait du temps à perdre et il s'avisa qu'il n'avait jamais ratissé de feuilles mortes. Il avait interviewé des rois, il avait débarqué sur une plage de la Méditerranée et il avait été brièvement retenu comme otage par des voleurs de banque, mais il n'avait jamais ratissé de feuilles mortes. Il enfila un jean, une chemise écossaise rouge et se rendit dans la grange pour chercher un râteau.

Un an plus tôt, cette grange avait été le théâtre d'une vente aux enchères, quand les biens de la maison Goodwinter avaient été dispersés. Maintenant elle était utilisée comme garage et cabane à outils. On y trouvait des ustensiles de jardin, un banc, des morceaux de poutre, des sacs de charbon, un tas de bûches. La voiture de Mrs. Cobb était garée là. Il supposait qu'elle serait vendue. Elle était plus grande que la sienne et permettrait de loger plus facilement le plat des chats. Il serait également agréable de pouvoir les sortir pour faire une promenade à la campagne. Les Lanspeak vantaient toujours le charme des Blue Ridge Mountains. Il se demanda si l'altitude affecterait ses oreilles.

Ayant trouvé un râteau, Qwilleran se lança dans cette nouvelle expérience avec tout l'enthousiasme d'un néophyte. C'était un exercice agréable qui cultivait les muscles, sans engager l'esprit. Cela lui permit de penser à l'irritant Vince Boswell, à la découverte du livre de cuisine d'Iris Cobb par Koko, à la trop évidente attirance entre Susan Exbridge et Dennis Hough, à la surprise promise par Polly et à la perspective d'un autre dîner à la sauce au curry. Du coin de l'œil, il aperçut une petite silhouette qui approchait.

— Bonjour, dit Baby.

Qwilleran grommela une réponse entre ses dents et continua à ratisser.

— Que faites-vous?

— Je ratisse.

— Pourquoi?

— Pour les mêmes raisons que tu te laves les dents : parce que cela doit être fait.

Elle considéra ce raisonnement analogique et reprit :

— Quel âge avez-vous?

— C'est un secret d'État. Quel âge as-tu?

— J'aurai trois ans en avril.

— Quel genre de voiture possèdes-tu? demanda Qwilleran.

— Je n'ai pas de voiture, fit-elle, avec une petite moue.

Il dut admettre que c'était une jolie enfant et qu'elle était précoce.

— Pourquoi n'en as-tu pas?

— Parce que je suis trop petite.

— Pourquoi ne grandis-tu pas?

Tandis que Baby réfléchissait à cette question délicate, sa mère arriva en courant :

— Baby! Baby! cria-t-elle de sa voix à la fois précieuse et douce. Papa ne veut pas que tu viennes là. Pardonnez-nous, Mr. Qwilleran, j'espère qu'elle ne vous a pas dérangé. Elle pose toujours des questions si... inattendues.

— Elle s'entraîne pour devenir journaliste, répondit Qwilleran, en continuant à ratisser.

Il termina sa tâche avec satisfaction, entassant les feuilles pour que le jardinier pût les enlever. Puis il retourna dans la maison pour donner à manger aux siamois. Il estima que le freezer contenait au moins pour deux mois de nourriture : de la sauce spaghetti, du *chili*, des macaronis au fromage, de la dinde, des crevettes, des crabes, des boulettes de viande, entre autres spécialités de Mrs. Cobb, parmi lesquelles, nota-t-il avec satisfaction, ne figurait aucune sauce au curry.

Il hacha une tranche de rôti pour les chats et pendant qu'ils dévoraient leur repas, il prit le livre de cuisine personnelle de Mrs. Cobb et chercha la recette de son dessert favori, un gâteau à la noix de coco, fourré d'abricot, mais l'écriture était vraiment illisible. Au fil des années, les pages avaient été tachées de sauce tomate, de chocolat, de farine, d'œuf et de ce qui ressemblait à du sang. En mélangeant tous ces ingrédients, pensa-t-il, on pourrait obtenir une soupe appétissante. C'était probablement la raison pour laquelle Koko avait senti la présence du livre à l'intérieur du bureau. Quel chat remarquable! Reniflant le livre lui-même, il ne détecta aucune odeur particulière. Il le remit en place et alla s'habiller pour dîner.

Polly vivait dans une petite maison sur l'ancienne ferme MacGregor. Le dernier des MacGregor était mort récemment et le corps de ferme était en vente. L'oie si intelligente qui avait l'habitude de patrouiller sur la propriété et de signaler la présence d'intrus n'était plus là. Pendant un instant, tandis qu'il garait sa voiture, Qwilleran imagina que la surprise de Polly était une oie au curry, mais en approchant de la porte, l'odeur de crevette au curry vint chatouiller ses narines et il s'attendait presque à entendre des *raga*.

— Ne me dites rien, je vais deviner ce qu'il y a pour dîner, déclara-t-il.

L'accueil de Polly fut plus ardent que d'habitude. Elle manifestait une excitation qui contrastait avec son calme habituel.

— Prenons une petite heure de détente, avant de dîner, dit-elle, en jonglant avec des cubes de glace.

Elle lui servit une eau de Squunk avec un peu de bitter et des canapés au fromage, et prit un verre de sherry en disant avec espièglerie :

— Mange ton pain avec joie et déguste ton eau de Squunk d'un cœur joyeux.

— Vous êtes de bonne humeur, ce soir, dit-il, le Conseil d'administration a-t-il voté une augmentation ?

— Devinez.

— Le Conseil a décidé un nouveau système de chauffage pour la bibliothèque.

Polly sauta sur ses pieds. Ordinairement elle se levait avec grâce, mais elle se contenta de dire, avant de se diriger vers la chambre :

— Fermez les yeux.

Quand elle revint, il entendit un petit cri et ouvrit les yeux pour voir qu'elle tenait un petit panier dans lequel était couché un jeune chaton blanc avec de grandes oreilles brunes, de grosses pattes brunes, un nez noir et les incroyables yeux bleus bridés des siamois.

— Voici mon petit garçon, dit-elle avec fierté. Il est venu depuis Lockmaster en autobus, aujourd'hui, et a voyagé tout seul comme un grand !

— Est-ce ainsi que sont les siamois quand ils sont petits ? demanda Qwilleran avec étonnement.

Il avait adopté Koko et Yom Yom alors que tous les deux étaient déjà adultes.

— N'est-il pas adorable ?

Elle le souleva de son panier et frotta son visage contre sa fourrure.

— Nous allons l'adorer ! C'est un tel petit trésor, n'est-ce pas, mon amour ?

Elle posa le chat sur le sol avec douceur. Il avança sur le tapis d'une démarche incertaine, comme s'il était ivre ; ses pattes maigres avec un angle bizarre et ses grands pieds bruns le faisaient ressembler à un clown portant des chaussures trop grandes. Polly expliqua :

— Il n'est pas encore en équilibre sur ses papattes et il est un peu perdu d'avoir été séparé de sa maman et de ses frères et sœurs, n'est-ce pas, mon chouchounet ?

Qwilleran dut reconnaître que c'était un joli petit animal, bien que les commentaires de Polly lui parussent exagérés. A l'occasion, il appelait Yom Yom « ma petite bien-aimée », mais c'était bien différent. C'était une expression affectueuse et non bêtifiante.

— Comment s'appelle-t-il ? demanda-t-il.

— Bootsie et il va devenir grand et fort, juste comme Koko !

« Ça m'étonnerait avec un nom pareil », pensa Qwilleran. Koko portait le nom très digne de Kao K'o Kung, venant d'un artiste chinois du XIIIe siècle.

— Vous m'avez toujours dit que vous ne vouliez pas d'animaux, vous prétendiez que vous étiez trop occupée et trop souvent en ville.

— Je sais, avoua-t-elle, avec un petit sourire coupable, mais la bibliothécaire de Lockmaster a une chatte qui a eu une portée et Bootsie était vraiment irrésistible. Voulez-vous le tenir ? Mais d'abord, je dois lui faire un petit bisou pour qu'il sache combien je l'aime.

Qwilleran accepta la petite boule de poils, avec précaution.

— Il doit peser à peine trois livres. De quoi est-il fait ? De plumes d'oie ?

— Il pèse exactement un kilo trois cent cinquante grammes sur la balance de la cuisine.

— Le nourrissez-vous au compte-gouttes ?

— Il a droit à une cuillerée de pâtée nutritionnelle pour chat quatre fois par jour. Il ne faut pas grand-chose pour remplir ce petit ventre.

Bootsie s'était installé sur les genoux de Qwilleran, son ronron bruyant secouait tout son petit corps. A l'occasion, il articulait un faible « miaou », en fermant les yeux sous l'effort.

— Il aurait besoin d'être graissé, dit Qwilleran.

— Il vous dit qu'il vous aime bien. Il veut que vous soyez son parrain. Faites-lui un petit bécot.

— Non merci. J'ai des chats jaloux à la maison.

Il fut soulagé quand Bootsie fut ramené dans la chambre et que le dîner fut servi. C'était encore du curry et assez pimenté pour le catapulter hors de sa chaise à la première bouchée :

— Hou ! fit-il.

— C'est chaud ? demanda Polly.

— Comme l'enfer ! Que s'est-il passé ?

— J'ai appris à mélanger ma propre poudre de curry. Il y a quatorze épices différentes, y compris quatre espèces de poivre. Voulez-vous un peu d'eau glacée?

Toutes les cinq minutes, Polly allait glisser un coup d'œil dans la chambre pour contrôler les activités du chaton. Dormait-il? Était-il ou non dans son panier? Était-il heureux ou malheureux? Qwilleran avait de la peine à croire qu'une femme intelligente, posée, avec une position de bibliothécaire, pût, du jour au lendemain, se comporter d'une manière aussi insensée.

Comme dessert elle eut la bonne inspiration de servir un sorbet et proposa de prendre le café au salon.

— Voulez-vous que Bootsie se joigne à nous?

— Non, dit-il avec fermeté. J'ai une question importante à discuter avec vous.

— Vraiment? dit-elle, d'un ton distrait, avec un regard vers la porte de la chambre, ayant entendu un faible miaulement.

Il se dit qu'il faudrait faire exploser une bombe pour retenir son attention.

— J'ai pour théorie que la mort d'Iris Cobb est une affaire de meurtre, déclara-t-il.

CHAPITRE SEPT

Lorsqu'elle entendit le mot « meurtre », Polly parut stupéfaite. Dans le comté de Moose, tout homicide était considéré comme la spécialité des gens du Pays d'En-Bas.

— Qu'est-ce qui vous a conduit à cette conclusion, Qwill?

— L'observation, la spéculation, la réflexion, répondit-il, en lissant sa moustache. Au *Vieux Moulin de Pierre*, la nuit dernière, vous vous en souvenez peut-être, j'ai demandé si la ferme Goodwinter avait la réputation d'être hantée. Je ne faisais pas simplement la conversation. Avant sa mort, Iris s'est plainte de bruits dans les murs... de coups, de gémissements et même de cris. Dans sa dernière lettre à son fils, elle était presque folle de terreur et suggérait qu'il y avait des esprits néfastes dans la maison. Puis, juste avant de mourir, elle a vu quelque chose à la fenêtre qui l'a terrifiée.

— Comment le savez-vous?

— Elle me parlait au téléphone, juste à ce moment-là. Peu après, je suis arrivé et je l'ai trouvée morte sur le sol de sa cuisine. Assez bizarrement, toutes les lampes étaient éteintes, dehors comme dedans. « Crise cardiaque », a dit le coroner, mais j'ai vu l'expression terrifiée sur son visage et je prétends

99

que ce n'était pas une crise cardiaque pure et simple. Elle est morte de peur, en voyant, de façon délibérée ou accidentelle, quelque chose par la fenêtre. C'est peut-être le même « quelque chose » qui a éteint les lumières soit avant, soit après qu'elle a perdu connaissance.

Trop étonnée pour songer à regarder vers la porte de la chambre, Polly demanda :

— Suggérez-vous la présence d'un… fantôme ? Vous vous êtes toujours moqué de ce genre de phénomène.

— Je dis seulement que je n'en sais rien. Il se passe quelque chose que je ne comprends pas. Koko passe des heures à regarder dehors à la fenêtre où Iris a vu cette apparition terrifiante.

— Que voit-on ?

— La nuit, rien, à moins d'avoir des yeux de chat. Le jour, on ne voit que la cour et la vieille grange. Les oiseaux sont déjà tous partis pour le Sud, semble-t-il, et les écureuils se rassemblent sur Fugtree Road pour faire des razzias dans les chênes. Et pourtant quelque chose captive l'attention de Koko. Il renifle aussi le sol de la cuisine en poussant des grognements sourds.

— Avez-vous entendu les bruits qui inquiétaient Iris ?

— Pas encore. Les ampoules électriques de l'entrée s'allument et s'éteignent mystérieusement, mais c'est la seule anomalie.

— J'ai entendu raconter des histoires sur le fantôme d'Ephraïm, mais je les ai toujours considérées comme des sottises. Quelle terrible histoire, Qwill ! Pourquoi a-t-il fallu que cela arrive à cette charmante femme ?

— Il existe la possibilité que les médicaments qu'elle prenait aient provoqué des hallucinations ou l'aient rendue sensible à une certaine influence dans la

100

maison qui n'aurait pas dérangé une autre personne, ou même Iris lorsqu'elle était en bonne santé.

— Peut-on faire quelque chose ?

— Je ne vois pas comment agir sans posséder davantage de preuves, dit Qwilleran. Laissez-moi du temps, après tout, ce n'est arrivé qu'il y a trois jours.

Les sourcils de Polly étaient froncés par l'inquiétude. Pas une seule fois Bootsie n'avait été mentionné et elle n'avait même pas jeté un regard en direction de la chambre. Avec un agréable sentiment de satisfaction, Qwilleran s'excusa de devoir partir de bonne heure.

En revenant vers North Middle Hummock, il réfléchit à Polly et à son étrange comportement avec le chaton. Lui-même admirait et respectait ses chats et Dieu savait s'il les gâtait, mais il n'était pas sentimental. Entendre Polly bêtifier de la sorte était tout à fait irrationnel chez une femme aussi posée. En se rappelant le cours de leurs relations, il se souvint que c'était l'intelligence de Polly qui l'avait tout d'abord attiré. Sur certains sujets, elle était vraiment érudite. Après un départ assez lent, dû à sa réserve innée, leurs relations s'étaient développées, puis elle était devenue possessive et même parfois jalouse. Tout cela, il pouvait le comprendre et savait y faire face, mais ces singeries avec ce petit chat étaient plus qu'il n'en pouvait supporter. Il n'y aurait plus de week-end reposant dans le cottage de Polly, juste eux deux, lisant Shakespeare à haute voix ou faisant de la musique. Maintenant il y aurait Bootsie entre eux. Bootsie ! Quel nom mal approprié pour un siamois ! Considérant sa passion pour Shakespeare, elle aurait pu l'appeler Puck !

La lecture du testament d'Iris eut lieu dans l'étude Hasselrich, Bennett et Barter, le jeudi matin, en présence de Dennis Hough, Larry Lanspeak, Susan Exbridge et Qwilleran qui était venu à contrecœur.

Maître Hasselrich qui officiait était connu pour sa jovialité et son optimisme. C'était le genre d'attorney, avait dit un jour Qwilleran, qui vous faisait un plaisir d'être poursuivi, trouvé coupable ou convaincu d'adultère. Il avait un certain âge, était légèrement voûté, avait des bajoues et un crâne chauve. Lorsque tout le monde fut rassemblé, Hasselrich déclara :

— Je me souviens fort bien du jour où Iris Cobb est venue me voir pour exprimer ses dernières volontés et signer son testament. C'était trois mois avant que sa santé n'ait commencé à décliner et il n'y avait rien de morbide dans cette démarche. Elle était heureuse de savoir que ses biens iraient à ceux qu'elle aimait et respectait et à des causes qu'elle défendait.

Le notaire ouvrit les portes d'un cabinet derrière son bureau et toucha un bouton. Et là, sur l'écran, apparut Iris Cobb dans son costume en daim rose, avec ses lunettes à monture en pierres du Rhin. Son visage rond se creusait de fossettes tandis qu'elle souriait. Un silence tomba sur l'assistance. La voix gaie s'éleva :

— Moi, Iris Cobb-Hackpole, vivant à Pickax, dans le comté de Moose, saine de corps et d'esprit, mais consciente de l'incertitude de la vie, déclare par ce moyen exprimer mes dernières volontés, et annuler tous les testaments que j'ai pu faire auparavant.

Des regards furent échangés par ceux qui étaient rassemblés là, tandis qu'elle annonçait sa volonté de léguer la totalité de ses biens à son fils et à sa famille, nonobstant quelques legs privés. A Susan Exbridge, elle abandonnait ses parts dans la Société Exbridge et Cobb. Elle souhaitait que la Société d'Histoire liquide sa collection de meubles anciens, sa voiture et ses biens personnels, le profit de cette vente devant revenir au musée Goodwinter à l'exclusion de deux objets. Elle souhaitait que James Qwilleran ait primo la *schrank* allemande de Pennsylvanie, pour des raisons qu'il comprendrait, secundo son livre de recettes personnelles de cuisine.

L'image sur l'écran s'effaça et il y eut un moment de silence suivi par des exclamations appréciatives et quelques platitudes énoncées par Hasselrich. Susan dit à Qwilleran :

— Je vous propose un marché. Vous me donnez le livre de recettes et vous aurez les parts Exbridge et Cobb.

A l'adresse de Dennis, elle ajouta :

— Maintenant vous allez pouvoir reprendre la propriété Fitch.

— Cette idée ne me déplaît pas, répondit-il.

Qwilleran surprit un regard de connivence entre eux.

Lorsqu'un serveur entra avec un plateau en argent chargé, Hasselrich servit lui-même le café et passa les tasses en signalant avec fierté qu'il s'agissait de la porcelaine Wedgwood qu'il tenait de sa grand-mère.

— Je ne savais pas que vous vous intéressiez à la cuisine, dit Larry à Qwilleran.

— J'en connais autant en cuisine qu'en matière de trou noir dans l'univers, répondit-il, mais Iris avait un sens particulier de l'humour. La plaisanterie est que personne ne peut déchiffrer son écriture. Quant à la *schrank*, je suis heureux qu'elle m'ait laissé cette armoire et non le lit du général Grant !

— Comment vous sentez-vous dans l'appartement du musée ?

— J'apprends à dormir dans des draps roses et à me servir de serviettes de toilette roses. Les placards et les armoires sont remplis des vêtements d'Iris. Avec mes chemises, mes pull-overs, mes vestes éparpillés sur les fauteuils ou suspendus à des poignées de portes, je m'éveille la nuit et je pense être entouré de spectres !

— Vous n'avez qu'à débarrasser une armoire, Qwill. Vous trouverez des cartons au sous-sol. Notre comité de donations s'occupera de les récupérer.

— Il y a autre chose, Larry. Ou bien nous avons des esprits malfaisants dans la maison, ou il y a un mauvais contact dans les appliques électriques du hall. Il faudrait les faire vérifier par un électricien.

— Je vais alerter Homer. Il vous enverra un ouvrier immédiatement.

Larry demanda au notaire l'autorisation d'utiliser son téléphone. Décision rapide et action immédiate étaient parmi les caractéristiques de Larry. Qwilleran prit une seconde tasse de café, félicita l'héritier et lui offrit de le conduire à l'aéroport.

— Merci, Qwill, mais j'ai décidé de prolonger mon séjour jusqu'à dimanche, dit Dennis. L'ouverture officielle de la boutique Exbridge et Cobb était prévue pour samedi et Susan a l'intention de ne rien changer à ce projet.

— Les invitations ont été expédiées la semaine dernière, expliqua Susan, et je sais qu'Iris n'aurait pas voulu que j'annule l'ouverture. Elle sera avec nous par l'esprit, mais je trouve très approprié que Dennis la remplace en personne.

« Hum, hum hum ! » pensa Qwilleran.

— Les gens peuvent penser que le magasin va être boiteux sans Iris, poursuivit-elle avec animation, mais la présence de Dennis donnera à cette aventure quelque stabilité, ne croyez-vous pas ? C'est si aimable à lui de rester quelques jours de plus.

« Hum, hum, hum ! » pensa encore Qwilleran.

Elle paraissait d'humeur particulièrement joyeuse ; ses gestes étaient plus expansifs que jamais et Dennis la regardait un peu trop souvent.

104

Avant de partir, Qwilleran demanda à Hasselrich s'il avait l'intention de faire part des termes du testament au journal.

— Nous n'avons pas l'habitude de le faire, dit le notaire.

— Eh bien, vous devriez reconsidérer la question. La fortune Hackpole est bien connue et Iris était une personnalité en ville. Si vous ne faites pas de déclaration officielle, les racontars vont aller bon train et dénaturer les faits.

— Il faudra que j'y réfléchisse, dit prudemment Hasselrich.

Qwilleran le laissa à ses réflexions et se rendit au bureau du *Quelque chose* où il trouva son directeur dans son bureau richement décoré :

— Arch, je ne l'avais jamais remarqué, mais votre bureau est vert Dingleberry!

— C'est là que je finirai mes jours... chez Dingleberry, aussi mieux vaut m'y habituer progressivement. Qu'avez-vous derrière la tête? Vous avez un air entendu.

— Le testament Cobb-Hackpole a été ouvert. Vous devriez envoyer Roger chez le notaire pour apprendre les détails.

— Qui sont les bénéficiaires?

— Sa famille, son associée, la Société d'Histoire et — à un moindre degré — moi-même.

— Vous? De quoi diable auriez-vous besoin? La moitié du comté vous appartient déjà!

— Iris m'a laissé cette vieille armoire que je lui avais offerte comme cadeau de mariage. Koko a toujours aimé s'installer au-dessus.

— Achetez une échelle à Koko en échange. Cette *schrank* allemande de Pennsylvanie vaut une petite fortune, dit Riker qui avait quelque connaissance sur les antiquités.

Il appuya sur le bouton du téléphone intérieur et cria :

— Le testament d'Iris Cobb a été ouvert. Qwill vient de nous passer le tuyau. Envoyez quelqu'un chez le notaire.

— Elle m'a aussi laissé son propre livre de recettes culinaires, reprit Qwilleran, mais il est inutile de le mentionner.

— Je croyais que vous étiez opposé à toute censure, dit Riker. Je vois un titre provocant : « UNE VEUVE MILLIONNAIRE LÈGUE SON LIVRE DE CUISINE À UN CÉLIBATAIRE MULTIMILLIONNAIRE. » Cela aurait toutes sortes d'implications intéressantes.

Le téléphone intérieur sonna et une voix demanda :

— Qwill est-il encore là ? Demandez-lui s'il a un article pour le journal. Nous avons utilisé tout son arriéré.

— Avez-vous entendu ? demanda Riker. La plume de Qwill s'est-elle tarie ?

« De la plume de Qwill », était le nom de la chronique que Qwilleran avait accepté d'écrire pour le *Quelque chose*.

— J'avais prévu quelques interviews, expliqua-t-il, mais la mort d'Iris a un peu modifié mes projets.

— Très bien, donnez-nous seulement un article de réflexion pour demain, dit Riker. Souvenez-vous de Mrs. Vairon.

En retournant à North Middle Hummock, Qwilleran réfléchit. Lui et Riker se souvenaient de leur professeur d'anglais qui demandait régulièrement à la classe d'écrire un devoir de mille mots sur un sujet quelconque comme le temps, le petit déjeuner ou la couleur verte. Vairon n'était pas son nom, mais le sobriquet que lui valait la couleur de ses yeux. Lorsqu'il était étudiant, Qwilleran avait grogné et protesté comme les autres, mais aujourd'hui, il pouvait écrire un article de mille mots sur n'importe quel sujet à tout moment.

Jetant les yeux sur le paysage en empruntant Ittibittiwassee Road et en traversant les Hummock, il décida du sujet qu'il allait traiter : les clôtures. Le comté de Moose était envahi par les clôtures (depuis les palissades jusqu'aux clôtures en fer forgé, en bois, en fil de fer barbelé, à plusieurs barres, parfois même en racines d'arbres), chacune offrant son message personnel allant du sévère « Défense d'entrer » jusqu'au sympathique « Bienvenue ! ». Dans l'élégant quartier des Hummock, il y avait des kilomètres de murs de clôture basse en pierre de taille aussi bien que des treilles garnies de vignes vierges autour des piscines. Dans la ville misérable de Chipmunk, on trouvait des clôtures fabriquées avec de vieux ressorts de sommier. Qwilleran avait son sujet. Si ses observations n'arrivaient pas tout à fait aux mille mots, il était prêt à rechercher l'étymologie du mot « clôture » (du latin *claudere* ?). Il dédierait peut-être même cette chronique à Mrs. Vairon.

En passant devant la ferme Fugtree, il remarqua que la barrière blanche aurait grand besoin d'être repeinte et il regretta de ne pas avoir remercié convenablement la jeune femme qui l'avait prévenu que ses phares étaient allumés. Il pourrait faire repeindre sa barrière, mais ce serait un geste qui risquerait d'être mal interprété. Peut-être ferait-il mieux de lui adresser un simple mot de remerciement ?

En tournant dans Black Creek Lane, il aperçut deux véhicules garés dans la cour du musée. L'un était une limousine bleu foncé à quatre portes datant d'environ dix ans, l'autre était une camionnette de dépannage de Pickax. L'électricien se préparait à partir et Homer Tibbitt signait la facture.

— Les appliques sont-elles réparées ? demanda Qwilleran.

— Il n'y a rien que des ampoules mal vissées, dit l'électricien. S'il y a beaucoup de vibrations, elles peuvent se desserrer spontanément, spécialement ce type en forme de flamme.

— Qu'est-ce qui peut provoquer des vibrations? demanda Qwilleran.

— Qui sait? Une machine à laver, un tracteur, une pompe ou même de petits appareils ménagers. On peut incriminer tout objet qui provoque un déséquilibre. Eh bien, au revoir. Appelez-moi encore quand vous aurez un problème de ce genre!

Qwilleran fronça les sourcils. Il imaginait déjà ce que cette entreprise allait facturer pour un déplacement jusqu'à North Middle Hummock.

Lorsqu'il ouvrit la porte, les chats vinrent l'accueillir et il leur lança :

— Vous autres deux poids lourds devrez cesser de provoquer des trépidations en grattant avec vos griffes!

Les siamois paraissaient bien alertes et actifs pour cette heure de l'après-midi qu'ils choisissaient habituellement pour faire la sieste, mais c'était compréhensible : en tant que chef de la sécurité, Koko gardait un œil attentif sur l'électricien tandis que Yom Yom inspectait ses lacets de souliers. De plus, Homer Tibbitt avait accompagné l'ouvrier et les chats n'avaient jamais vu un homme qui marchait comme un robot. D'une agilité remarquable pour son âge, le vieil homme se déplaçait en faisant des gestes désordonnés avec ses jambes et ses bras.

Mr. Tibbitt était retourné au musée avant que Qwilleran fût descendu de voiture et ce dernier le suivit pour s'excuser du dérangement. Il le trouva dans une des salles du musée en compagnie d'une femme âgée à cheveux bruns.

— Inutile de vous excuser, dit Tibbitt de sa voix

haut perchée, cela m'a donné un prétexte pour venir surveiller le musée. C'est elle qui m'a conduit ici en voiture, ajouta-t-il avec un signe de tête en direction de sa compagne. On ne m'a pas renouvelé mon permis de conduire. C'est l'avantage de fréquenter une femme plus jeune. Le seul ennui avec Rhoda est son appareil acoustique. Elle oublie toujours de le brancher convenablement. RHODA! cria-t-il, VOICI MR. QWILLERAN, et voici Rhoda Finney. Elle enseignait l'anglais dans l'établissement dont j'étais le proviseur.

Qwilleran se pencha galamment sur la main de Mrs. Finney et elle lui sourit avec la sérénité d'une personne qui n'a pas entendu un mot de ce qui a été dit.

Tibbitt reprit :

— Allons au bureau prendre du café. RHODA, VOULEZ-VOUS UNE TASSE DE CAFÉ?

— Je suis désolée, cher ami, je n'en ai plus. Désirez-vous une pastille pour la gorge? dit-elle en fouillant dans son sac.

— Peu importe.

Il l'écarta de son chemin et conduisit Qwilleran dans le bureau glacé. Il était meublé de vieux classeurs en chêne, de tables en bois, de chaises dépareillées et d'étagères de livres de référence. Sur une table s'empilaient des objets divers sous une étiquette indiquant « pour être catalogué ». Une autre table présentait un assortiment de pots, de tasses en carton et de cuillères en matière plastique.

— Je vais faire un peu de nettoyage, déclara Mrs. Finney, en prenant un petit plumeau suspendu à un clou et en faisant le tour de la pièce.

Le vieux monsieur fit chauffer de l'eau dans une bouilloire électrique et mesura une cuillerée de café instantané pour Qwilleran et de café décaféiné pour lui.

— Ce breuvage insipide est tout ce que me permet

le docteur Hal depuis mon dernier anniversaire, expliqua-t-il, mais il peut être grandement amélioré avec quelques gouttes de brandy.

Il montra à Qwilleran une flasque gravée à ses initiales.

— Un souvenir du temps de la prohibition, dit-il, c'est devenu pratique, aujourd'hui... Que pensez-vous des funérailles ? C'était une cérémonie convenable, je crois. Le vieux Dingleberry lui-même était impressionné. Larry m'a dit que vous alliez vivre ici jusqu'à ce que l'on ait trouvé un nouveau conservateur. Avez-vous remarqué quelque chose d'inhabituel ?

— De quelle nature ? demanda Qwilleran, en lissant sa moustache d'un doigt nonchalant.

— On raconte que le vieil Ephraïm se promène par là, de temps en temps. Je ne l'ai jamais vu moi-même parce que je ne me suis jamais trouvé ici la nuit, mais il est certain qu'il avait plus d'un secret dans sa manche. Le vieil Adam Dingleberry sait certainement de quoi il est question, mais il refuse de parler. J'ai essayé de lui tirer les vers du nez, mais impossible de lui faire avouer la moindre chose, que ce soit par la douceur ou la violence.

— Mes chats se conduisent de façon étrange depuis notre installation ici, dit Qwilleran. Ils cherchent peut-être Iris Cobb. Elle les avait invités deux fois à dîner.

— Ils sentent une présence invisible, sans aucun doute, dit Tibbitt, avec un grand sérieux.

— Avez-vous connu quelqu'un qui ait réellement vu le fantôme d'Ephraïm ?

— Senior Goodwinter m'a dit quelque chose de curieux, peu avant son accident fatal. Il a prétendu que le vieil homme avait surgi en traversant un mur, la nuit. Il tenait une corde à la main. Il est resté silencieux comme une tombe. C'était près de quatre-vingt-dix ans après la mort d'Ephraïm ! Senior en était tout bouleversé. Puis la vision a disparu à travers le même mur et quelques jours plus tard, Senior était mort.

— Quel mur? demanda Qwilleran, en pensant à Iris Cobb et à son presse-purée. Savez-vous quel était le mur?

— Il ne me l'a pas précisé.

— Est-ce que quelqu'un de la famille a jamais vu Ephraïm regarder à travers une des fenêtres, la nuit?

— Personne n'en a jamais parlé, mais les Goodwinter étaient enclins à se montrer discrets sur ce genre de question. J'ai été surpris lorsque Senior s'est confié à moi. J'avais été son professeur et je suppose qu'il me faisait confiance.

— J'ai l'impression que les gens d'ici croient en l'esprit des morts.

— Certes, oui. C'est un pays de fantômes, comme l'Écosse, pourrait-on dire. Nous avons de nombreuses familles d'origine écossaise.

— Ma mère était une Mackintosh, dit Qwilleran, avec une certaine fierté, et à ma connaissance, elle n'a jamais vu de fantôme. En tout cas, elle n'en a jamais parlé en ma présence.

— Il faut une certaine sensibilité et un esprit ouvert, naturellement. Les sceptiques ne savent pas ce qu'ils perdent.

— Avez-vous déjà vu des apparitions?

— Certainement. J'en ai même vu trente-deux! Avez-vous entendu parler de l'explosion à la mine Goodwinter, en 1904? Trente-deux mineurs y ont péri. Eh bien, vingt ans après ce désastre, j'ai vécu une expérience curieuse, vingt ans après, jour pour jour, le 13 mai. J'avais rendu visite à une jeune dame qui vivait à la campagne, à environ dix kilomètres de Pickax où j'habitais alors, et je rentrais chez moi. Peu de gens avaient une voiture en ce temps-là et je ne possédais même pas une bicyclette. Aussi je revenais à pied, vers minuit, par la route au nord de Pickax. Elle n'était pas goudronnée à l'époque. Savez-vous où se trouve la cabane qui marque l'entrée de la mine? Ce n'était qu'un monticule de scories et lorsque j'arrivai près de là, je vis des ombres au sommet du monticule. Je m'arrêtai et regardai dans la nuit, avant de me rendre compte que c'était des hommes qui cheminaient avec des pics et des gamelles, sans faire le moindre bruit. Puis ils ont disparu derrière la colline. Ils étaient trente-deux et chacun portait une lampe sur le front. En esprit, je revois toujours ces lumières s'agiter tandis que la colonne avançait. Il n'y avait pas de vent cette nuit-là, mais après leur passage, les feuilles des arbres se mirent à trembler et j'eus peur.

Qwilleran garda un silence respectueux pendant quelques minutes avant de demander :

— N'avez-vous pas dit que c'était en 1924? La prohibition existait encore. Êtes-vous sûr que vous n'aviez pas abusé de cette flasque en argent, portant vos initiales?

— Je ne suis pas le seul à les avoir vus, protesta Homer. Et ce fut toujours le jour anniversaire de l'explosion, un 13 mai.

— Les voit-on encore?

— Il ne semble pas. Maintenant les routes sont goudronnées et les voitures circulent à plus de cent kilomètres à l'heure, qui pourrait encore apercevoir un fantôme éphémère? Mais je vais vous proposer quelque chose, l'année prochaine, dans la nuit du 13 mai, vous et moi nous irons sur le site de la mine Goodwinter en voiture et nous attendrons pour voir s'il se passe quelque chose.

— Je vais noter ça sur mon agenda, dit Qwilleran, mais n'oubliez pas d'apporter votre flasque!

A ce moment-là, Rhoda Finney entra dans le bureau avec son plumeau. Voyant les tasses à café, elle s'écria :

— Oh ! espèces de chenapans, vous ne m'avez pas dit que vous alliez boire du café !

Homer regarda Qwilleran et haussa les épaules. Se levant péniblement de sa chaise, il se mit en devoir de préparer le breuvage instantané.

— LEQUEL PRENEZ-VOUS ? cria-t-il.

Mrs. Finney consulta sa montre :

— 2 h 17, mon ami.

Elle épousseta quelques objets sur le bureau avant de s'asseoir.

— Ce musée me paraît très bien organisé, dit Qwilleran.

— Oui, en effet, répondit Homer, Larry sait conduire les opérations. Nous avons deux comités très actifs et soixante-quinze bénévoles. Je dirige l'équipe chargée de l'entretien. Nous avons des étudiants qui s'occupent des travaux extérieurs. Il y a vingt volontaires qui font du nettoyage, en comptant Rhoda et son maudit plumeau, mais nous avons également des contrats avec des firmes de professionnels pour intervenir, en cas de besoin. Pour le lavage des carreaux, le comté nous envoie des prisonniers, sous surveillance.

— Y a-t-il des volets qui battent dans le vent ou des bardeaux qui se détachent ?

— Rien ne nous a été signalé à ce sujet et dans ce cas, nous n'avons pas à intervenir.

— Savez-vous que le plâtre est fissuré au sous-sol de l'aile ouest ?

Homer écarta la question d'un geste de la main :

— Vous voulez parler du nid de la pie ? C'est le dépotoir de tous les objets sans valeur offerts au musée, meubles endommagés, outils rouillés, vieux bouquins, poteries ébréchées, vieux récipients tels que coquemars…

— Les coquelicots sont très beaux cette année, coupa Rhoda, il est regrettable qu'ils ne fleurissent pas plus longtemps.

— J'AI PARLÉ DE COQUEMARS ET NON DE COQUELI-COTS, cria Homer, il y a aussi des pots de chambre, LES VASES DE NUIT QUE L'ON MET SOUS LE LIT, précisa-t-il.

Rhoda se tourna vers Qwilleran pour expliquer avec délicatesse :

— Le Club horticole entretient nos lits de fleurs, ne pensez-vous pas que ces chrysanthèmes rouille et or sont charmants ? Il n'a pas encore gelé.

— J'abandonne, dit Homer, c'est une femme adorable, mais elle me tuera.

Avec des gestes désordonnés de ses jambes et de ses bras, il sortit de la pièce. Rhoda demanda avec un sourire radieux :

— Faisait-il encore sa conférence sur les vieilles granges ?

— NON, IL FAISAIT UNE CONFÉRENCE SUR LES FAN-TÔMES, cria Qwilleran.

— Oh ! oui, dit-elle, en allant pendre le plumeau derrière la porte, il y en a encore quelques-uns à la ferme Fugtree, vous savez.

Qwilleran sortit précipitamment en criant que le téléphone sonnait dans l'aile ouest.

C'était Roger MacGillivray, reporter au *Quelque chose*, qui appelait :

— Qwill, j'ai les renseignements sur le testament d'Iris Cobb, dit-il, mais il y a quelque chose qui n'est pas clair. Qu'est-ce que ce livre de cuisine qu'elle vous a légué ?

Qwilleran, qui était volontiers pince-sans-rire, répondit :

— Il s'agit de sa collection personnelle de recettes qu'elle souhaitait voir publier de façon posthume.

Il s'exprimait avec l'accent délibéré d'un homme qui est autorisé à faire une déclaration digne d'être répétée. Il poursuivit :

— Le Fonds Klingenschoen prendra à sa charge les

frais d'impression et les droits d'auteur iront à la Fondation Iris Cobb pour l'étude des économies domestiques, ajouta-t-il, après réflexion.

— Formidable! s'écria Roger, c'est exactement ce que je désirais savoir. Merci beaucoup!

Qwilleran termina son article pour le journal du vendredi et le téléphona à la secrétaire. Il était tard quand il songea à dîner, mais il trouva un de ses plats favoris dans le freezer — du carré d'agneau aux lentilles — et il en fit chauffer une large portion dans le four à micro-ondes. Il y avait un gros morceau de viande et il s'installa pour manger. Il en préleva une part généreuse pour les siamois et découpa la viande en dés qu'il posa dans leur assiette sous la table du téléphone. Yom Yom attaqua son repas avec enthousiasme, mais Koko avait l'air positivement cloué devant la fenêtre de la cuisine, le regard fixé sur l'obscurité, dehors.

— Cette ridicule performance a assez duré, jeune homme, dit Qwilleran, nous allons découvrir ce qui te fascine.

Une torche électrique à la main, il fit le tour du bâtiment en faisant courir le faisceau de la torche autour de la maison, il explora les coins sombres que n'éclairaient pas les lampes extérieures. Il ne vit rien d'inhabituel, rien qui bougeât. Un léger frémissement sur sa lèvre supérieure lui donna cependant à réfléchir. Que voyaient les chats lorsqu'ils regardaient dehors? Koko avait délaissé son poste sur l'appui de la fenêtre et Qwilleran était sur le point d'abandonner ses recherches, quand il remarqua une sorte de dépression sous la fenêtre de la cuisine. On aurait dit des empreintes de pas. Voilà qui écartait, en tout cas, les esprits désincarnés, pensa-t-il. Cela pouvait provenir d'un des gosses de Chipmunk, un jeune voyeur... ou d'un des laveurs de carreaux venant de la prison du comté...

Il se hâta de rentrer et chercha le numéro de téléphone de Homer Tibbitt. Il voulait savoir quand les vitres avaient été lavées pour la dernière fois.

Le vieil homme habitait la Résidence Octobre, une maison de retraite. L'opérateur répondit :

— Je suis navré, mais je ne peux déranger Mr. Tibbitt à cette heure-ci. Il se retire à 7 h 30. Souhaitez-vous laisser un message ?

— Dites-lui seulement que Jim Qwilleran a téléphoné. J'essaierai à nouveau demain matin.

Les deux chats paraissaient avoir apprécié leur portion d'agneau. Ils se lavaient le masque, les moustaches et les oreilles avec satisfaction. Qwilleran remit sa propre assiette dans le micro-ondes pour en réchauffer le contenu, mais avant de refermer la porte du four, il ressortit l'assiette pour la regarder avec incrédulité. Tout ce qui restait, c'étaient des lentilles et un os très proprement rongé.

CHAPITRE HUIT

En préparant le petit déjeuner, le vendredi matin, Qwilleran pensait encore aux empreintes qu'il avait vues dehors, sous la fenêtre de la cuisine. Si les laveurs de carreaux étaient venus depuis le dernier week-end, ces empreintes pouvaient être les leurs, sinon ces traces avaient sans doute été laissées dans le sol meuble, dans la nuit de dimanche, quand Iris Cobb donnait son dernier appel téléphonique. Il avait plu dans la soirée, mais depuis, le temps était resté sec.

Il posa une assiette avec de petits morceaux de filet de bœuf coupés en morceaux, sous la table du téléphone et appela de nouveau la Résidence Octobre.

— Mr. Tibbitt n'est pas là, désirez-vous laisser un message ?

— Je suis Jim Qwilleran et...

— Ah oui, c'est vous qui avez appelé, hier soir.

— Mr. Tibbitt va-t-il rentrer bientôt ?

— Je crains que non. Il est parti pour Lockmaster.

— Est-il en bonne santé ? demanda Qwilleran, avec inquiétude.

Lockmaster, au sud du comté, était réputé pour son centre médical gériatrique.

— Oh ! oui ! Il est en parfaite santé. Mrs. Finney l'a conduit là-bas en voiture pour admirer les couleurs automnales de ce pays du cheval. Il paraît que c'est somptueux.

— Je vois, dit Qwilleran. Quand attendez-vous leur retour ?

— Pas avant dimanche après-midi. Ils vont rendre visite à des amis, là-bas. Dois-je lui demander de vous rappeler ?

— Non, inutile, je le verrai au musée.

Qwilleran avait maintenant devant lui une tâche désagréable : rassembler les effets personnels d'Iris Cobb dans des cartons qu'il trouverait au sous-sol. Il avait déjà procédé à ce genre de rangement, après la mort de sa mère, et il en avait eu le cœur brisé. Mais il était encore plus embarrassant de se livrer à ce devoir personnel à l'égard d'une femme qui avait été sa gouvernante après avoir été sa propriétaire. En rangeant les ensembles roses, les robes roses et la lingerie rose, il eut l'impression de commettre une indiscrétion. Le plus pénible fut l'inspection du dernier tiroir de la commode avec son fouillis de bâtons de rouge, de boucles d'oreilles cassées, de limes à ongles en carton, de flacons de pilules, une brosse avec des cheveux encore pris dans les soies et la loupe à manche en argent qu'il lui avait offerte pour son dernier anniversaire.

Lorsque les cartons furent pleins, il y colla des étiquettes et les transporta dans le bureau du musée. Koko voulut l'accompagner.

— Désolé, lui dit Qwilleran, mais le panonceau spécifie qu'il est interdit de fumer, de manger et de marcher pieds nus.

Lorsque sa tâche fut terminée, cependant, Koko continua à s'en prendre à la porte du musée et essaya de sauter sur la poignée pour l'ouvrir. Il avait eu l'autorisation d'y entrer une fois, quand Mrs. Cobb était en vie, et à cette occasion, il avait été attiré par des maquettes de bateau. Finalement, Qwilleran céda :

— Très bien, mais tu vas être déçu, confia-t-il au chat.

L'exposition de bateaux avait été démontée.

Dès que la porte de communication fut ouverte, Koko bondit dans le musée, ignora la salle des pionniers et se dirigea dans l'aile est qui abritait la collection des livres de référence et le bureau du musée. Il alla directement vers le bureau, regarda derrière la porte et se mit à sauter pour attraper le plumeau de Mrs. Finney.

— Petit démon, grogna Qwilleran, comment savais-tu qu'il était là ?

Koko reprit ses investigations. Il passa devant la salle où avaient été exposées les maquettes de bateaux. La porte était fermée et un panonceau annonçait qu'une autre exposition aurait lieu bientôt. Le chat ne montra aucun intérêt pour les documents historiques ou pour la collection d'éclairages anciens. Ce qui fascinait cet animal remarquable était une exposition que tout le monde considérait comme négligeable : les textiles. Elle consistait en dessus-de-table et de lit, jaunis par le temps, en courtepointes fanées par des lessives à la potasse, en couvertures tissées à la main, parsemées de trous de mites, en tapisseries brodées à la main, usées jusqu'à la corde, en torchons fabriqués dans des sacs de farine, en un vieux matelas taché, bourré de paille, en rideaux teints avec des baies et des pelures d'oignon. Cependant les étiquettes affichaient fièrement les noms des épouses de pionniers qui avaient filé, tissé, crocheté, teint, cousu tous ces articles. Koko parut apprécier en particulier un oreiller fait dans un sac de farine et rempli, selon la fiche d'identification, de plumes de poulets élevés dans la ferme Inchpot-Centennial. Il le renifla avec beaucoup d'insistance.

— Des plumes de poulets! s'exclama Qwilleran. J'aurais dû m'en douter. Viens, rentrons à la maison.

Il saisit le chat qui se débattit, s'échappa et retourna avec précipitation vers l'oreiller Inchpot. Assez curieusement, un oreiller similaire, provenant de la ferme Trevelyan, datant d'un peu plus tôt dans l'histoire du comté de Moose, fut totalement ignoré. Qwilleran attrapa Koko et le tint d'une main plus ferme pour le ramener dans l'appartement.

Ils furent accueillis par Yom Yom qui frotta son nez sur celui de Koko et se mit à le lécher pour débarrasser sa fourrure de cette odeur historique. Ce travail terminé, Koko entreprit une nouvelle mission. Il fixa avec insistance le compartiment freezer du réfrigérateur.

— Il n'y a rien pour les chats dans ce freezer, lui dit Qwilleran, tu te trompes encore de direction. Tu auras un morceau de viande du grand freezer, mais pas avant l'heure du dîner.

Koko insista, se dressant sur ses pattes de derrière. Pour prouver le bien-fondé de son point de vue, Qwilleran ouvrit la porte du freezer et sortit un paquet de beignets à la cannelle, des muffins à la myrtille, des caramels au chocolat et autres friandises. Un paquet de biscuits à la noix de coco de Mrs. Cobb ferait un présent idéal pour remercier la famille Fugtree. C'était un cadeau qui n'avait pas de prix et possédait même une touche sentimentale. Plus tard il offrirait une tarte aux cerises aux Boswell, s'il pouvait faire ce geste sans trop s'engager dans des rapports de bon voisinage. Il appréciait la douceur de Mrs. Boswell, mais la voix de son mari était insupportable et Baby une véritable petite peste.

On était en début d'après-midi, un moment convenable pour une visite impromptue à la ferme Fugtree. Bien qu'il pût facilement s'y rendre à pied, il décida qu'y aller ainsi serait montrer une familiarité qu'il ne désirait pas établir. En outre, l'offre d'un rafraîchissement pourrait être plus difficilement déclinée. Arriver en voiture aurait un caractère plus cérémonieux.

De près, la ferme était dans un état de délabrement encore plus grand qu'elle ne le paraissait vue de la route. De toute évidence la porte principale n'avait pas été utilisée depuis des années. Les marches elles-mêmes étaient envahies par les mauvaises herbes. Il fit le tour jusqu'à la porte de service et rencontra une jeune femme qui sortait d'une grange. Elle portait une vieille combinaison de travail et une casquette tachée. Bien qu'elle eût une silhouette de mannequin, il n'existait pas de couturier pour les bleus de travail et celui-là sortait tout droit des grands magasins de North Kennebeck.

— Vous êtes Mr. Qwilleran, dit-elle, en le saluant. Je vous reconnais. J'ai vu votre photo dans le journal. Pardonnez-moi ma tenue, je viens de nettoyer la grange.

Ses manières et sa façon de parler semblaient incompatibles avec le nettoyage d'une grange et la curiosité de Qwilleran fut éveillée. Il descendit de voiture et lui offrit le paquet de biscuits à la noix de coco.

— Je suis venu vous remercier de m'avoir prévenu pour mes phares allumés dans la nuit de mardi. Voici quelque chose venant tout droit du freezer de Mrs. Cobb que votre famille pourra apprécier.

— Merci. Je n'ai pas de famille, mais j'ai toujours aimé la pâtisserie d'Iris. Je suis navrée que nous l'ayons perdue. C'était une femme si charmante !

Qwilleran était intrigué :

— Lorsque vous m'avez appelé, la première fois... vous avez dit que vos jeunes étaient malades, remarqua-t-il sur un ton hésitant.

Elle parut ne pas comprendre pendant un instant, puis son visage s'éclaira :

— Je suppose que j'ai parlé de mes petits malades... Je faisais allusion aux bébés chèvres !

— Pardonnez-moi mon ignorance, je suis un réfugié du Pays d'En-Bas et je n'ai pas encore appris à interpréter le vocabulaire utilisé ici.

— Je vous en prie, asseyez-vous, dit-elle, avec un geste vers des chaises de jardin rouillées. Aimeriez-vous un verre de vin ?

— Merci, Mrs. Waffle, mais l'alcool ne fait pas partie de mes vices.

— Kristi, dit-elle, appelez-moi Kristi — qui s'écrit K-R-I-S-T-I. Alors, peut-être une limonade fraîche confectionnée avec le miel des abeilles locales ?

— Maintenant nous parlons la même langue.

Il s'installa avec précaution sur l'une des chaises bancales et regarda la cour de la ferme. Il y avait fort à faire : herbe non coupée, granges à repeindre, barrières à réparer... « Que fait cette jeune femme seule ici ? » se demanda-t-il. Elle était jeune. Environ trente ans, pensa-t-il, et elle avait l'air sérieux. Elle se montrait cordiale mais ne souriait que des lèvres. Les yeux étaient lourds de chagrin, de regret ou de soucis. Un visage intéressant. Avec la limonade, elle apporta des crackers et un fromage blanc.

— Du fromage de chèvre, expliqua-t-elle, je le fais moi-même. Allez-vous rester au musée ?

— Seulement jusqu'à ce que l'on ait trouvé quelqu'un pour remplacer Iris.

Essayant de ne pas regarder la cour négligée et la maison délabrée, il demanda :

— Depuis combien de temps êtes-vous propriétaire de cette ferme ?

— Depuis la mort de ma mère, il y a deux ans. J'ai grandi ici, mais je suis partie pendant dix ans. Quand

122

j'ai hérité de la maison, je suis revenue voir si je pouvais gagner ma vie en élevant des chèvres. Je suis la dernière des Fugtree.

— Mais votre nom n'est-il pas Waffle ?

— C'était le nom de mon mari. Après notre divorce, j'ai décidé de le garder.

Qwilleran pensa : « Tout valait mieux que Fugtree. »

— Tout vaut mieux que Fugtree, confirma-t-elle, comme si elle lisait dans ses pensées.

— L'histoire de votre famille ne m'est pas familière, bien que j'aie cru comprendre que le capitaine Fugtree était un héros de la guerre.

Kristi soupira avec tristesse :

— Mes lointains ancêtres ont gagné beaucoup d'argent dans l'exploitation forestière et ils ont construit cette maison, mais le capitaine était plus intéressé à être un héros de la guerre, ce qui ne paie pas les factures. Lorsque mes parents ont hérité de la ferme, ils ont dû lutter pour la garder et maintenant qu'ils ne sont plus là, j'essaie de la rendre payante. On me dit que je devrais vendre le terrain à un promoteur immobilier, comme celui qui a construit le Village Indien, mais ce serait un crime de démolir cette maison fabuleuse. Je peux au moins tenter de faire un essai, ajouta-t-elle, avec un petit sourire triste.

— Pourquoi des chèvres ?

— Pour plusieurs raisons, dit-elle en s'animant soudain. D'abord ce sont vraiment de gentils animaux, peu coûteux à nourrir. De plus, il y a un marché grandissant pour les produits de chèvre, le saviez-vous ? Pour le moment j'élève des chèvres laitières, mais, un jour, j'aimerais avoir des angoras pour couper leur toison et la tisser. J'ai étudié l'art de filer la laine aux Beaux-Arts.

— Voilà qui me paraît digne de fournir un article à

123

ma chronique dans le *Quelque chose*, dit Qwilleran. Puis-je fixer un rendez-vous avec vous et les chèvres ?

— Ce serait une publicité formidable, Mr. Qwilleran !

— Je vous en prie, appelez-moi Qwill.

Il se sentait à l'aise et quelque peu séduit. La limonade était la meilleure qu'il ait jamais goûtée et le fromage de chèvre délectable. Il trouvait aussi beaucoup de charme aux yeux tristes et doux de Kristi. Il n'avait aucune envie de s'en aller. Regardant la maison, il remarqua :

— C'est là un exemple unique de l'architecture du XIXe siècle. Pour quelle raison a-t-on bâti la tour ? Était-ce seulement par vanité ?

— Je ne le sais pas de façon précise. Mes ancêtres étaient des gentlemen-farmers et ma mère pensait qu'ils utilisaient la tour comme poste de surveillance — pour observer les champs et s'assurer qu'il n'y avait pas d'intrus.

— Et pour quoi vous en servez-vous ?

— J'y monte pour méditer. C'est ainsi que je me suis aperçue que vos phares étaient restés allumés.

— Qu'y a-t-il en haut de la tour ?

— Surtout des mouches. Les mouches adorent les tours. Les désinfectants n'ont guère d'effet. Elles sont toujours là à bourdonner au soleil et à se multiplier. Aimeriez-vous voir la maison ?

— Bien volontiers.

— Je dois vous prévenir qu'il y règne le plus grand désordre. Ma mère était une collectionneuse enragée. Elle allait à des ventes aux enchères et achetait des tas de vieilleries. C'est une véritable maladie, vous savez, que de renchérir à des ventes !

— Je me suis laissé prendre au jeu, une fois, dit Qwilleran, et j'ai pu me rendre compte comment le germe pouvait vous contaminer et devenir une maladie chronique contre laquelle il n'existe pas de remède.

Ils entrèrent dans la maison par la porte de service et se frayèrent un chemin au milieu de sacs remplis de vêtements, de chaussures, de chapeaux, de poupées, de parapluies. Il y avait aussi des tricycles rouillés, des tondeuses à gazon manuelles, des cartons remplis de pots ébréchés, des casseroles, des seaux en tôle galvanisée, des plateaux, de vieilles bouteilles de lait, une antique glacière en chêne, un tas de magazines et des piles de livres. Ayant séjourné trop longtemps dans des greniers ou des celliers, ces reliques dégageaient une odeur de moisi qui s'était répandue dans la maison tout entière.

Kristi dit avec son sourire triste :

— J'ai essayé de mettre de l'ordre dans cette collection d'objets de rebut. J'en ai vendu une partie et donné beaucoup, mais il y en a des tonnes !

La salle à manger à elle seule contenait deux grandes tables, vingt chaises, trois vaisseliers et suffisamment de porcelaine pour ouvrir un restaurant.

— Voyez-vous ce que je veux dire ? Et ce n'est pas fini. Les chambres sont pires. Essayez de ne pas voir cette pagaille. Regardez les meubles sculptés, les plafonds travaillés, les vitraux et l'escalier.

Dans le hall, un vaste escalier conduisait au premier étage. Les pilastres et la rampe étaient en bois massif avec de nombreux balustres comme au temps où le bois était roi. Tout était en chêne sombre, expliqua Kristi.

— Mais ce n'est pas l'escalier d'origine, ajouta-t-elle. Le premier montait en spirale jusqu'à la tour et il était très gracieux. Mon grand-père l'a remplacé et a consigné la tour.

— Trop de mouches ou trop de difficultés de chauffage ? demanda Qwilleran.

— C'est une longue histoire, dit-elle en se détournant. Vous sentez-vous le courage de gravir trois étages ?

Lorsqu'ils atteignirent le deuxième étage, elle déverrouilla une porte conduisant à la tour. L'escalier était simple et purement utilitaire, mais il arrivait dans une charmante petite pièce pas plus grande qu'un mouchoir de poche avec des fenêtres sur les quatre murs environnants, et des banquettes recouvertes en velours râpé dans l'embrasure de chaque fenêtre. Sur une vieille table en osier étaient posés des jumelles, un chandelier et un livre sur le yoga avec une couverture marron. La vitre exposée au sud était couverte de grosses mouches irisées.

Qwilleran prit les jumelles et regarda vers le nord où s'étendait le grand lac jusqu'à l'horizon. A l'ouest un clocher d'église émergeait au-dessus d'une forêt de conifères. A l'est on découvrait la propriété Goodwinter avec la camionnette de Boswell dans la cour et un pick-up bleu dans l'allée. Une demi-douzaine de jeunes gens énergiques ratissaient les feuilles mortes et les enfermaient dans des sacs en plastique qu'ils chargeaient sur le pick-up.

— Quel est le but de cette ligne diagonale d'arbres qui coupe les champs ? demanda Qwilleran.

— C'est Black Creek, répondit Kristi, vous ne pouvez voir le ruisseau, mais les arbres bordent ses rives. Il y a de très beaux saules qui penchent sur ses eaux.

— Cette maison devrait être classée comme monument historique, affirma Qwilleran, en redescendant l'escalier.

— Je le sais, soupira Kristi, avec des yeux pleins de mélancolie, mais il y a trop de démarches à effectuer. Je n'ai pas le temps de faire des recherches pour remplir les formulaires. De plus, la maison et le terrain devraient être restaurés et je n'en ai pas les moyens.

Qwilleran lissa pensivement sa moustache. Voilà qui pouvait être un projet intéressant pour le Fonds Klingenschoen. Les Fugtree étaient des pionniers qui avaient aidé au développement du pays et leur maison était un monument architectural digne d'être préservé. Éventuellement, la propriété pourrait même être rachetée par la Société d'Histoire et ouverte au public comme musée. Il imaginait même Fugtree Road devenant un parc-musée, avec la ferme Goodwinter démontrant la vie des premiers occupants et le manoir Fugtree représentant le comté de Moose durant ses années de plein essor. Les anciennes presses, dans la grange, offraient la possibilité d'un « Musée de la presse écrite ». Le nom plaisait à Qwilleran. Un ou deux bons restaurants dans le voisinage et la ville fantôme de North Middle Hummock retrouverait ses fastes d'antan, avec les inévitables immeubles de rapport de l'autre côté de Black Creek. « Le fait que Kristi est une charmante jeune personne n'a rien à voir avec ces spéculations », se dit-il résolument.

— Désirez-vous un autre verre de limonade ? demanda-t-elle, pour rompre le silence.

— Non merci, répondit-il, en sortant de sa rêverie, mais puis-je venir demain à 14 heures pour l'interview ?

En retournant avec elle vers sa voiture, il remarqua distraitement :

— Le Fonds Klingenschoen devrait vous aider à faire classer cette maison, pourquoi n'écririez-vous pas à Hasselrich, Bennett et Barter pour leur poser la question ? Vous verrez bien quelle sera leur réaction.

Pour la première fois, les yeux de la jeune femme perdirent leur mélancolie.

— Croyez-vous réellement que j'aie une chance?

— Vous pouvez toujours essayer. Tout ce que vous avez à perdre est un timbre-poste.

— Oh! Mr. Qwilleran!... Qwill, je vous aurais embrassé si je ne venais pas de nettoyer la grange!

— J'en prends acte pour plus tard, dit-il.

En retournant chez lui, Qwilleran ignora les siamois et chercha le mot « chèvre » dans son dictionnaire non-abrégé, avant d'appeler Roger MacGillivray au bureau du journal.

— Heureux de vous entendre, Roger, j'ai une faveur à vous demander : êtes-vous libre pour dîner, ce soir?

— Hum... oui, mais il faudrait que ce soit tôt. J'ai promis de rentrer à 7 heures pour garder le bébé.

— Je vous invite chez *Pompette*. En venant, arrêtez-vous à la bibliothèque de Pickax et apportez-moi des livres sur les chèvres.

Il y eut un silence.

— Voulez-vous épeler ce mot, Qwill?

— C-H-È-V-R-E. Rendez-vous chez *Pompette* à cinq heures et demie.

— Entendons-nous bien, Qwill, vous désirez des livres sur des chèvres?

— Parfaitement, ces ruminants quadrupèdes à cornes. Et, Roger...

— Oui?

— Vous n'avez pas besoin de dire que ces livres sont pour moi.

CHAPITRE NEUF

Pompette était un restaurant très connu de North Kennebeck qui avait commencé dans une petite cabane en bois dans les années 30 et qui maintenant occupait un vaste local dans une construction en rondins, où se retrouvaient de nombreux amateurs préférant d'honnêtes biftecks sans accompagnements frivoles tels que persil frit et beurre aux herbes. Les pommes de terre étaient pelées et frites dans la cuisine, sans addition de sodium ou d'acide pyrophosphaté. Le seul autre choix de légumes était des carottes bouillies, la seule salade, celle de choux. Et il y avait une file d'attente, tous les soirs.

Qwilleran et son invité, étant pressés par le temps, utilisèrent leurs cartes de presse pour obtenir une table et ils s'installèrent sous un grand tableau représentant un chat noir et blanc auquel le restaurant devait son nom.

Roger posa sur la table une pile de livres : *Élever des chèvres par amour et profit, Détrônement du mythe de la chèvre, Comment organiser un club de la chèvre.*

— Est-ce là ce que vous vouliez ? demanda-t-il, sur un ton incrédule.

— Je dois aller faire une interview dans un élevage de chèvres, expliqua Qwilleran, et je ne veux pas avoir l'air complètement ignorant sur la question, en

129

demandant quel sexe donne du lait et quel sexe dégage une odeur *sui generis*.

— Demandez s'il est exact qu'elles soient nourries avec des boîtes de conserve, conseilla Roger. Quel est ce fermier? Est-ce que je le connais?

— Qui vous parle d'un fermier? Il s'agit d'une jeune femme. Elle vit à la ferme Fugtree à côté du musée Goodwinter, son nom est Kristi, écrit avec un *k* et un *i*.

— Bien sûr, je la connais.

Ayant grandi dans le comté de Moose et ayant été professeur pendant quelques années avant de se tourner vers le journalisme, les relations de Roger étaient étendues.

— Nous étions au collège ensemble. Elle a épousé un gars de Purple Point avec un physique avantageux et peu d'esprit. Ils sont partis s'installer quelque part au Pays d'En-Bas.

— Elle est revenue et elle a divorcé.

— Je n'en suis pas surpris. Son mari était une nullité et Kristi pleine de talents. Écervelée, cependant. Elle sautait d'une grande idée à une autre. Je me souviens qu'elle voulait faire des paniers de basketball en macramé.

— Elle paraît avoir les pieds sur terre, maintenant.

— Qu'est-elle devenue? Elle avait de grands yeux sérieux et portait des vêtements étranges, mais tous les étudiants des Beaux-Arts s'habillaient comme des bohémiens, à l'époque.

— Aujourd'hui elle porte des salopettes et des bottes crottées, mais ses cheveux sont tirés en arrière. Elle a toujours de grands yeux sérieux. Je pense qu'elle a plus d'ennuis qu'elle n'en peut supporter.

Les steaks furent servis promptement et les deux hommes mangèrent avec concentration. Chez *Pompette*, le bœuf était ferme mais la viande de première qualité. Elle provenait de l'élevage de la maison, comme les carottes, les pommes de terre et les choux. Il y avait quelque chose dans le sol du comté de Moose qui donnait une saveur particulière aux légumes et au fourrage du bétail.

— Je suppose que vous savez que j'habite la ferme Goodwinter jusqu'à ce que l'on ait trouvé un nouveau conservateur.

— Soyez prêt à prendre vos quartiers d'hiver, conseilla Roger. Ils auront du mal à remplacer Iris Cobb.

— Connaissiez-vous les Goodwinter, quand ils vivaient là?

— Seulement les trois enfants. Nous étions tous en classe en même temps. Junior est le seul qui soit resté ici. Sa sœur vit dans un ranch au Montana et son frère quelque part dans l'Ouest.

— Les avez-vous jamais entendus raconter que la maison était hantée?

— Non. Les parents ne leur auraient jamais permis de répandre une rumeur pareille... On ne parlait pas davantage du meurtre du grand-père... ni de la mort « subite » de l'arrière-grand-père. Toute la famille se comportait comme si rien d'anormal ne s'était jamais passé. Pourquoi cette question? Voyez-vous des revenants?

Qwilleran tira distraitement sur sa moustache en hésitant à se confier davantage à Roger. Finalement, il reprit :

— Vous savez que je n'accepte pas l'idée de fantômes, de revenants ou d'esprits frappeurs, mais... Iris entendait des bruits étranges et inexpliqués dans la maison au moment de sa mort.

— Quel genre de bruits?

— Eh bien, des coups sourds, des gémissements, des cris.

— Sans blague ?

— Et le comportement de Koko n'a cessé d'être anormal depuis que nous sommes installés là-bas. Il parle tout seul sans arrêt et fixe quelque chose droit devant lui.

— Il parle aux fantômes, rétorqua Roger, sans broncher.

Dans de telles circonstances, Qwilleran ne savait jamais si le jeune reporter était sérieux ou non. Il se contenta de répondre :

— Iris avait pour théorie qu'une maison exsudait le bien ou le mal selon les gens qui l'avaient habitée.

— Ma belle-mère prétend la même chose, répondit Roger.

— Au fait, comment va Mildred ? Il y a longtemps que je ne l'ai vue.

— Comme d'habitude, elle se dépense sans compter pour les bonnes causes, tout en essayant de perdre du poids. Elle reste toujours attachée à son mari, mais je crois qu'elle ferait mieux de voir un avocat pour obtenir le divorce.

— Et comment vont Sharon et le bébé ?

— Sharon a repris son poste de professeur, quant au gosse, je ne savais pas qu'un bébé pouvait être aussi drôle... Eh bien, je ne peux pas rester pour le dessert, je dois rentrer à la maison pour que Sharon puisse se rendre à la réunion de son club. Merci, Qwill, c'est le meilleur repas que j'aie pris depuis longtemps.

Qwilleran resta seul et commanda un pudding d'autrefois au pain, servi avec une crème épaisse, puis il but deux tasses de café assez fort pour exorciser les démons et les fantômes de tous poils. Finalement il retourna à North Middle Hummock pour préparer son entrevue avec la jeune femme qui élevait des chèvres.

Après s'être plongé dans des chapitres sur l'élevage, la nourriture, la traite, la castration, le soin aux cornes et aux sabots et la nécessité d'entretenir la grange, il en vint à une conclusion : il valait mieux peigner la girafe qu'élever des chèvres! Et il n'avait fait que survoler les dangers de maladies, telles que la fièvre de Malte, la gale démodétique, la congestion, l'ulcération des sabots, sans parler des accidents lors de la mise bas, des paturons court-jointés, de l'inflammation des mamelles, des tétons obstrués, des orifices suintants et de l'hermaphrodisme. Il n'était pas étonnant que la jeune femme eût l'air aussi inquiet!

Après ce résumé il savait, cependant, quelles questions poser et il ressentit une admiration grandissante pour Kristi et son choix d'une carrière. Peut-être, comme Roger l'avait dit, avait-elle été un peu écervelée au collège. Qui ne l'est à cet âge? Il attendait cette interview avec impatience. Lorsque Polly Duncan téléphona pour demander s'il avait l'intention d'assister au vernissage de la boutique Exbridge et Cobb, il fut heureux d'avoir une bonne excuse :

— J'interviewe un éleveur à 14 heures.

Kristi l'accueillit samedi après-midi, vêtue d'une combinaison blanche. Elle avait dû assister à une naissance.

— Bouton-d'or a eu des ennuis et j'ai été obligée de l'aider. Géranium est prête à mettre bas, elle aussi, et je dois la surveiller toutes les demi-heures. Vous l'entendez bêler, la pauvre petite.

— Avez-vous donné un nom à chacune de vos chèvres?

— Bien sûr, elles ont toutes leur personnalité.

Tout en se dirigeant vers la grange, Qwilleran demanda à combien de chevreaux Bouton-d'or avait donné le jour.

— Deux. Je suis en train de constituer mon propre

133

troupeau au lieu d'acheter des bêtes. Cela prend du temps mais coûte moins cher.

— Combien pèse un chevreau à sa naissance?

— Environ six livres. Au début, je les nourris au biberon, entre trois et cinq fois par jour.

— Il y a une question qui m'intrigue : comment vous êtes-vous intéressée à l'élevage des chèvres?

Kristi répondit avec gravité :

— Eh bien, un jour j'ai rencontré une chèvre appelée Pétunia et ce fut le coup de foudre. Alors j'ai suivi des cours par correspondance, puis j'ai travaillé dans un élevage de chèvres. Nous habitions en Nouvelle-Angleterre, à l'époque.

— Et que faisait votre mari, pendant ce temps-là?

— Pas grand-chose, en vérité. C'était même le problème, conclut-elle avec un petit soupir.

Ils approchaient d'un enclos où se trouvaient plusieurs granges de petites dimensions. Il y avait aussi des abris et des enclos entourés de fils de fer barbelé dans lesquels se trouvaient quelques arbres feuillus. Un chat s'aplatit pour se glisser sous la clôture. Dans le pré le plus proche, une douzaine de chèvres de différentes couleurs se frottaient mutuellement la tête, s'allongeaient par terre ou se tenaient immobiles avec une expression passive. Elles tournèrent de grands yeux doux et tristes vers les visiteurs et Qwilleran remarqua que les yeux de Kristi étaient également doux et tristes.

— J'aime bien ce grand noir là-bas, avec une tête rayée, dit-il, quelle est sa race?

— C'est une femelle. Ce sont toutes des femelles. Celle-là est nubienne et je l'appelle Tulipe Noire. Remarquez son nez romain et ses élégantes oreilles. Elle est de très bonne race. La blanche, c'est Gardénia. Elle est saanenne, c'est-à-dire suisse. Je l'aime beaucoup, elle est si féminine! Celle qui a une robe feu avec des rayures, c'est Bouton-d'or.

134

— Quelle est cette construction au milieu de l'enclos?

— Une mangeoire. Elles reçoivent une ration nutritionnelle, mais elles broutent aussi. Le métayer qui a une partie des terres en fermage s'occupe du pâturage. Des étudiants m'apportent leur aide après leurs cours pour nettoyer la laiterie et les mangeoires, et j'ai aussi un ami qui vient de Pickax pour le week-end afin de me donner un coup de main.

Il y eut un remue-ménage dans un autre enclos où deux chèvres se tenaient par les cornes et une troisième frappait un bidon.

— Ce sont des mâles, expliqua Kristi. Nous les tenons à l'écart à cause de l'odeur.

— Alors, l'expression « bouc puant » n'est pas une simple figure de style?

Kristi fut obligée de l'admettre.

— Aimeriez-vous caresser une chevrette? demanda-t-elle. Elles aiment qu'on leur prête attention. Ne faites pas de gestes brusques et laissez-les sentir vos mains.

Les chevrettes s'approchèrent de la barrière et se frottèrent contre le fil de fer, puis tournèrent leurs yeux tristes vers Qwilleran en émettant un bruit qui ressemblait à un ronronnement, mais leur fourrure parut rêche à une main habituée à caresser des chats.

Ensuite Kristi le conduisit à la laiterie.

— Le lait est pasteurisé avant d'être vendu aux gens qui sont allergiques au lait de vache ou le trouvent difficile à digérer. Voulez-vous une tasse de thé et quelques fromages?

Ils entrèrent dans la maison et s'installèrent devant la table de la cuisine. C'était la seule pièce de la maison qui paraissait habitable. Malgré tout, la table était encombrée de toutes sortes d'objets de collection, y compris une grosse bible familiale reliée en cuir. Kristi dit que sa mère l'avait achetée à une vente et qu'elle se ferait un plaisir de l'offrir au musée.

— Vous ne m'avez pas dit pourquoi votre grand-père avait fait reconstruire l'escalier, remarqua Qwilleran.

— C'était à la suite d'un scandale.

— C'est encore mieux !

— Vous n'allez pas raconter cela dans votre chronique, j'espère ?

— Non, si vous y voyez une objection.

— Eh bien, l'histoire s'est passée au début du siècle. Mon arrière-grand-père avait une fille très belle appelée Emmaline. Elle est tombée amoureuse de l'un des garçons Goodwinter, le second fils d'Ephraïm. Il s'appelait Samson. Mais le père d'Emmaline désapprouvait le choix de sa fille et lui interdit de voir son amoureux. Étant une fille déterminée, elle prit l'habitude de grimper l'escalier qui conduisait à la tour, d'où elle adressait des signaux lumineux que l'on voyait de la maison Goodwinter, et Samson venait la retrouver sous les saules pleureurs de Black Creek. Puis la tragédie survint. Samson tomba de cheval et se tua. Quelques mois plus tard, Emmaline donnait le jour à un enfant. Péché impardonnable en ce temps-là. Sa famille la renia et ses amies l'abandonnèrent. Alors, une nuit, durant un orage, elle gravit l'escalier en colimaçon et se jeta du haut de la tour.

— Une histoire tragique, reconnut Qwilleran. Est-ce la raison pour laquelle son père fit refaire l'escalier ?

— Oui. Il détruisit le charmant escalier et fit construire celui, plus banal, que nous avons aujourd'hui. Lorsque j'étais petite fille, la porte menant à la tour était toujours fermée.

— Comment savez-vous que l'escalier en colimaçon était charmant ? En avez-vous des photographies ?

136

— Non... je le sais seulement, dit-elle, sur un ton mystérieux.

— Qu'est devenu l'enfant d'Emmaline?

— Le capitaine Fugtree l'a élevé comme s'il était son propre fils. C'était mon père.

— Oh! Alors, Emmaline était votre grand-mère?

— Elle était si belle, Qwill! Je souhaiterais lui ressembler.

— J'aimerais voir une photographie d'elle.

— Elles ont toutes été détruites après son suicide. Sa famille prétendit qu'elle n'avait jamais existé.

— Alors, comment savez-vous qu'elle était belle?

Kristi baissa ses yeux tristes. Elle fut lente à répondre. Cependant, quand elle releva la tête, son visage était radieux.

— Je ne sais pas si je dois vous le dire... Mais je la vois, chaque fois qu'il y a un orage.

Elle s'interrompit pour observer la réaction de Qwilleran. Voyant son air de sympathie, elle poursuivit :

— Elle monte l'escalier vêtue d'une robe blanche vaporeuse. Elle avance très lentement jusqu'à la tour... puis elle disparaît. Oui, elle monte l'escalier en spirale qui n'est plus là.

Qwilleran regarda la petite-fille du fantôme d'Emmaline et chercha une réponse appropriée. Elle lui avait fait une faveur en lui confiant un secret si personnel, et il n'avait aucun désir de gâcher une si belle histoire en lui posant une question prosaïque. Le téléphone vint à son aide. Kristi décrocha l'appareil de la cuisine.

— Allô?

Puis elle pâlit en regardant droit devant elle comme si elle était hypnotisée. Après avoir écouté un moment, elle raccrocha sans avoir proféré un seul mot.

— Des ennuis? demanda Qwilleran.

Elle avala sa salive et dit :

— Mon ex-mari est de retour en ville.

A son air distrait, il comprit que l'interview n'irait pas plus loin.

— Eh bien, dit-il en se levant, il faut que je me retire. Ce fut un après-midi instructif, merci pour votre coopération et pour le goûter. Je vous appellerai peut-être pour préciser certains détails. N'hésitez pas à me dire si je peux faire quelque chose pour vous.

Elle hocha la tête et se dirigea vers le réfrigérateur en marchant comme une somnambule.

— Voici un fromage pour vous, dit-elle d'une voix blanche, n'oubliez pas la bible pour le musée.

En conduisant la voiture qui le ramenait chez lui, Qwilleran avait bien d'autres sujets de réflexion que les chèvres. Il se demandait ce qu'il fallait penser de l'histoire d'Emmaline. Kristi se montrait impressionnable au sujet de sa grand-mère. Peut-être s'imaginait-elle seulement qu'elle l'avait vue monter l'escalier vêtue d'une robe blanche vaporeuse. Il aimerait être là lors du prochain orage.

Plus sérieux pour le moment semblaient être l'appel téléphonique et la réaction terrifiée de la jeune femme. Il hésitait à se mêler de ses affaires personnelles, mais il se sentait concerné. Elle vivait seule. Il se pouvait qu'elle fût en danger.

Lorsqu'il fut sur le point de tourner dans Black Creek Lane, il entendit approcher un camion qui venait de l'ouest. Il regarda à temps dans son rétroviseur pour voir un pick-up entrer dans la ferme Fugtree.

Dès qu'il arriva au musée, il posa le fromage et la bible sur la table et composa immédiatement le numéro de Kristi. A son grand soulagement, elle répondit sur un ton naturel.

— C'est Qwill, dit-il, j'ai oublié de vous demander combien de lait une chèvre peut produire par jour ?

— Tulipe Noire est ma meilleure laitière, et elle donne trois mille litres par an. Nous comptons toujours le rendement à l'année et non en volume quotidien.

Elle était brève et précise dans sa réponse.

— Vous pouvez ajouter qu'elle a été une grande championne à la Foire du comté.

— Je vois. Merci beaucoup. Tout va bien chez vous ?

— Tout est parfait.

— Cet appel téléphonique juste avant mon départ a semblé vous perturber et je m'inquiétais.

— C'est très aimable à vous, Qwill, mais mon ami de Pickax est là. Il n'y a aucun souci à se faire.

— Parfait. Bonne soirée.

Le message téléphonique avait-il vraiment été de son ex-mari ? Et qui était cet « ami » qui arrivait à point nommé ? Il se tourna vers la table où il avait posé les deux cadeaux de Kristi. Yom Yom mangeait le premier. Koko était assis sur l'autre.

CHAPITRE DIX

Qwilleran avait une raison pour inviter la belle-mère de Roger à dîner. Il désirait en savoir davantage sur Kristi Fugtree-Waffle. Non pour donner plus de consistance à son interview sur les chèvres, mais pour satisfaire sa propre curiosité, et Mildred Hanstable était la personne à interroger. Résidente depuis toujours du comté de Moose, elle enseignait au collège depuis trente ans et elle connaissait deux générations d'étudiants, aussi bien que leurs parents et leurs grands-parents, le passé et le présent des membres du Conseil de l'école, les représentants du Comité, bref, tout le monde.

Lorsque Qwilleran lui téléphona à Mooseville, elle s'exclama avec son exubérance habituelle :

— Qwill ! C'est si bon de vous entendre ! Roger me dit que vous assurez l'intérim au musée. Ce fut un tel choc de perdre Iris de cette façon ! Elle paraissait en si bonne santé. Oh ! Seigneur ! C'est bien ce que l'on peut dire de moi ! Je vais me mettre au régime immédiatement.

— Vous le commencerez demain, dit-il. Êtes-vous libre pour dîner, ce soir ?

— Je suis toujours libre pour dîner avec vous, c'est bien mon problème.

140

— Je viendrai vous chercher à six heures et demie et nous irons à l'*Hôtel des Lumières du Nord*.

Qwilleran ouvrit une boîte de langouste pour les siamois en se demandant si le restaurant au bord du lac offrirait quelque chose d'à moitié aussi bon. Puis il prit une douche et s'habilla de la façon qu'il jugeait convenable pour l'occasion. Quand il sortait avec Polly Duncan qui se souciait peu d'élégance, il mettait ce qui lui tombait sous la main. Mildred, quant à elle, donnait des cours de dessin au collège et possédait un don particulier pour les couleurs et leurs combinaisons. En conséquence, il enfila un cardigan en poil de chameau sur une chemise blanche à col ouvert et mit un pantalon marron glacé. Cet ensemble faisait ressortir le teint hâlé que lui valaient ses promenades à bicyclette des derniers mois. En s'admirant dans la psyché à pied de Mrs. Cobb, un accessoire qui faisait défaut à son appartement de célibataire, il remarqua que son bronzage mettait en valeur ses cheveux gris et son abondante moustache sel et poivre.

Dans une agréable humeur d'autosatisfaction, il roula le long des collines et à travers les champs cultivés des Hummock jusqu'aux rives boisées et sauvages du lac, faisant une nouvelle fois l'expérience du miraculeux changement d'atmosphère des environs immédiats du lac. Ce n'était pas simplement l'arôme de cette véritable mer intérieure et de cette flottille de bateaux de pêche, c'était un élément indescriptible qui élevait l'esprit de tout le monde et faisait des vacances à Mooseville un paradis.

Mildred l'accueillit avec un baiser platonique.

— Vous êtes superbe ! Et j'adore la combinaison de votre teint bronzé et de vos cheveux argentés.

Elle se permettait des libertés, étant non seulement la belle-mère de Roger, mais aussi l'ancienne voisine de Qwilleran, la rédactrice de la chronique culinaire dans le *Quelque chose du comté de Moose* et l'épouse fidèle d'un mari absent.

Qwilleran retourna le compliment en admirant la toilette qu'elle portait :

— Est-ce vous qui l'avez dessinée, Mildred ?

— Oui, la coupe est prévue pour dissimuler les formes opulentes d'une grosse dame.

— Sottises ! vous êtes une belle femme mûre avec une silhouette épanouie.

— J'ai toujours apprécié votre choix des mots, Qwill !

Tandis qu'ils roulaient vers le centre de Mooseville, on voyait les signes avant-coureurs annonçant la fin des vacances. Ils rencontrèrent moins de voitures de touristes, moins de véhicules de vacanciers et pratiquement pas de bateaux tractés. Les cottages d'été fermaient pour l'hiver.

— C'est un peu triste, observa Mildred, mais c'est agréable aussi. Octobre nous appartient, c'est moins bruyant que lorsque nous sommes envahis par les touristes du Pays d'En-Bas. Heureusement, ils dépensent leur argent sans compter et permettent à notre économie de se développer. Je souhaiterais seulement qu'ils aient de meilleures manières.

L'*Hôtel des Lumières du Nord* était un bâtiment en forme de caserne à deux étages avec de simples fenêtres superposées, mais c'était un point de repère historique qui avait servi à la communauté du XIXe siècle, lorsque les marins et les bûcherons — tous manquant totalement de bonnes manières — fréquentaient le salon et louaient une chambre pour deux fois rien.

Tandis que Qwilleran et son invitée prenaient place à une table donnant sur les docks, Mildred remarqua :

— Il y a un siècle, les gens regardaient par cette même fenêtre et voyaient des goélettes à trois mâts prendre des passagers portant des tournures et des chapeaux haut-de-forme, ou un de ces nouveaux vapeurs marchant au charbon qui transportaient des cargaisons de troncs d'arbre ou de minerais.

Elle jeta un long coup d'œil sur le même paysage :

— Et il y a un siècle, cet hôtel servait des étouffe-chrétien aux marins et aux prospecteurs au lieu de poissons blancs avec des petits légumes pour gourmets. Qu'allez-vous prendre, Qwill ? Vous n'avez jamais eu de problème de calories.

— Puisque les chats ont eu de la langouste, ce soir, je pense que j'ai droit à une soupe gratinée aux oignons, à des cuisses de grenouille, à une salade César et comme dessert une tarte au potiron.

— Comment les chats apprécient-ils leur nouvel environnement ?

— Ils ont donné leur approbation à la chaise recouverte de velours bleu, à la *schrank* de Pennsylvanie et aux rebords de fenêtres de la cuisine. Quant au lit du général Grant, ils ont réservé leur opinion. Du point de vue gastronomique, ils sont au septième ciel des chats et se délectent de la cuisine laissée dans le freezer par Iris.

— J'ai lu dans le journal cet article à propos du testament d'Iris qui vous aurait légué son livre de recettes culinaires afin qu'il soit publié, ou bien est-ce une invention de journaliste ? A mes yeux cette nouvelle me paraît aussi suspecte qu'une mystification qwilleranesque !

— Si vous l'avez lue dans le *Quelque chose*, elle doit être vraie.

— Eh bien, quand ce livre paraîtra, j'en achèterai un exemplaire.

— J'espérai que vous accepteriez de le surperviser, Mildred. Ces recettes ont besoin d'être vérifiées et testées. « Une cuillerée de ceci ou de cela » n'est pas

143

très précis. Je souhaiterais que vous soyez notre arbitre officiel et je suis volontaire pour servir de cobaye.

— Me voilà très honorée, dit Mildred.

— Laissez-moi vous prévenir : l'écriture d'Iris ressemble à des hiéroglyphes égyptiens !

— Après avoir corrigé des copies d'élèves pendant trente ans, je peux tout déchiffrer !

Il désirait la questionner sur Kristi, mais jugea prudent de différer le sujet jusqu'au dessert. Chaque fois qu'il invitait Mildred à dîner, il semblait que son mobile fût de soutirer des informations de son inépuisable mémoire, bien qu'il s'efforçât d'agir avec subtilité. Aussi lui parla-t-il de la nouvelle exposition du musée qui devait être inaugurée bientôt. Elle était présidente du Comité des expositions.

— L'exposition est prête depuis trois semaines. Elle a trait aux désastres historiques qui se sont abattus sur le comté de Moose. Le public adore les cataclysmes, je suis persuadée que vous le savez. Le tirage du *Daily Fluxion* augmente toujours après un grave accident d'avion ou un tremblement de terre.

— Comment peut-on célébrer un désastre dans une petite pièce de musée ?

— Cela nécessite une certaine dose d'ingéniosité, si je puis me permettre de l'avouer. Les murs seront recouverts de photographies d'explosions et je dois vous dire un mot de la violente controverse que cette décision a suscitée. Un membre de notre comité, Fran Brodie, pour ne pas la nommer, a découvert une photographie contestable dans les dossiers du musée, sans aucune indication de son origine ou de son donateur. Seule une date est gribouillée au verso : le 30 octobre 1904. Cela éveille-t-il un souvenir chez vous, Qwill ?

— N'est-ce pas le jour où le corps d'Ephraïm Goodwinter a été retrouvé ?

144

— Une date qui restera dans les annales du comté de Moose! Ce n'est qu'un simple cliché, la photographie macabre de l'Arbre du Pendu avec — peut-on présumer — un corps humain suspendu au bout d'une corde. Fran voulait la faire agrandir dans un format de 9 × 12. J'ai protesté que ce serait faire du sensationnel à bon marché. Elle affirme que cela fait partie de l'histoire locale. J'ai objecté que ce serait de mauvais goût. Elle a répondu que c'était du reportage objectif et j'ai dit qu'il s'agissait probablement d'un tapis roulé pour le faire ressembler à un corps.

— Qui a pu prendre la peine de tirer une photo pareille?

— Ceux qui détestaient Ephraïm et ils étaient légion, Qwill. Pour prouver qu'il avait été lynché, ils s'étaient recouverts d'un drap blanc avec des trous — pratiqués en brûlant le tissu avec une cigarette — pour les yeux. On prétend qu'Ephraïm a été retrouvé près de l'Arbre du Pendu le 30 octobre 1904, par le pasteur de la Vieille Église de Pierre. Je prétends qu'il avait été déposé là pour que ce brave révérend le trouve.

— Je crois détecter une note de scepticisme dans vos propos, Mildred.

— Si vous voulez le savoir, mon opinion est que cette histoire de lynchage est une fable. La lettre de suicide est en la possession de Junior Goodwinter et l'écriture a été authentifiée. Junior nous a autorisés à en prendre une photocopie pour l'exposition. Fran Brodie, qui peut se montrer aussi têtue qu'une mule quand elle s'y met, a prétendu que ce billet était un faux, alors la controverse a repris de plus belle. Larry a dû intervenir comme arbitre. Le résultat a été un compromis. Nous appelons le désastre minier Goodwinter : « Vérité ou Mythe? » Il y aura un panonceau à cet effet. Nous montrerons la prétendue lettre de suicide et la prétendue photographie du pendu, mais à

145

son format normal. Aussi n'y aura-t-il pas de nouvelle fracassante.

— Je suis heureux que vous soyez restée sur vos positions, Mildred. Je n'en attendais pas moins de vous. Avez-vous jamais eu Fran comme élève ?

— Oui, il y a dix ans. Et maintenant qu'elle est décoratrice, elle aime provoquer son vieux professeur. Elle a du talent, je le reconnais, mais elle a toujours eu l'esprit frondeur et elle n'a pas changé.

Les entrées étaient servies et Qwilleran demanda :

— Avez-vous assisté au vernissage de la galerie Exbridge et Cobb, cet après-midi ?

— C'était fabuleux ! Vous auriez dû venir. On a servi un excellent champagne et des petits fours. L'élite de la ville se trouvait là. Tout le monde était sur son trente et un. Susan superbe dans un ensemble ultra-chic, mais elle est toujours parfaite et je souhaiterais avoir sa silhouette. J'ai rencontré le fils d'Iris. Il est bien de sa personne. Et les meubles ! Vous ne le croirez jamais ! Il y avait une véritable chaise Chippendale, pas même un fauteuil : une simple chaise et elle vaut dix mille dollars. Il y avait aussi un semainier d'époque à quatre-vingt-dix mille dollars.

— Qui peut se permettre ces prix dans le comté de Moose ?

— Ne vous leurrez pas, Qwill, il y a beaucoup d'argent ici. Les familles n'en font pas étalage, mais elles possèdent des fortunes. Des gens comme le docteur Zeller, Euphonia Gage, le docteur Halifax, les Lanspeak, sans parler de vous !

— Je vous l'ai déjà expliqué, Mildred, je ne suis pas du genre collectionneur et encore moins thésauriseur. Je n'aime que ce que je peux manger et porter avec plaisir. Mais Iris et Susan ont dû dépenser une fortune pour monter ce magasin.

— En effet, et maintenant il appartient complètement à Susan. Elle a vraiment de la chance.

146

Baissant la voix, elle ajouta :

— Ne le répétez pas, mais d'après ce que j'ai vu cet après-midi, Susan aurait des vues sur le fils d'Iris. Il se trouve que j'ai appris qu'il a annoncé son départ de l'hôtel mardi soir, mais il ne quittera pas la ville avant demain. Le réceptionnaire de l'hôtel est marié avec notre surveillante générale de l'école et je les ai vus quitter la boutique ensemble, ce soir.

— Je serais allé à ce vernissage, dit Qwilleran, mais je devais interviewer une jeune femme intéressante, Kristi Fugtree.

— Je me souviens d'elle. Je l'ai eue comme élève. Elle était excellente dans le tissage. Elle avait des yeux intéressants et un physique de vedette de cinéma, mais elle s'est mariée, je ne me souviens pas avec qui, et a quitté le pays. Est-elle de retour ?

— En effet. Elle vit dans la ferme familiale où elle élève des chèvres.

— Eh bien, voilà une orientation différente, n'est-ce pas ? Mais Kristi a toujours été différente. Lorsque mes autres élèves tissaient de l'acrylique et de la chenille, Kristi utilisait de l'écorce de blé et du coton sauvage.

— Connaissez-vous le garçon qu'elle a épousé ? Son nom est Waffle, je crois.

— Je ne le connaissais que de vue et de réputation et j'ai pensé que Kristi faisait un mauvais choix. C'était un beau garçon, très populaire parmi les filles. Kristi était la seule à ne pas courir après lui, aussi, naturellement, l'a-t-il courtisée. Il pensait aussi probablement à la fortune Fugtree. S'il avait eu la moindre jugeote, il aurait su que tous les biens de la famille avaient été dilapidés par le capitaine Fugtree qui était très aimé, mais qui était à la fois snob, paresseux et profondément égoïste. Si Kristi élève des chèvres, du moins montre-t-elle plus d'ambition que son illustre ancêtre.

— La maison a été négligée depuis des années, mais son architecture est un bijou, remarqua Qwilleran.

— Spécialement la tour ! Au temps de ma jeunesse, quand nous nous promenions dans l'allée des Soupirs, comme nous l'appelions, nous apercevions la tour au-dessus des arbres et nous pensions qu'elle était hantée.

— Où se trouve l'allée des Soupirs ?

— Ne l'avez-vous pas découverte ? dit-elle, avec un sourire coquin, c'est la promenade des amoureux, sous les saules pleureurs qui poussent sur les berges de Black Creek. Le sentier commence au pont, près du musée, puis tourne derrière les propriétés Goodwinter et Fugtree. Sa réputation romantique n'est plus à faire. Vous devriez l'explorer en galante compagnie, Qwill !

Le dimanche matin Qwilleran partit explorer l'allée des Soupirs, bien qu'il ne s'y trouvât pas aussi seul qu'il s'y attendait. L'expédition n'était pas préméditée. Il faisait les cent pas dans la cour du musée, les mains dans les poches, en respirant à pleins poumons, prenant plaisir aux riches couleurs de l'automne, lorsqu'il eut soudain l'impression d'être surveillé. Il regarda dans toutes les directions autour de lui, comme s'il admirait la vue.

S'il s'était tourné vers la ferme, il aurait découvert deux paires d'yeux bleus fixés intensément sur lui, mais l'idée ne lui en vint même pas. Il se tourna vers l'est et vit des prairies, au nord se dressait la grange, sans la camionnette de Boswell, à l'ouest on apercevait la tour de la maison Fugtree qui s'élevait au-dessus des arbres. Peut-être Kristi l'observait-elle avec ses jumelles, pensa-t-il sans déplaisir. Il était surprenant à quel point on pouvait ressentir un regard de si loin. Il lissa sa moustache et redressa les épaules, avant de se décider à aller explorer l'allée des Soupirs.

Cette fraîche matinée d'octobre était si claire et silencieuse que l'on pouvait entendre le faible tintement des cloches de l'église de West Middle Hummock, à cinq kilomètres de là. D'abord, il remonta Black Creek Lane, puis il tourna vers l'est dans Fugtree Road, traversa le pont et descendit vers un embarcadère au bord de l'eau. Bien qu'il fût étroit et ombragé, le ruisseau clapotait et cascadait allégrement sur les pierres, sous les branches basses de saules pleureurs ; le sentier recouvert par une couche d'humus était doux sous les pas. Plus loin il était ombragé par des chênes et des érables.

Il apprécia ce romantique lieu solitaire et se demanda si Iris avait découvert cet endroit tranquille. Non, sans doute. C'était avant tout une femme d'intérieur. En avançant sur le sentier qui serpentait le long du ruisseau, il apercevait, de temps à autre, la tour Fugtree qui paraissait plus haute à mesure qu'il s'en approchait. C'était dans cette allée des Soupirs qu'Emmaline et Samson avaient vu se nouer leur triste destin.

A l'exception du bouillonnement de l'eau, la quiétude était presque obsédante comme il arrive parfois par un matin d'octobre. Le chemin couvert de rosée amortissait le bruit de ses pas. Il s'arrêta un instant pour admirer le décor, regrettant de ne pas avoir un appareil photographique pour fixer cet instant magique. Tandis qu'il se tenait là, immobile, il entendit soudain un craquement de branches, suivi par un murmure de voix indistinctes. Les inflexions suggéraient les exclamations d'une rencontre, mais sans l'expression joyeuse qui préside à des retrouvailles. Tout à coup, il put saisir un fragment de dialogue.

Qwilleran avança doucement en direction de la

source de ces voix. En arrivant à la boucle du sentier, il recula précipitamment et se cacha derrière un arbre pour écouter une jeune femme s'exprimer avec colère :

— Je n'ai pas d'argent !

— Alors procure-t'en, dit une voix d'homme sur un ton menaçant. J'ai aussi besoin d'une voiture. Ils sont sur mes traces.

— Pourquoi n'en voles-tu pas une ? Tu sembles savoir comment t'y prendre !

Cette phrase fut suivie d'un petit cri de douleur.

— Ne me touche pas, Brent !

Qwilleran se baissa, ramassa un caillou et le jeta dans le ruisseau. Le petit « floc » interrompit le dialogue hostile pendant quelques secondes.

— Qu'est-ce que c'est ? demanda l'homme, d'une voix alarmée.

— Un poisson, sans doute... mais tu ne peux rester à la maison, Brent, chasse cette idée de ta tête.

Il y eut un grognement incohérent d'où il ressortait « qu'il n'avait pas où aller ».

— Retourne d'où tu viens ou bien j'avertis la police de ta présence ici.

L'homme proféra une réponse qui parut menaçante et Qwilleran jeta un autre caillou dans l'eau.

— Il y a quelqu'un par là, dit l'homme.

— Il n'y a personne ici, poltron ! Et maintenant je m'en vais. Je ne veux plus te voir, ni entendre parler de toi. Je te préviens, Brent, n'essaie pas un coup tordu. J'ai une arme à la maison.

— Kristi, j'ai faim et il fait froid la nuit, dit l'homme d'une voix plaintive.

Il y eut un moment de silence.

— Je laisserai du pain et du fromage sur la grosse souche d'arbre, mais ce sera tout. Retourne à Lockmaster et livre-toi à...

150

Les derniers mots se perdirent tandis qu'elle s'éloignait sur le sentier. Il aperçut un homme portant une veste vert foncé avec une inscription sur le dos. Puis il entendit le bruit d'une fermeture à glissière et quelqu'un urina dans le ruisseau. Qwilleran fit demi-tour et escalada le bord du sentier qui débouchait sur l'arrière de la propriété Goodwinter. Son premier geste fut de rentrer sa voiture dans la grange et d'en fermer la porte à clef. Puis il téléphona à Kristi. La voix de la jeune femme tremblait quand elle lui répondit.

— C'est Qwill qui vous appelle, dit-il. Vous allez croire que je ne vous ai pas prêté assez d'attention, mais je ne me souviens plus du nom de vos boucs.

— Ah! Il y a Napoléon, Raspoutine et Attila, dit-elle.

— Très approprié. Merci, Kristi. Quelle belle journée! Tout va-t-il bien à la ferme?

— Très bien, dit-elle, d'un ton peu convaincu.

— Vous pouvez vous attendre à beaucoup de circulation sur Fugtree Road, cet après-midi. Le musée ouvre une autre exposition. J'espère que toute cette agitation ne va pas perturber votre petit monde.

— Non. Ne vous inquiétez pas.

— N'hésitez pas à me prévenir si vous avez le moindre problème, n'est-ce pas?

— Oui, dit-elle d'une voix faible, merci.

Assez peu rassuré par cette conversation, Qwilleran se promena sans but dans son appartement. Les ennuis de Kristi le troublaient, mais elle donnait l'impression que l'intervention de Qwilleran n'était ni recherchée, ni souhaitée. Après tout, elle avait un ami à Pickax, propriétaire d'un pick-up, et qui semblait répondre à toutes ses exigences. Qwilleran se gratta la moustache.

Ce dont il avait besoin était une tasse de café fort et

quelque chose de distrayant à lire... quelque chose pour passer le temps jusqu'à 1 heure, quand le musée ouvrirait ses portes au public. A Pickax, il lisait à haute voix *Eothen* de Kinglake aux chats et il y avait trois Arnold Bennett achetés d'occasion qu'il avait hâte de commencer, mais il n'avait pas pris la peine d'apporter ces livres à North Middle Hummock. Les magazines de Mrs. Cobb n'étaient pas à son goût. Il savait tout ce qu'il désirait sur la faïence brune de Rockingham, sur les premiers souffleurs de verre du Massachusetts et sur les falaises de Newport. Quant aux étagères de livres, elles étaient garnies de bibelots et de verres de couleurs. Les rares livres étaient des volumes brochés qu'il avait lus au moins deux ou trois fois. Il n'était pas d'humeur à relire *Autant en emporte le vent*.

Ses pensées distraites furent interrompues par un bruit caractéristique : *plouf!* Puis, à nouveau : *plouf!* C'était, sans le moindre doute, le bruit d'un livre broché jeté sur un tapis oriental. Qwilleran l'aurait reconnu n'importe où. Il entra dans le petit salon à temps pour voir Koko faire sa sortie, corps baissé, queue traînante, annonçant quelque sottise. Deux livres avaient été délogés de l'étagère. Qwilleran lut les titres et alla directement vers le téléphone. Le temps était venu, décida-t-il, de discuter du comportement de Koko avec un expert. Il y avait une jeune femme à Mooseville qui semblait tout savoir sur les chats. Lori Bamba était aussi la secrétaire à mi-temps de Qwilleran. Il l'appela de la cuisine, en prenant soin de fermer la porte. Autrement Koko se serait montré insupportable. Il aimait Lori Bamba et il savait lorsqu'elle était à l'autre bout de la ligne téléphonique.

Lori répondit avec l'enthousiasme qui rendait sa voix si agréable à entendre et Qwilleran commença par les civilités de circonstance.

152

— Il y a longtemps que je ne vous ai vue, Lori, comment va le bébé ?

— Il commence à marcher à quatre pattes, Qwill, notre chatte pense que c'est un chaton et s'efforce de le materner.

— Comment va Nick ?

— Eh bien, il n'a pas encore trouvé ce qu'il pourrait faire d'autre. Faites-nous signe si vous avez une idée. Il possède son diplôme d'ingénieur, vous savez.

— Je n'y manquerai pas, mais dites-lui de ne pas donner sa démission avant d'avoir trouvé un autre emploi. Et vous-même, avez-vous le temps de répondre à mon courrier ?

— Bien sûr. Nick se rend à Pickax tous les mercredis. Il passera vous voir.

— Je ne suis pas à Pickax, Lori. Les chats et moi sommes installés chez Iris Cobb pour quelques semaines.

— Oh ! Qwill, ce fut une terrible nouvelle ! Elle va tant nous manquer !

— Elle manquera à tout le monde, y compris aux chats.

— Comment réagissent-ils à leur nouvel environnement ?

— C'est justement pour cela que je vous appelle, Lori, quelque chose tracasse Koko. Les oiseaux se sont envolés vers le sud et cependant, il reste des heures entières assis au bord de la fenêtre à surveiller et à attendre. Un jour, alors que je l'avais conduit au musée, il s'est dirigé aussitôt vers un vieil oreiller bourré de plumes de poulet et datant d'avant la Grande Guerre. Il y a quelques minutes, il a fait tomber deux livres intitulés : *Tuer un oiseau moqueur* et *Vol au-dessus d'un nid de coucou*.

Sans hésitation, Lori demanda :

— Y a-t-il de la volaille dans son alimentation ?

— Hum… Nous utilisons les plats préparés par Iris et laissés dans le freezer, maintenant que vous le dites, il s'agit surtout de viande et de poisson.

— Essayez de lui offrir davantage de volaille.

— Très bien, Lori, je vais m'y efforcer.

Qwilleran partit à la recherche des siamois. Debout dans l'entrée, il cria :

— Hé, vous autres, les gastronomes, où êtes-vous ? Le docteur Ronronnade veut que vous mangiez davantage de faisan et de pintade !

On entendit Yom Yom gratter dans son plat. La litière faisait un bruit caractéristique lorsque la petite chatte heurtait les bords métalliques de la poêle à frire. Une fois de plus, Koko avait disparu.

— Koko ! Où es-tu ?

Le chat avait une façon exaspérante de se rendre invisible quand l'occasion se présentait et Qwilleran s'inquiétait quand il était hors de vue. Yom Yom émergea de la salle de bains en marchant avec élégance sur la pointe de ses pattes. Elle se dirigea directement vers une carpette orientale du salon. Il y avait une bosse suspecte au beau milieu. Elle la renifla avec ardeur. La bosse s'agita.

Soulevant la carpette, Qwilleran demanda :

— Que t'arrive-t-il, mon pauvre Koko ? Le thermostat est-il trop bas ? De quoi te caches-tu ? Qu'essaies-tu de me dire ?

Koko se redressa de toute sa hauteur comme seul un siamois sait le faire et sortit de la pièce d'une démarche altière.

CHAPITRE ONZE

Les premières voitures à se présenter pour l'ouverture de l'exposition furent celles des membres de la Société d'Histoire, tous revêtus de leurs plus beaux atours, les hommes avec des vestes sombres et des cravates, les femmes en jupes et talons hauts. Mitch Ogilvie, qui s'occupait de régler la circulation, leur demanda de faire descendre les personnes âgées ou infirmes à l'entrée du musée et d'aller ensuite se garer devant la grange en abandonnant le parking habituel au public. On s'attendait à ce qu'il y eût foule après l'article paru en première page du *Quelque chose du comté de Moose*.

RÉOUVERTURE DU MUSÉE GOODWINTER
EXPOSITION SUR LES GRANDES CATASTROPHES

La ferme-musée Goodwinter à North Middle Hummock reprendra ses heures d'ouverture habituelles dimanche prochain avec une exposition consacrée aux événements mémorables survenus dans le comté de Moose. Le musée a été fermé une semaine en raison du décès d'Iris Cobb-Hackpole.

La nouvelle exposition présente des photographies et des objets remontant au temps de l'exploitation forestière, de la marine et des mines, selon le porte-parole,

155

Carol Lanspeak. Des photographies, des portraits, des représentations dramatiques de naufrages, de feux de forêt et autres catastrophes minières seront exposés, y compris le désastre de 1919, lorsque le shérif déversa des litres d'alcool de contrebande dans les marais de Squunk Corners. Carol Lanspeak attire particulièrement l'attention sur une photographie très controversée de la mort d'Ephraïm Goodwinter en 1904 sous la vignette « Vérité ou mythe? »

La ferme Goodwinter et la campagne environnante sont à la période la plus favorable de la saison automnale, Carol Lanspeak ajoute : « La luxuriance du feuillage rend une visite aux Hummock doublement agréable. »

Les heures d'ouverture sont de 13 heures à 16 heures, du vendredi au dimanche. Des groupes pourront être reçus sur rendez-vous.

A 1 heure, Qwilleran, vêtu pour la circonstance et portant une nouvelle cravate que Scottie l'avait poussé à acheter en roulant les *r*, tenant la bible de Kristi sous le bras, se rendit au bureau du musée où Larry était occupé à comptabiliser les entrées sur ordinateur.

— Comment se présente la situation, Larry?

— Une bonne publicité est toujours payante, dit le président de la Société d'Histoire. Qu'avez-vous sous le bras? Avez-vous l'intention de prononcer un sermon?

— En effet, c'est une bible qui a été offerte au musée par une jeune femme habitant la ferme Fugtree.

— Est-ce la bible de la famille Fugtree?

— Non, seulement une bible que sa mère avait achetée à une vente.

— Dommage. Eh bien, inscrivez le nom de la donatrice sur cette carte et laissez la bible sur la table avec le catalogue. Elle sera enregistrée plus tard.

— Avez-vous trouvé, par chance, un successeur à Iris Cobb?

— Nous avons eu deux approches. Comme vous le savez, Iris ne voulait pas être rémunérée, mais nous sommes prêts à payer un salaire décent et à offrir le logement de fonction, qui n'est pas négligeable. Mitch Ogilvie a déposé une demande. Il aime les meubles anciens et ne manque pas d'initiative, mais il est un peu jeune. A son âge il est à craindre qu'il accepte pour une année et se tourne, ensuite, vers quelque chose de plus attrayant. Susan pense que Vince Boswell pourrait faire l'affaire. Il dirigeait des ventes aux enchères, au Pays d'En-Bas, et il est bricoleur. Il pourrait s'occuper des petites réparations que nous sommes obligés de payer, maintenant.

— A mon humble avis, Mitch a plus d'aptitude pour cette situation, dit Qwilleran. De plus, étant réceptionniste à l'hôtel, il a l'habitude de rencontrer des gens et j'ai observé qu'il était particulièrement attentif avec les personnes âgées. Boswell en fait un peu trop à mon goût et il parle trop fort. De plus, l'appartement de fonction n'est pas fait pour une famille.

Larry détourna les yeux, avant d'ajouter avec quelque gêne :

— Eh bien… En fait, Verona n'est pas sa femme. Si nous lui confions ce poste, elle devra repartir pour Pittsburgh avec la gamine.

— A quoi doit-il sa mauvaise jambe?

— Polio. C'est arrivé il y a longtemps. La vaccination n'existait pas encore. En considérant ce handicap, il se débrouille plutôt bien…

— Hum… regrettable, murmura Qwilleran, mais Mitch, lui, a au moins les ongles propres.

Larry haussa les épaules :

— Oh! vous savez que Vince se livre à un travail

salissant dans la grange. Certaines de ces presses sont en piètre état avec une accumulation d'encre et de graisse.

Qwilleran remplit le formulaire de donation, puis il demanda :

— Qu'arrive-t-il, ici, quand la neige tombe ?

— Nous maintenons la route de Black Creek en état et le comté dégage Fugtree Road. Il n'y a pas de problème.

— Visite-t-on le musée en hiver ?

— Bien sûr. Nous organisons des visites par autobus. Il y a des groupes d'étudiants et des clubs privés qui viennent par leurs propres moyens. Le musée reste ouvert les jours fériés. Si vous voulez mon avis, la neige sert à la féerie du décor.

— A propos, dit Qwilleran, il conviendrait de brancher les lampes de la cour sur un système automatique pour qu'elles s'allument le soir, et même une ou deux lampes à l'intérieur de la maison pour des raisons de sécurité.

— Bonne idée, approuva Larry, en sortant un petit carnet de sa poche pour en prendre note.

— Une autre question sur laquelle j'aimerais attirer votre attention est le bail signé Abraham Lincoln figurant parmi les documents exhibés.

— C'est probablement le document le plus important que nous possédions, dit Larry avec un accent de fierté.

— Sauf s'il n'est pas vraiment signé par Lincoln.

— Voulez-vous insinuer que ce serait un faux ? Comment le savez-vous ?

— Je ne soupçonne aucune intention délibérée de faux. Je dirai qu'il y a eu des milliers de certificats ainsi produits. Le secrétaire de Lincoln, Seward, était autorisé à signer pour le président. Le document du musée porte un paraphe. La signature du président était petite. De plus, il n'écrivait jamais son prénom.

— Vous avez bien fait de me prévenir, Qwill. Nous allons porter ce renseignement sur la fiche d'identification.

A nouveau, Larry sortit son carnet.

— La valeur du document vient de perdre quelques milliers de dollars. Merci quand même, mon vieux!

Au même moment Carol Lanspeak fit irruption dans la pièce :

— Un objet a disparu de l'exposition, Larry, dit-elle. Viens vite.

Elle sortit aussitôt, son mari sur ses talons. Qwilleran suivit, mais fut arrêté tout le long du chemin. Mildred Hanstable et Fran Brodie bavardaient ensemble comme les meilleures amies du monde. Elles le complimentèrent sur le choix de sa cravate. Mildred dit à Fran :

— Comment reste-t-il si svelte?

— Comment reste-t-il si jeune? demanda Fran.

— Je suis sobre et célibataire, répondit Qwilleran, avant de poursuivre son chemin.

Susan Exbridge lui murmura à l'oreille :

— Bonne nouvelle! Dennis Hough fait une offre sur la propriété Fitch. Il voudrait ouvrir un cabinet d'architecte!

« La mauvaise nouvelle est qu'il va faire venir sa femme », pensa Qwilleran.

Ensuite, Homer Tibbitt et Rhoda Finney s'approchèrent de lui. Homer déclara de sa voix haut perchée :

— Avez-vous essayé de me joindre? Nous sommes allés à Lockmaster pour assister aux courses de chevaux et pour faire réparer l'appareil acoustique de Rhoda. Pendant que nous étions là-bas, nous en avons profité pour nous marier afin que ce déplacement n'ait pas eu lieu en vain.

— Nous avions nos papiers prêts depuis des

semaines, mais il n'arrivait pas à se décider, dit la nouvelle Mrs. Tibbitt avec un sourire affectueux à son époux.

Qwilleran présenta ses félicitations et fendit la foule qui se pressait maintenant dans les salles. Polly Duncan le saisit par la manche et dit à mi-voix :

— J'ai un grand service à vous demander, Qwill.

— Je suis prêt à n'importe quoi, sauf à devenir le *cat-sitter* d'un chaton de trois livres.

Avec un accent de reproche, elle répondit :

— C'est pourtant exactement ce que je vais vous demander. Un séminaire est organisé à Lockmaster et j'espérai m'y rendre en vous laissant Bootsie pour une nuit.

— Hum ! fit Qwilleran, en cherchant une bonne excuse pour décliner cette demande. Est-ce que deux gros chats avec des voix de basse ne vont pas l'effrayer ?

— J'en doute. C'est un petit chat qui sait parfaitement s'adapter. Il n'a peur de rien.

— Yom Yom pourrait le prendre pour une souris.

— Elle est trop intelligente pour ne pas faire la différence. Il ne vous causera aucun ennui, Qwill, et vous l'aimerez vite autant que je l'aime.

— Eh bien, je veux bien essayer, mais qu'il ne compte pas trop sur moi pour lui faire des mamours.

Qwilleran poursuivit son chemin au milieu de la foule, notant la présence de maître Hasselrich, le notaire, en compagnie de sa femme, du docteur Zeller avec sa dernière conquête blonde, d'Arch Riker avec la charmante Amanda, de Mrs. Boswell avec Baby et de plusieurs politiciens dont les noms paraîtraient lors des élections dans les ballottages de novembre. Dominant les conversations, on entendit la voix de Vince Boswell :

— Va-t-il y avoir des rafraîchissements ? Iris avait l'habitude de nous offrir de fameux cookies !

Qwilleran atteignit la section des « désastres ». Comme Mildred l'avait prédit, l'impact dramatique venait des photographies murales. On y voyait le naufrage d'un train de bûches en 1892 qui avait coûté la vie à sept personnes, l'incendie de 1898 qui avait détruit Sawdust City, le naufrage d'une goélette à trois mâts au cours d'une tempête en 1901 et quelques autres calamités de l'histoire du comté de Moose ; mais le clou de l'exposition était le panonceau demandant : « Vérité ou mythe ? » qui ravivait les vieilles questions sur la fin mystérieuse d'Ephraïm Goodwinter.

L'histoire de l'explosion de la mine et ses conséquences étaient représentées sous forme de graphisme sans commentaires. Des photographies de l'explosion et des coupures de journaux de l'époque étaient groupées sous quatre dates :

13 mai 1904 : Photographies de l'équipe de secours à la mine Goodwinter. Des manchettes de journaux du Pays d'En-Bas indiquant qu'il y avait trente-deux tués dans l'explosion d'une mine.

18 mai 1904 : Photographies des veuves en pleurs et de leurs enfants. Extraits du *Pickax Picayune* de cette date et cette note : « Mr. et Mrs. Ephraïm Goodwinter sont allés passer quelques mois à l'étranger. »

25 août 1904 : Réunion d'architectes à propos d'un projet de construction d'une bibliothèque. Article du *Pickax Picayune* : « La ville de Pickax aura bientôt sa bibliothèque municipale, grâce à la générosité de Mr. Ephraïm Goodwinter, propriétaire et éditeur de ce journal. »

8 novembre 1904 : Photographie du cortège aux funérailles d'Ephraïm. Article du *Picayune* : « Le cortège funèbre accompagnant la dépouille du regretté Ephraïm Goodwinter jusqu'à sa tombe représente la plus longue marche funèbre jamais enregistrée. Mr. Goodwinter a succombé subitement mardi dernier. »

Intercalés entre ces photographies agrandies et les coupures de journaux étaient exposés les casques des mineurs, les pics, les marteaux ainsi qu'une gamelle avec le commentaire : « Pâtés de viande, de navets et de pommes de terre que les mineurs emportaient traditionnellement dans les puits. » Une toile représentant le portrait du philanthrope au visage sévère portait la trace d'un coup de couteau reçu alors qu'elle était exposée à l'entrée de la bibliothèque municipale. Une photographie, assez floue, de l'Arbre du Pendu avec son sinistre fardeau avait pour mention : « Non identifié. » Il y avait également une photographie de la prétendue lettre de suicide dont l'écriture offrait une remarquable ressemblance avec celle d'Abraham Lincoln. Une note invitait les visiteurs à voter : « *Meurtre ou suicide?* »

Quelqu'un tira Qwilleran par la manche. C'était Hixie Rice qui dirigeait le Service de la publicité au *Quelque chose du comté de Moose.*

— J'ai tiré une conclusion de tout ceci, dit-elle. Ce qu'il aurait fallu à Ephraïm Goodwinter, c'est un bon conseiller en relations publiques.

— Ce dont il aurait eu besoin est un peu de bon sens, répondit Qwilleran.

Il revint sur ses pas dans la foule et trouva les Lanspeak au bureau.

— Vous avez dit qu'il manquait quelque chose. Qu'était-ce ?

— Le drap, répondit Carol.

— Quel drap ?

— Nous avions exposé un drap blanc que le révérend Crawbanks avait trouvé près de l'Arbre du Pendu, après la mort d'Ephraïm.

162

— Voulez-vous dire que quelqu'un l'aurait volé ? demanda Qwilleran avec surprise.

Ce fut Larry qui répondit d'un ton sombre :

— C'est la seule chose qui ait jamais été dérobée dans l'une de nos expositions, et pourtant nous avons souvent présenté des objets de valeur. De toute évidence, nous avons un cinglé parmi nous et nous savons que c'est une affaire interne, car le drap manquait avant l'ouverture des portes au public, à 1 heure. Ce n'est pas une grande perte. Ce drap n'avait aucune valeur, même comme objet historique, mais je n'aime pas l'idée que nous avons un voleur dans notre équipe.

— Combien de personnes ont la clef du musée ? Homer m'a dit que vous aviez soixante-quinze volontaires.

— Personne n'a de clef. Les volontaires entrent avec la clef du musée cachée sous le porche.

— Cachée où ? Sous le paillasson ? demanda ironiquement Qwilleran.

— Dans le panier de blé indien suspendu au-dessus de la porte, répondit Carol avec le plus grand sérieux.

— Nous avons toujours considéré toute notre équipe comme parfaitement digne de confiance, ajouta Larry.

Qwilleran s'excusa et partit à la recherche de la responsable de l'exposition. Il trouva Mildred en conversation avec Verona Boswell qui expliquait :

— Baby a parlé en faisant des phrases complètes dès l'âge de huit mois.

Elle tenait par la main la petite fille vêtue d'un manteau et d'un chapeau en velours bleu.

— Excusez-moi, Mrs. Boswell, dit Qwilleran, puis-je vous emprunter Mrs. Hanstable pendant quelques instants ?

— Mais bien sûr. Baby, vois-tu qui est là ? Dis bonjour à Mr. Qwilleran.

— Bonjour, dit Baby.

— Bonjour, répondit-il sur un ton plus gracieux que d'habitude.

Il entraîna Mildred dans la salle déserte des textiles.

— C'est tranquille pour bavarder, dit-il, je n'ai pas encore vu un seul visiteur s'attarder sur cet odieux document.

— C'est macabre, n'est-ce pas ? Nous avons essayé de le mettre en valeur avec un fond en couleurs et des indications claires. Nous l'avons aussi mis en évidence afin de souligner son importance, mais tout le monde semble préférer les encadrements en velours et personne ne prise les textiles. Qu'est-ce qui vous tracasse, Qwill ?

— J'aimerais vous féliciter pour cette exposition de désastres. Elle suscite visiblement beaucoup d'intérêt.

— Merci. Fran Brodie mérite des compliments, elle aussi. Il sera intéressant de voir le résultat des votes.

— Avez-vous fait le tour de l'exposition aujourd'hui ?

— Je n'ai pu m'approcher. Il y a trop de monde. Quelqu'un aurait-il porté un autre coup de couteau au portrait d'Ephraïm ?

— Non, Mildred, mais quelqu'un est parti avec le drap du révérend Crawbanks.

— Vraiment ? Vous ne plaisantez pas, au moins ?

— Carol s'est aperçue qu'il avait disparu. Elle et Larry sont très surpris, c'est le moins que je puisse dire. Ils n'ont aucune idée sur l'auteur de ce larcin. Et vous ?

— Qwill, je ne prétends pas tout comprendre de ce qui se passe dans la société d'aujourd'hui. Pourquoi ne demandez-vous pas à Koko qui a fait le coup ? Il est plus futé qu'aucun d'entre nous !

— A propos de Koko, j'aimerais que vous regardiez cet oreiller d'un œil critique.

164

— Je peux seulement dire qu'il a été bougé.

Elle détacha le cordon de velours qui encadrait le lit et arrangea l'oreiller de façon plus artistique.

— Voilà! N'est-ce pas mieux?

— Arrive-t-il souvent que des objets soient changés de place?

— Eh bien… non. Les volontaires sont priés de ne toucher à rien. Pourquoi cette question?

Qwilleran baissa la voix :

— Je suis venu ici avec Koko, l'autre jour, et il s'est précipité sur cet oreiller pour le renifler. Il ne voulait pas le lâcher, j'ai été obligé de l'emporter de force pour le faire sortir du musée. Ne me dites pas qu'il est bourré de plumes de poulet, parce que l'oreiller de la ferme Trevelyan est également garni de plumes et il l'a totalement ignoré.

— Voyons ce que dit la fiche signalétique, dit Mildred en s'approchant pour prendre la fiche libellée à la main.

» Il a été utilisé à la ferme Inchpot avant la grande guerre… l'enveloppe est en toile de sac de farine… il est garni de duvets provenant du poulailler Inchpot. Il a été donné par Adeline Inchpot Crowe.

— Avez-vous dit *crow*[1]?

— Avec un *e* à la fin.

— Sortons d'ici, Mildred, ces plumes de poulet qui ont plus de soixante-quinze ans me dépriment. Voulez-vous jeter un coup d'œil sur le livre de cuisine d'Iris, pendant que vous êtes là?

Qwilleran se fraya un chemin dans la foule et proposa une tasse de café en entrant dans la cuisine.

— Ou quelque chose d'un peu plus fort, répondit froidement Mildred, une foule nombreuse me rend nerveuse si je n'ai pas un verre à la main.

— Je vais voir ce que je peux trouver. Iris n'avait pas une cave bien fournie.

1. *Crow*, en anglais, signifie « corneille ». (*N.d.T.*)

— N'importe quoi d'un peu fort fera l'affaire.

Qwilleran sortit des cubes de glace :

— Le livre de recettes est dans le bureau, sous le téléphone. Vous n'avez qu'à soulever le couvercle. J'ai trouvé du sherry sec, du Dubonnet et du Campari. Que préférez-vous ?

Il n'y eut pas de réponse.

— L'avez-vous trouvé ? C'est un simple cahier avec un tas de feuilles détachées et de morceaux de papier.

Mildred était penchée en silence sur le bureau.

— Il n'est pas là, constata-t-elle.

— Mais si ! Je l'ai encore vu il y a deux jours.

— Il n'y est plus, insista Mildred, voyez vous-même.

Qwilleran se pencha sur son épaule.

— Où peut-il être passé ?

— Les chats l'ont volé, dit Mildred. Koko a soulevé le couvercle et Yom Yom n'a pas hésité à utiliser sa célèbre patte.

— C'est peu vraisemblable. Ils sont chapardeurs, mais un cahier épais de cinq centimètres avec des feuilles volantes n'est pas leur genre.

— Alors vous l'avez rangé ailleurs.

— Je l'ai feuilleté pendant dix secondes pour essayer de le déchiffrer et je l'ai remis à sa place, je m'en souviens fort bien. Quelqu'un est venu ici pour le voler. Quelqu'un qui savait où Iris le rangeait. A-t-elle jamais invité du personnel du musée chez elle ?

— Oui, souvent, mais...

— Il n'y a pas de verrou entre le musée et l'appartement. Quelqu'un a eu trois jours pour agir. Je suis sorti tous les jours. Il faut mettre un verrou sur cette porte. Qu'est-ce qui pourrait empêcher quelqu'un de venir s'emparer des chats...

Il s'arrêta et regarda autour de lui.

— Mais où diable sont-ils? D'habitude, ils se tiennent dans la cuisine. Je ne les ai pas vus. Où SONT-ILS?

CHAPITRE DOUZE

Quand les siamois furent retrouvés, endormis sur une serviette rose dans la salle de bains — éloignés du tumulte du musée —, que Mildred eut terminé son Campari et que la foule se fut écoulée, Qwilleran partit à la recherche de Larry Lanspeak.

Il le trouva dans le bureau, en conférence avec quelques dirigeants du musée :

— Entrez, Qwill, nous discutons de l'incident provoqué par la disparition de ce drap.

— Eh bien, vous pouvez également discuter de la disparition du cahier de recettes d'Iris Cobb, répondit Qwilleran. Il n'est plus dans son bureau.

— Que l'on ait pris ce cahier, je peux le comprendre, dit Susan, mais qui a bien pu voler un drap avec deux trous au milieu ?

Carol proposa d'afficher une annonce sur la table des volontaires :

— Nous pourrions mettre : « La volontaire qui a emprunté le drap de la salle des expositions et le cahier de recettes d'Iris Cobb est priée de bien vouloir les restituer au bureau du musée. Aucune question ne lui sera posée. » Qu'en pensez-vous ?

— Le moment est venu de mettre un verrou entre l'appartement et le musée, dit Qwilleran. Iris possédait une importante collection d'objets de valeur,

168

souvent de faible encombrement, faciles à dérober. Des gens qui ne songeraient pas à voler des vivants pensent que cela n'a plus d'importance quand ils sont morts. C'est une coutume primitive pratiquée depuis des siècles.

— Peut-être, mais pas ici, dit Susan.

— Comment le savez-vous ? Les morts ne le signalent jamais à la police. Le comté de Moose peut être équipé d'ordinateurs, de fax et d'avions privés, mais il demeure encore beaucoup de croyances primitives. Les fantômes, par exemple. Je ne cesse d'entendre raconter qu'Ephraïm Goodwinter passe à travers les murs, à l'occasion.

Larry sourit :

— C'est une plaisanterie populaire, Qwill, juste une histoire qui se raconte en buvant une tasse de café.

Il tendit la main vers le téléphone tout en consultant sa montre.

— Je vais appeler Homer au sujet du verrou. J'espère qu'il n'est pas encore couché. Il n'est que cinq heures et demie, mais il se met au lit de plus en plus tôt.

— Sa nouvelle épouse va changer ses habitudes, dit Qwilleran, elle est pleine de vitalité.

— Sans doute, dit Larry. Ils vont rester devant la télévision jusqu'à huit heures et demie du soir. Pourquoi riez-vous ? Quand nous aurons l'âge de Homer, nous n'en serons même plus là !

Il composa le numéro et, après s'être entretenu avec Homer, il raccrocha et déclara que celui-ci ferait appel au serrurier dès le lendemain.

— J'ai une autre suggestion, dit Qwilleran, à propos des verrous et des objets de valeur. Iris avait beaucoup de papiers privés dans son bureau. Il faudrait les réunir, en faire un paquet et les remettre à son fils.

— Je serai heureuse de lui rendre ce service, offrit Susan. Je vois Dennis cette semaine.

Qwilleran lui jeta un regard vide de toute expression et se tourna vers Larry. Celui-ci déclara :

— Je propose que nous nous en occupions immédiatement, Susan. Qwill et moi allons nous en charger. Quelle taille devrait avoir la boîte dont nous aurions besoin ?

Tous trois partirent pour l'aile ouest avec un carton, du ruban adhésif et un marqueur. Koko et Yom Yom les attendaient à la porte.

— Salut les chats ! s'exclama Larry, sur un ton jovial.

Les siamois les suivirent au salon où le bureau occupait une place importante.

— C'est le meuble le plus affreux que j'aie jamais vu, déclara Qwilleran, avec conviction.

Il ressemblait à une boîte plate avec un tiroir qui s'ouvrait sur une écritoire, perché sur quatre longs pieds, le tout surmonté d'une sorte de cabinet vitré.

— C'est un Dingleberry original, fait à la main, datant des environs de 1890, déclara Larry. Iris l'a acheté à la vente Goodwinter. J'ai poussé les enchères, mais j'ai abandonné quand elle a atteint un nombre de quatre chiffres.

Derrière les portes du cabinet se trouvaient des boîtes à chaussures étiquetées en gros caractères Factures, Lettres, Banque, Assurances, Personnel. Dans le tiroir, il y avait les habituels crayons, ciseaux, trombones, rouleau de ruban adhésif, carnets de notes et une loupe.

— Il y a des loupes un peu partout dans la maison. Elle en portait même une au bout d'une chaîne, autour de son cou.

— Très bien, dit Larry, enfermons tout cela dans le bureau du musée. Nous demanderons à Dennis de nous signer une décharge.

170

— Bonne idée, approuva Qwilleran.

Susan n'avait rien à dire, elle paraissait maussade. En sortant du salon, elle buta contre un tapis. Qwilleran la rattrapa par le bras.

— Je suis navré, il y a un chat sous cette carpette. C'est la deuxième fois qu'il se glisse sous un tapis oriental.

— Il a bon goût, dit Larry. Ils sont tous très anciens et pourraient figurer dans un musée.

— Avez-vous d'autres pièges tendus dans cette pièce? demanda Susan, sans aménité, en retournant au musée.

Qwilleran hacha un morceau de poulet à la royale pour les siamois qui le dévorèrent avec appétit, évitant soigneusement piments et amandes. Il surveilla le rituel d'un œil absent, en songeant au drap volé, à l'oreiller dérangé, au cahier de recettes disparu et à la précipitation de Susan à s'occuper des papiers personnels d'Iris.

Quelque chose était arrivé à Susan après que son mari l'eut quittée pour une autre femme. Lorsqu'elle était l'épouse d'un riche promoteur, elle avait été un membre actif des différents clubs, travaillant au sein du Conseil d'administration de toutes les organisations, se dépensant sans compter pour la communauté. Depuis ce coup à sa personnalité, elle ne travaillait qu'au seul bien de Susan Exbridge. D'une certaine façon, sa conduite se justifiait. Selon les racontars de Pickax, son ex-mari s'était arrangé pour obtenir le divorce de telle sorte que Susan n'était riche que sur le papier, mais à cours de liquidités, et si elle vendait ses titres, elle aurait de lourds impôts à payer.

Selon la rumeur publique, l'affaire Exbridge et Cobb avait été financée à quatre-vingt-dix-neuf pour cent par Iris. Si c'était vrai, songea Qwilleran, l'héritage de Susan serait substantiel. Bien entendu, les deux femmes étaient bonnes amies aussi bien qu'associées en affaires, mais c'était une situation qui éveillait les soupçons de Qwilleran.

On pouvait difficilement trouver deux femmes plus différentes. Iris n'était ni élégante, ni sophistiquée, elle ne s'exprimait pas avec aisance. Et cependant Susan avait su capter son amitié et Iris avait été flattée d'être ainsi remarquée par une femme distinguée dans ses manières, sa façon de s'habiller et ses relations dans le monde.

Qwilleran était irrité à la pensée qu'Iris Cobb avait pu être utilisée. C'était son savoir-faire aussi bien que son argent qui avaient permis la création de la boutique d'antiquaire. Il était également irrité de voir Susan jouer avec Dennis Hough qui avait une femme et un enfant, aussi bien que la plus grande partie de la fortune Cobb-Hackpole.

Il oublia son ressentiment en se préparant un sandwich, avec du pain noir sorti du freezer, du corned-beef, provenant d'un autre freezer, et la moutarde trouvée dans le réfrigérateur. Les siamois le regardaient manger et il se sentit obligé de partager la viande avec eux.

— L'esprit de Mrs. Cobb est encore parmi nous, leur dit-il.

C'était vrai. Sa présence était palpable, évoquée par les plats qu'elle avait préparés, cette cuisine chaleureuse, son goût des antiquités, ses draps et ses serviettes roses et même ses magazines et ses romans à l'eau de rose. On avait l'impression qu'à tout moment, elle allait entrer dans la pièce et dire :

— Oh! Mr. Q., aimeriez-vous goûter un de mes macarons à la noix de coco?

Il leva la tête et crut presque la voir. Était-ce cette présence invisible qui poussait Koko à faire la conversation?

Qwilleran se leva d'un bond et sortit dehors ; il fit une promenade d'un pas rapide pour restaurer un semblant de paix dans ses idées.

On était dimanche soir. Une semaine plus tôt, il écoutait *Otello*, quand l'appel téléphonique affolé de Mrs. Cobb avait interrompu le premier acte. Depuis lors, il avait fait deux autres tentatives pour écouter l'opéra dans son entier. Il essaierait encore. Le dimanche soir était ordinairement paisible dans le comté de Moose et il était douteux que quelqu'un vînt le voir. Il envisagea de couper les deux téléphones, mais la communication était sa vie et l'idée de manquer volontairement un appel, même inopportun, lui semblait quelque peu immoral.

Avec un pot de café à la main et deux chats installés sur le fauteuil en velours bleu, l'atmosphère confortable était rétablie. Il mit la cassette en route. A nouveau, les chœurs de l'ouverture chassèrent les chats du salon, mais ils revinrent au bout d'un moment et supportèrent l'accent des trompettes en tirant leurs oreilles en arrière d'un air hautement désapprobateur.

Tout se passa bien jusqu'au troisième acte et l'aria que Polly avait qualifiée de « superbe ». Juste au moment où Otello commençait son poignant : *Dio ! Mi potevi !...* le téléphone sonna. Qwilleran essaya de l'ignorer, mais son insistance gâcha la musique. Néanmoins, il était déterminé à ne pas répondre. Il augmenta le volume du son. Le ténor agonisait et le téléphone sonnait toujours. Qwilleran serra les dents. Dix appels... quinze appels. Puis il s'avisa que seule une personne désespérée pouvait insister de la sorte. Quelqu'un qui savait qu'il était là. Il se décida à baisser le son et alla décrocher dans la chambre.

— Allô, dit-il, avec appréhension.

— Qwill, c'est Kristi, dit une voix tendue. Ne laissez pas paraître l'article sur mes chèvres.

— Pourquoi donc ?

— Il vient de se passer quelque chose d'affreux. Huit d'entre elles sont mortes et les autres sont en train d'agoniser.

— Oh ! Seigneur ! Qu'est-il arrivé ?

— Je leur ai donné à manger à cinq heures et elles allaient bien. Je suis retournée les voir, deux heures plus tard, et trois se mouraient.

Il y avait un sanglot dans sa voix. Elle poursuivit :

— Les autres avaient du mal à respirer et l'une d'elles est tombée à mes pieds. Pardonnez-moi, je ne peux pas... je ne peux...

Sa voix se brisa.

Un sentiment de sympathie envahit Qwilleran ; il songea à Koko et Yom Yom. Il savait combien les animaux pouvaient être précieux.

— Calmez-vous, Kristi, calmez-vous ! Qu'avez-vous fait ?

Elle pleura un moment et renifla avant de dire :

— J'ai appelé le vétérinaire en urgence, naturellement. Il est venu immédiatement, mais quand il est arrivé la plupart des chèvres étaient mortes et les autres ne valaient guère mieux.

Elle sanglota encore. Il attendit patiemment.

— Les boucs vont bien, dit-elle encore. Ils étaient parqués à part.

— Avez-vous une idée sur ce qui a pu provoquer cette hécatombe ?

— Le véto dit qu'elles ont été empoisonnées. Probablement au moyen d'un insecticide mélangé à leur nourriture. Leurs poumons...

Elle s'arrêta en pleurant encore.

— ... leurs poumons sont remplis de liquide et elles suffoquent. Le véto envoie des échantillons au laboratoire. C'est vraiment plus que je n'en peux supporter... tout le troupeau, ainsi décimé...

— Comment cela a-t-il pu se produire ?

— La police prétend que c'est un acte criminel.

Qwilleran éprouva une curieuse sensation sur sa lèvre supérieure et il sut d'avance quelle serait la réponse à sa question suivante :

— Soupçonnez-vous quelqu'un d'avoir pu accomplir une action aussi inqualifiable ?

La colère l'emporta soudain sur le chagrin et elle cria presque d'une voix furieuse :

— Bien sûr ! C'est l'individu que j'ai eu la folie d'épouser !

— L'avez-vous dit à la police ?

— Oui. On le recherchait depuis qu'il s'était enfui d'une maison d'arrêt près de Lockmaster. Il pensait pouvoir se cacher ici et espérait que je lui donnerais de l'argent et une voiture. Je lui ai dit qu'il avait perdu la tête et que je ne pouvais rien pour lui. *Ah ! Pourquoi ne l'ai-je pas livré à la police !* s'écria-t-elle dans un nouveau sanglot.

— C'est de la barbarie ! Aviez-vous idée qu'il pourrait se livrer à un acte de sabotage sur la ferme ?

— Ce matin il m'a menacée et je l'ai prévenu que j'avais une arme, mais je ne m'attendais pas à un geste pareil. Oh ! Je pourrais le tuer ! Ce n'est pas seulement la perte de deux années de travail, mais... Géranium... Tulipe Noire... Je leur étais si attachée ! dit-elle en reniflant.

— Je souhaiterais pouvoir vous apporter une aide.

— Personne ne peut rien, soupira-t-elle, mais ne laissez surtout pas publier cet article. On va parler de l'empoisonnement, demain, dans le journal. Un des reporters m'a téléphoné.

— Appelez-moi s'il se passait autre chose, Kristi. A n'importe quelle heure, vous pouvez compter sur moi.

— Merci, Qwill. Je le sais. Bonne nuit.

Qwilleran éteignit la stéréo. Il avait assez de tragédie pour une seule nuit.

Tôt le mercredi matin, son téléphone commença à carillonner. Les rumeurs se mettaient déjà à circuler. Mildred Hanstable, Polly Duncan, Larry Lanspeak et d'autres. Tous appelaient pour dire :

— Avez-vous écouté les nouvelles à la radio, ce matin ? Savez-vous ce qui est arrivé à votre voisine ? Le Service de la santé a fait retirer tous les produits laitiers dérivant du lait de chèvre du marché... On pense qu'il y a eu empoisonnement.

Ce fut un rude départ pour une autre dure journée. Avant même d'avoir pris sa première tasse de café, il vit arriver Mr. et Mrs. Tibbitt dans leur vieille automobile poussive, suivie de près par une camionnette de dépannage. C'était un système accepté dans le comté de Moose : les ouvriers arrivaient avec six heures de retard ou tôt le matin, avant le petit déjeuner. Qwilleran les accueillit d'un air sombre.

— Je vais faire un peu d'époussetage au musée, déclara Rhoda.

— Je vais prendre une tasse de café, dit Homer.

— Voulez-vous vous joindre à moi ? demanda Qwilleran en agitant son pot de café.

— Non merci. Je vais préparer une tasse de mon propre mélange dans le bureau, dit Homer, en tâtant la poche revolver de son pantalon et en avançant de sa démarche désordonnée.

« Quel sacré bonhomme ! » pensa Qwilleran. Il mangea un petit pain et but son café pendant que le serrurier travaillait sur la porte de communication, puis il alla rejoindre Homer au bureau du musée.

— Quelqu'un m'a chipé mon plumeau, se plaignit Rhoda.

— C'est moi, dit son mari. Je l'ai jeté dans la poubelle. Vous pouvez vous servir d'un chiffon,

comme tout le monde. Un plumeau ne fait que changer la poussière de place.

— Un proviseur reste un proviseur, dit senten-
cieusement Rhoda, en se tournant pour prendre Qwilleran à témoin. Il aime commander.

Elle prit un chiffon dans un placard et sortit en le
passant distraitement sur le dossier des chaises.

Qwilleran se tourna vers Homer :

— Quelqu'un m'a dit, un jour, qu'il n'existait pas
de serrurier dans le comté de Moose, parce qu'il n'y
avait pas de serrure, alors qui est ce type qui travaille
sur ma porte ?

— Un serrurier ne gagnerait pas sa vie dans ce
pays, c'est un fait, dit Homer, mais cet ouvrier répare
les réfrigérateurs, les phonographes, les machines à
écrire, n'importe quel objet mécanique d'un autre âge.
Au fait, pourquoi voulez-vous un verrou entre vous et
le musée ? Le vieil Ephraïm vient-il vous inquiéter ?
Ce n'est pas un verrou, ni même une porte qui l'arrête-
ront, savez-vous ? Pas même un mur de pierre.

— Je ne m'inquiète pas des fantômes, dit Qwilleran, ce sont les vivants qui me tracassent.

— La fête de Halloween approche et vous pouvez
attendre des plaisantins. Lorsque j'étais jeune, nous
nous amusions à jouer aux revenants, à cette époque
de l'année, spécialement s'il y avait quelqu'un que
nous n'aimions pas, comme un professeur trop sévère
ou quelque vieux rapiat.

— Comment vous manifestiez-vous ? Cela ne faisait
pas partie de nos jeux à Chicago où j'ai grandi.

— Autant que je m'en souvienne, nous plantions
un gros clou sur une planche à l'extérieur de la maison
et nous y attachions une longue ficelle que nous
tendions, bien raide. Puis nous faisions grincer dessus
un bâton, comme un archet sur les cordes d'un violon.
On aurait dit un gémissement qui traversait les murs.
Je doute que cela fonctionne à travers les revêtements

en aluminium que l'on utilise aujourd'hui. On élimine ainsi tous les petits plaisirs de la vie. Tout est synthétisé, même notre nourriture.

— L'un des petits plaisirs de la vie, si j'ai bien compris, consistait aussi à graver des initiales sur les pupitres d'écolier, dit Qwilleran. Le téléphone de Mrs. Cobb est posé sur une ancienne table d'école où j'ai relevé les initiales « H.T. ». Cela vous rappelle-t-il quelqu'un ?

— Sur le coin droit, en bas ? Alors, c'est ma table ! s'exclama Homer, tout joyeux. Elle provient de la vieille école de Black Creek. L'instituteur m'a donné une correction avec sa canne pour avoir dégradé ce petit chef-d'œuvre de menuiserie. Si j'avais été plus malin, j'aurais gravé les initiales d'un autre. Adam Dingleberry occupait cette table avant moi et il était quatre classes au-dessus de moi. Il avait gravé les initiales du fils du pasteur. Il possédait un sens de l'humour particulier. Il l'a toujours conservé. Il s'est fait renvoyer de l'école pour indiscipline. Personne n'appréciait vraiment son originalité et son esprit créatif. Y a-t-il d'autres initiales sur la table ?

— Quelques-unes. Je me souviens de B.O. Je suppose que ces lettres n'ont plus de signification, aujourd'hui.

— Ce sont celles du grand-père de Mitch : Bruce Ogilvie. Il est venu après moi. Il gagnait tous les concours d'orthographe orale les yeux fermés. Il n'y arrivait pas avec les yeux ouverts.

— Dans ces contrées du Nord, on dirait que les vies s'entremêlent, dit Qwilleran. Cela apporte à la communauté une riche texture. Au Pays d'En-Bas, la vie n'est qu'un écheveau de fils dénoués.

— Vous devriez écrire une chronique à ce sujet, suggéra Homer.

— Je le ferai peut-être. A propos de cette chronique, Rhoda m'a dit que vous pourriez me donner des renseignements sur les vieilles granges.

— Oui, en effet. C'est encore une tradition qui est en voie de disparition. Aujourd'hui on construit des bâtiments métalliques qui ressemblent à des usines. Vous ne pourrez me convaincre que le bétail est heureux dans ces constructions. Mais il reste encore quelques belles granges dans la région.

Il fit un geste en direction de la fenêtre située au nord :

— Celle-ci sera toujours debout longtemps après que les granges en métal auront disparu.

— Je n'ai pas encore eu la chance de la voir de près, reconnut Qwilleran.

— Alors allons-y. C'est une beauté.

Homer se leva lentement comme s'il déployait ses membres les uns après les autres :

— Contrairement à l'opinion populaire, je ne suis pas maintenu en état grâce à des os en plastique et des clous en acier. Tout ce que vous voyez appartient à la construction originale. Rhoda, cria-t-il, dites à Al de laisser sa facture. Nous lui adresserons un chèque.

Les deux hommes se dirigèrent lentement vers la grange, bien que le mouvement désordonné des bras et des jambes de Homer donnât une impression de célérité. Qwilleran se retourna vers la ferme. Une forme beige était blottie sur l'appui de la fenêtre, à l'intérieur. Il agita la main dans sa direction.

La grange Goodwinter était de style classique avec un toit en croupe. Les planches, autrefois peintes en rouge, étaient maintenant rayées de gris argenté. Un appentis avait été ajouté d'un côté et les restants d'un silo carré aplati se dressaient de l'autre côté comme un fantôme gris.

Ils avancèrent en silence.

— Je ne peux marcher... et parler en même temps, dit Homer en agitant rythmiquement ses membres.

La grange était plus éloignée de la ferme que Qwilleran ne l'avait pensé et plus grande aussi qu'il ne l'imaginait. Plus il approchait, et plus elle paraissait élevée. Une pente herbeuse conduisait aux énormes doubles portes.

— Maintenant je comprends l'expression « grand comme une porte cochère », dit Qwilleran.

Ils s'arrêtèrent au pied de la rampe pour laisser à Homer le temps de reprendre son souffle avant d'entamer la montée de la pente. Lorsqu'il eut récupéré de son effort, il expliqua :

— Les portes devaient être aussi grandes pour permettre aux charrettes de foin d'entrer dans la grange. On appelle la petite porte taillée dans la grande « le chas de l'aiguille ».

Tandis qu'il parlait, une chatte, visiblement pleine, traversa la large chatière pratiquée dans la porte et s'éloigna.

— C'est Cléo, expliqua Homer, elle fait partie de mon comité et se charge du contrôle des rongeurs. Il semblerait qu'une nouvelle lignée de chasseurs soit en route et c'est tant mieux, on n'a jamais assez de chats pour surveiller une grange.

— A quoi sert cet appentis ? demanda Qwilleran.

— Ephraïm l'a fait construire pour abriter ses voitures. Il en avait d'élégantes, disait-on. Plus tard son fils y gara sa Stanley Steamer. Après la mort de Titus, sa veuve acheta une Pierce Arrow avec des essuie-glaces. Tout le monde croyait que c'étaient des queues de chats !

La grange en bois défraîchi par les intempéries se dressait sur des fondations en pierre de taille. Comme le terrain était en pente sur sa partie arrière, cette fondation atteignait un étage à cet endroit.

— C'était ce que l'on appelait une *byre*[1], en Écosse, dit Homer. Les Goodwinter l'utilisaient pour abriter le bétail et les chevaux, autrefois.

1. *Byre*, en anglais, signifie « étable à vaches ». (*N.d.T.*)

Ils gravirent la pente et entrèrent dans la grange par le « chas de l'aiguille ». Le vieil homme désigna du doigt la serrure de la porte : un simple loquet fabriqué par le forgeron local.

L'intérieur était sombre après le soleil extérieur. Les seuls rayons de lumière provenaient de fenêtres invisibles dans les hauteurs des combles. Tout était silencieux, en dehors du roucoulement de quelques pigeons et de leurs battements d'ailes.

— Mieux vaut ouvrir les grandes portes pour y voir clair, dit Homer. Il fait de plus en plus sombre ici, chaque année.

Qwilleran s'avisa tout à coup qu'il n'était jamais entré dans l'intérieur d'une grange. Il en avait vu, de loin, en roulant sur la route et une grange à fruits faisait partie du domaine Klingenschoen, mais il ne l'avait jamais visitée. En levant la tête pour inspecter le vaste espace sous le toit traversé par de solides poutres, il éprouva le même respect mêlé de crainte qu'il avait ressenti lorsqu'il était entré pour la première fois dans une cathédrale gothique.

Homer le vit lever la tête :

— C'est une double grange à foin, expliqua-t-il. Les poutres font dix-huit mètres de long et trente-cinq centimètres d'épaisseur. C'est un assemblage à tenon et à mortaise, sans clou. Tout est en pin blanc. On ne voit plus de pin blanc, aujourd'hui. Ils ont tous été coupés.

Il montra les marques de la hache et de la doloire.

— Le plancher était appelé l'aire. Les planches ont dix centimètres d'épaisseur. Il fallait un plancher aussi solide pour supporter les charrettes de foin ou, d'ailleurs, ces vieilles presses à imprimer qui sont engrangées là.

Qwilleran remarqua, alors, le contenu de la grange. Un amoncellement de caisses à claire-voie et de grotesques machines ressemblant à des instruments de torture médiévaux.

— Cela ne représente qu'une partie des machines, dit le vieil homme. Le reste est emballé dans l'étable. Senior Goodwinter était obsédé par les presses. Chaque fois qu'une vieille imprimerie cessait ses activités ou se modernisait, il achetait l'équipement périmé. Il ne se donnait jamais la peine de dresser un inventaire ou même d'ouvrir les caisses. Il continuait seulement à les collectionner.

— *C'est là que je suis intervenu*, dit une voix claironnante.

La silhouette de Vince Boswell se dressait devant la porte ouverte.

— Mon travail consiste à découvrir ce qu'il y a dans les caisses et à dresser un inventaire du contenu, afin de pouvoir établir un catalogue pour l'ouverture du musée de l'imprimerie, dit-il de sa voix pénétrante.

Il était facile de croire qu'il avait été commissaire-priseur.

— Hier, j'ai ouvert une caisse qui contenait une presse du XVIIIe siècle, ajouta-t-il.

— Continuez, dit Homer, il faut que je rentre à la maison avant que mes jambes ne me trahissent. Les genoux me font mal.

Il s'éloigna en claudiquant.

Au même moment, une petite silhouette de poupée gravit la rampe. Elle portait un blue-jean miniature et un pull-over rouge. La fillette tenait dans une main un seau en plastique vert et une pelle jaune dans l'autre. Derrière elle, on entendait les appels anxieux de sa mère qui criait :

— Baby! Baby! Reviens ici tout de suite!

Vince les regarda en fronçant les sourcils :

— Ne peux-tu surveiller cette gamine? demanda-t-il. Je ne veux pas qu'elle vienne ici. Ce n'est pas prudent.

Verona saisit l'enfant dans ses bras, tandis que le seau et la pelle roulaient dans des directions opposées.

— Mon seau! Ma pelle! cria Baby.

Qwilleran ramassa les jouets et les lui tendit.

— Dis merci au monsieur, souffla Verona.

— Merci, dit Baby.

Tandis qu'elle s'éloignait dans les bras de sa mère, elle regarda la grange avec envie. Il y avait quelque chose de désagréablement adulte chez cette enfant, pensa Qwilleran, et elle était si menue!

Avec un haussement d'épaules, Boswell déclara :

— Je vais vous montrer ce que j'ai découvert si ça vous intéresse.

Il désigna une presse qui avait des pieds arqués :

— Voilà une presse Washington à levier, qui date de 1827. J'ai trouvé de vieux caractères de barres à composer, une presse cylindrique et toutes sortes de surprises. J'ouvre une caisse sans savoir ce que je vais découvrir.

Il ramassa une pince à levier et arracha le couvercle d'une caisse. Elle était bourrée de paille.

— On dirait un massicot.

— Je suis extrêmement impressionné, dit Qwilleran, en se dirigeant vers la porte.

— Attendez! s'écria Boswell, de sa voix stridente, vous n'en avez pas seulement vu la moitié.

— Je dois confesser que je ne m'intéresse pas énormément à l'équipement mécanique, dit Qwilleran, et certaines de ces presses paraissent diaboliques.

Il indiqua une presse qui ressemblait par certains côtés à une machine à coudre et par d'autres à une guillotine.

— C'est une presse à pédales, dit l'expert. Celle-ci est une Albion et celle-là une Columbia. Quand le levier de balance se met en branle, le balancier monte et descend. La Columbia est un monstre coulé dans le fer, agrémenté d'un aigle, de serpents et de dauphins.

— Surprenant, dit Qwilleran, sur un ton en mineur. Il faudra me reparler de ce sujet fascinant une autre fois, dit-il, en consultant sa montre et en se dirigeant vers la rampe.

— Aimeriez vous prendre un bol de soupe avec ma femme et moi ?

— Merci de votre invitation, mais j'attends un important appel téléphonique.

Boswell saisit un talkie-walkie posé sur une caisse, l'ouvrit et demanda :

— Je rentre déjeuner, Verona. Peux-tu préparer une soupe à la tomate et un hot-dog ?

Ensemble, les deux hommes refermèrent les deux lourdes portes, les fixèrent avec le loquet rudimentaire et descendirent la pente herbeuse. Puis Boswell partit dans sa vieille camionnette et Qwilleran regagna la maison, soulagé d'échapper à la voix stridente de l'expert et à son livre d'inventaire. Pourquoi avait-il besoin d'un talkie-walkie ? Ne pouvait-il se contenter de se tenir sur la rampe et de crier ses instructions ? Comment la délicate Verona pouvait-elle endurer cette voix assourdissante ? Il était irrité à la pensée que la jeune femme et Baby fussent à la merci de cet homme et que Verona pût être expédiée à Pittsburgh comme une marchandise non désirée, si Vince était nommé successeur de Mrs. Cobb. La seule pensée qu'un tel individu pût seulement suivre ses pas lui était insupportable.

En ouvrant la porte de l'aile ouest, une boule de fourrure lui passa entre les jambes et s'élança vers les marches. Qwilleran plongea et attrapa le corps glissant du chat à deux mains. Ils atterrirent tous les deux sur un tapis de feuilles mortes.

— Ah ! Non ! Jeune homme, tu ne vas pas te sauver ainsi, dit Qwilleran. Où comptais-tu aller ? Faire la fête avec les chats de la grange ? Ou bien t'intéresses-tu aux presses à imprimer ?

Tout en parlant, il relâcha le chat qui retomba sur ses quatre pattes. Quant à Qwilleran, l'idée qui lui traversa l'esprit au même instant fit frémir sa moustache.

Qu'y avait-il exactement dans ces caisses fermées? Des machines à imprimer ou tout autre chose?

CHAPITRE TREIZE

Les soupçons de Qwilleran sur les presses à imprimer furent relégués à l'arrière-plan de ses préoccupations face aux exigences de la journée. Tout d'abord, il eut une longue conversation téléphonique avec le Comité de direction du Fonds Klingenschoen, suivie par un appel à Kristi à la ferme Fugtree.

— Rien à signaler, dit-elle avec tristesse. La police continue ses investigations. Des barrages ont été dressés sur toutes les routes dans l'espoir que Brent se ferait prendre dans une automobile volée, mais aucun vol de véhicule n'a été signalé. Où est votre propre voiture ? Je l'ai cherchée avec les jumelles et elle n'était pas dans la cour. J'allais vous téléphoner.

— Elle est enfermée dans la grange, mais j'apprécie votre intérêt.

— Le Service de l'hygiène et de la santé publique m'a envoyé des hommes pour enlever le bétail mort, comme ils disent. Je ne peux supporter de voir emporter ma délicieuse Tulipe Noire et ma chère petite Géranium !

— C'est une histoire affreuse, dit Qwilleran avec conviction, mais il faut essayer de l'oublier et ne songer qu'à l'avenir.

— Je le sais. Je dois me montrer constructive. C'est ce que j'essaie de faire. Mon ami dit qu'il va m'aider à réparer la maison. Je pourrais peut-être installer un hôtel et servir les petits déjeuners. Mais avant tout, je dois me débarrasser de tous les vieux meubles de ma mère. Je ne sais pas si je dois organiser une grande vente aux enchères ou faire un feu de joie. De plus, il va me falloir de l'argent pour restaurer la maison. J'ignore si je vais toucher l'assurance. Oh! Seigneur! Je ne veux pas de cet argent! Je voudrais me réveiller et trouver Gardénia et Chèvrefeuille qui attendraient la traite et me regarderaient de leurs yeux émouvants. J'aime tant l'élevage des chèvres!

— Je vous comprends, Kristi, mais soit que vous recommenciez un autre élevage, soit que vous vous lanciez dans l'hôtellerie, le Fonds Klingenschoen aimerait vous aider à faire classer votre maison comme monument historique. Si cela vous intéresse, on pourrait vous offrir une avance pour couvrir vos dépenses et vos travaux de rénovation.

— Si cela m'intéresse! Oh! Qwill, ce serait merveilleux! Attendez que j'en parle à Mitch!

— Mitch? Voulez-vous dire Mitch Ogilvie, par hasard?

— Oui. Il prétend qu'il vous connaît. Et... Qwill, puis-je vous demander une grande faveur? Mitch a postulé pour un emploi de conservateur-résident au musée, pourriez-vous dire un mot en sa faveur? Il éprouve pour ce musée ce que je ressens moi-même pour mes chèvres, et il ne peut rester réceptionnaire à l'hôtel toute sa vie. Il a tant d'autres possibilités!

— N'est-ce pas lui qui raconte des histoires de revenants aux enfants pour les fêtes de Halloween?

— Oui, et il leur fait vraiment claquer les dents de peur!

— J'aimerais lui parler. Pourquoi ne viendriez-vous pas me voir tous les deux, un soir, pour boire un verre et manger un beignet?

— Quand?

— Ce soir, vers 8 heures, par exemple, suggéra-t-il.

— J'apporterai du fromage de chèvre et des crackers, dit-elle d'une voix surexcitée, et ne vous inquiétez pas, le fromage n'est pas empoisonné!

Ensuite, Qwilleran téléphona à Polly à la bibliothèque.

— Je vais faire des courses à Pickax, aimeriez-vous dîner avec moi?

— Volontiers, dit-elle, pourvu que ce soit tôt. Je dois rentrer à la maison de bonne heure pour nourrir mon petit chatounet. Il prend quatre repas par jour à intervalles réguliers.

Qwilleran se contint. Plus d'une fois, il avait déclaré lui-même : « Je dois rentrer à la maison pour donner à manger aux chats. » Mais les minauderies de Polly étaient vraiment intolérables.

— Pourquoi ne viendriez-vous pas chez moi à la fermeture de la bibliothèque? proposa-t-il. Je me ferais livrer le dîner par le *Vieux Moulin*. Que dois-je commander de particulier?

— Juste une salade verte avec un blanc de dinde et un toast Melba. Je garderai un peu de dinde pour mon chat-chat. Il mange comme un véritable petit ogre!

Qwilleran tiqua, oubliant tous les sacs en plastique qu'il avait rapportés à la maison pour les siamois, oubliant aussi comment les poches de son vieux pardessus en tweed avaient été trempées par la sauce de la dinde. Bien sûr, il appelait Yom Yom « ma petite chérie », mais il ne le faisait qu'en privé.

Il passa le reste de la journée à écrire sa chronique sur l'ouverture de l'exposition du musée. Il passa sous silence la disparition du drap, mais il demanda pour quelle raison il n'était pas fait mention des mineurs qui avaient péri dans l'explosion. Une photographie du monument en granit était exposée. Il avait été érigé grâce à une souscription publique à la mémoire des trente-deux disparus, mais ceux-ci n'étaient pas identifiés.

Il termina sa copie au bureau du *Quelque chose*, acheta du cidre et des beignets en vue de la soirée avec Kristi et Mitch et arriva à temps à son appartement de Pickax pour commander le dîner. Bien que la livraison à domicile ne figurât pas dans les services du *Vieux Moulin*, le chef préparait les repas des siamois quand ils étaient en ville et un garçon de courses, appelé Derek Cuttlebrink, avait l'habitude de transporter les plats : timbale de crevettes, cervelles d'agneau braisées et autres délices.

Polly arriva à pied. Ayant laissé sa voiture au parking de la bibliothèque, elle traversa l'ex-propriété Klingenschoen pour se rendre aux anciennes écuries où Qwilleran logeait. C'était une des précautions élémentaires qu'elle trouvait prudent de prendre, en tant que directrice de la bibliothèque municipale, et bien que cela ne trompât personne.

Les anciennes écuries, transformées en garage pour quatre voitures, étaient un bâtiment en pierre de taille avec des portes voûtées et des lampes de voiture en cuivre à chaque coin. Utilisant sa propre clef, Polly ouvrit ce qui avait été les logements des domestiques et gravit l'escalier étroit conduisant à l'appartement de Qwilleran. Il y eut un moment chaleureux de retrouvailles qui aurait enchanté les commères de Pickax, puis il s'enquit diplomatiquement de la santé du nouveau protégé.

— Il devient plus adorable de jour en jour ! s'écria Polly. Il a des petites manières si charmantes. Par exemple, il s'endort sur mon oreiller, le nez enfoui dans mes cheveux en ronronnant de tout son cœur. Il a grossi de cent cinquante grammes !

Qwilleran haussa les épaules et prit une bouteille :

— Puis-je vous servir votre sherry ?

Polly prit le verre et demanda s'il y avait du nouveau sur l'empoisonnement des chèvres.

— Rien d'officiel. Nous avons aussi quelques mystères au musée. Vous ne l'avez peut-être pas remarqué le jour de l'inauguration, mais le drap du révérend Crawbanks a disparu, ainsi que le livre de recettes d'Iris Cobb.

— Vraiment ? C'est extraordinaire ! Le livre de recettes, je peux le comprendre, à la rigueur, mais ce drap ? Les jeunes avaient l'habitude de circuler dans la campagne enveloppés dans des draps blancs, aux environs de la fête de Halloween pour essayer de faire peur aux gens, mais cette pratique a été depuis longtemps interdite par ce que l'on appelle l'« ordonnance du Porc aux haricots ».

— De quoi diable s'agit-il ?

— C'est le résultat d'un incident qui s'est produit près de Mooseville. Une femme avait envoyé son fils, un adolescent, acheter de l'épicerie à la boutique du carrefour. En approchant du pont d'Ittibittiwassee, une silhouette enveloppée d'un drap se dressa dans l'obscurité au bord de la rivière et se mit à crier et à gémir. Le jeune garçon intrépide continua à avancer pour se trouver à quelques mètres du fantôme et arriva jusqu'à l'épicerie où il lança une boîte de haricots au fantôme, et l'atteignit juste entre les deux trous des yeux. Il y avait une jeune femme sous le drap. Elle fut transportée à l'hôpital avec une commotion cérébrale.

— Et je présume que le jeune garçon est passé à la postérité comme un héros, ricana Qwilleran.

Au même moment, la sonnette retentit et Polly jugea prudent de se retirer dans la salle de bains pour se recoiffer. Un grand garçon dégingandé arriva avec la salade de Polly et la côtelette d'agneau de Qwilleran, plus deux petits pâtés feuilletés avec les compliments du chef.

— Où sont les chats? demanda le jeune garçon.

— En vacances, dit Qwilleran, en lui remettant un pourboire. Merci, Derek.

— Ils ont bien de la chance. Je ne vais jamais nulle part.

— Je pensais que vous alliez partir au collège l'automne prochain.

Derek eut un haussement d'épaules.

— Eh bien, vous comprenez, j'ai ce rôle dans la nouvelle pièce de théâtre et j'ai rencontré une fille de Lockmaster qui est du tonnerre, alors j'ai demandé à travailler ici encore une année.

— Merci encore, Derek, dit Qwilleran, en le poussant vers la porte. J'ai hâte de vous voir dans cette pièce en novembre. Ne me parlez pas de ce nouveau rôle, cela porte malheur. Les siamois vous envoient leurs amitiés. Remerciez le chef pour moi et faites attention à cette fille de Lockmaster. Prenez garde en descendant l'escalier, il est traître.

Peu à peu, il réussit à faire sortir l'envahissant Derek de son appartement. Polly émergea de la salle de bains.

— C'est un gentil garçon, mais il n'a pas encore trouvé sa voie, commenta-t-elle.

— Il ne cherche peut-être pas là où il faudrait.

Ils dînèrent sur la table en albâtre et Polly lui demanda s'il aimait l'enregistrement d'*Otello*.

— Un opéra étonnant, en vérité. Même les chats l'apprécient. Je l'ai écouté plusieurs fois.

Pas entièrement, mais il omit de le préciser.

— Comment avez-vous trouvé le *Credo* de Iago?

— Inoubliable!

— Et n'êtes-vous pas d'accord avec moi pour penser que ce *Dio! Mi potevi* est superbe?

— Vous m'ôtez le mot de la bouche!... Et que pensez-vous de l'Exposition des désastres? demanda-t-il, changeant délibérément de conversation.

— Les jeunes filles ont réalisé un véritable exploit. C'était un sujet délicat et l'idée du vote est très astucieuse.

— A mon avis, les organisateurs ont raté leur coup. Ils auraient dû honorer les trente-deux victimes en les citant nommément. Je l'ai souligné dans ma chronique.

— Mais personne ne sait qui ils étaient, sauf un occasionnel souvenir de famille, dit Polly. Il n'existe pas de liste officielle. Nous avons de vieux exemplaires du *Picayune* sur microfilm, mais assez curieusement, les numéros entre le 13 et le 28 mai manquent.

— Où avez-vous trouvé ces microfilms?

— Junior Goodwinter nous a tout remis quand le *Picayune* a cessé de paraître. Nous avons aussi procédé à des recherches dans les dossiers du palais de justice de l'époque, mais les listes de décès antérieures à 1905 ont été détruites lors d'un incendie qui est survenu cette année-là.

— Il serait intéressant de savoir qui a fait craquer l'allumette, dit Qwilleran. Il est douteux que tous ces rapports aient été détruits accidentellement. Qui pouvait vouloir que les noms des victimes fussent oubliés? Les Goodwinter? Ou bien ces noms auraient-ils donné une clef sur l'identité des lyncheurs? Ils étaient probablement trente-deux, un pour venger chaque victime, ce qui a une petite touche rituelle, ne croyez-vous pas? Ils s'étaient recouverts d'un drap afin que personne ne se souvînt de l'identité des exécutants. J'imagine qu'ils ont dû tirer ce privilège à la courte paille.

— Déduction intéressante, dit Polly, à supposer que cette histoire de lynchage soit vraie.

— Si Ephraïm s'était suicidé, pour quelle raison l'aurait-il fait sur la voie publique ? Il disposait d'une vaste grange avec des poutres solides. En fait, qui se soucie vraiment du sort de ce vieux brigand, de nos jours ? Pourquoi la secte des Nobles Fils du Nœud Coulant se perpétue-t-elle après tant de générations ?

— Parce qu'Ephraïm Goodwinter est le seul scélérat, unanimement détesté, que le comté de Moose ait jamais possédé et que les gens aiment avoir une bête noire.

Elle refusa la tarte au potiron et Qwilleran n'eut aucune difficulté à manger les deux parts. Puis il demanda :

— Que savez-vous de Vince et de Verona ?

— Pas grand-chose, avoua Polly. Ils ont surgi il y a un mois et ont fait une proposition que le Conseil d'administration du musée n'a été que trop heureux d'accepter. Vince a offert d'établir un inventaire des presses et de dresser un catalogue, en échange d'un logement mis gratuitement à sa disposition. Ces presses représentent véritablement un cadeau d'une certaine valeur, mais inutile et encombrant, aussi l'arrivée de Vince sur la scène a-t-elle été considérée comme une bénédiction des dieux.

— Ne trouvez-vous pas cette proposition anormalement généreuse ?

— Pas du tout. Vince écrit un livre sur l'histoire de l'imprimerie, et c'était là une occasion unique pour lui de consulter un matériel utilisé il y a cent ou deux cents ans.

— J'aimerais bien savoir comment il a entendu parler de ces presses.

— Il paraît très au courant de tout ce qui touche la question.

Qwilleran hocha la tête et dit :

— Au cours de ma carrière, Polly, j'ai interviewé

des milliers de personnes et je sais détecter la différence entre a) ceux qui connaissent réellement les sujets dont ils parlent, b) ceux qui ont retenu des informations qu'ils ont glanées dans un livre. Je ne crois pas que Boswell fasse partie de la première catégorie.

— Il ne fait aucun doute que ce projet est une expérience enrichissante pour lui, insista-t-elle, avec entêtement. Il contrôle toujours les informations dans des livres de référence sur le sujet. Grâce à Senior Goodwinter, notre bibliothèque possède une collection exhaustive des presses à imprimer à bras dans les États du Nord et du Centre.

Qwilleran caressa distraitement sa moustache.

— Café ? proposa-t-il.

— Vince était commissaire-priseur au Pays d'En-Bas, ajouta Polly.

— Ce que l'on appelle un « aboyeur public » ! Sa voix réveillerait un mort. Il y a quelque chose dans l'opération Boswell qui m'intrigue. Chaque fois que je reviens au musée, après m'être absenté, sa camionnette s'éloigne de la grange. Aujourd'hui, j'ai découvert qu'il utilisait un talkie-walkie pour prévenir Verona qu'il rentrait déjeuner à la maison, et je la soupçonne de l'avertir quand je débouche dans Black Creek Lane. Un de ces jours, je le piégerai ; je garerai ma voiture et je ferai un détour pour rentrer à pied.

— Oh ! Qwill, vous êtes un véritable Sherlock Holmes ! dit Polly, en riant. Tout ce qu'il vous manque est une casquette à oreilles et une loupe !

— Vous pouvez rire, répliqua-t-il, mais je vais vous dire autre chose : Koko passe la majorité de ses journées à surveiller la grange de la fenêtre de la cuisine.

— Il guette des chats ou des mulots.

— C'est ce que vous pouvez penser, ce n'est pas le

message que je reçois du transmetteur félin, dit-il, en tirant sur sa moustache d'un geste significatif. J'ai une théorie à ce sujet qui n'est pas encore tout à fait au point. Boswell a quelque chose de louche en vue dans cette grange. Il cherche autre chose que ces équipements de presse enfermés dans des caisses et quand il l'a trouvé, il conduit sa camionnette à la porte de la grange, remplit son véhicule et part avec son chargement.

— Quel genre de marchandise ? demanda Polly, avec un sourire amusé.

— Je n'ai aucune preuve, reconnut Qwilleran, si je pouvais passer une heure dans cette grange avec une barre de fer, j'aurais peut-être une réponse. N'oubliez pas que Boswell est la première personne à toucher ces caisses depuis la mort de Senior Goodwinter, l'année dernière. Comment en a-t-il entendu parler ? Quelqu'un dans le comté de Moose l'a prévenu, quelqu'un qui collabore probablement à la distribution.

En souriant toujours, Polly jeta un coup d'œil sur sa montre :

— Qwill, tout cela est très intéressant — un peu confus, mais intéressant. Il faudra m'en parler plus longuement une autre fois. Je crains d'être obligée de m'excuser maintenant. Bootsie a été seul toute la journée et le pauvre petit chéri attend son miam-miam.

Qwilleran tira sur sa moustache avec impatience.

— Quand partez-vous pour Lockmaster ?

— Tôt demain dans l'après-midi. Je vous déposerai Bootsie en passant. Il aura ses rations alimentaires spéciales, son petit plat et sa brosse. Il appréciera un petit coup de bro-brosse et un bisou de temps à autre. Il est si affectueux ! Il est turbulent aussi, naturellement. C'est adorable de voir ce petit trésor gratter dans sa litière et s'installer avec une expression béate pour faire pipi.

Polly repartit chercher sa voiture dans le parking de la bibliothèque, en regardant autour d'elle pour s'assurer que personne ne la voyait. Qwilleran attendit discrètement quelques minutes, puis il chargea sa bibliothèque dans le coffre de la voiture et partit pour North Middle Hummock où deux siamois surveillaient avec anxiété le freezer.

— Devinez qui va venir dîner demain soir ? annonça-t-il. Bootsie-les-grands-pieds !

CHAPITRE QUATORZE

Vers 8 heures, le lundi soir, Qwilleran se préparait à recevoir ses invités. Il mit le cidre au frais, sortit des serviettes en papier, empila dans une assiette assez de beignets pour douze personnes et prépara un feu dans les deux cheminées. Sans prévenir, Koko arriva en courant dans la cuisine et sauta sur le rebord de la fenêtre afin de surveiller la grange.

Pour Qwilleran, la nuit venue, la fenêtre ne représentait qu'un rectangle sombre, mais Koko voyait quelque chose qui le surexcitait.

Qwilleran s'abrita les yeux de la main et scruta l'obscurité. Deux formes s'agitaient dans la cour et il pensa aussitôt aux lumières dansantes sur les casques des mineurs fantômes de Homer. Mais ces lumières étaient différentes. Elles erraient de façon sporadique et couvraient de larges espaces. Comme elles approchaient, il distingua deux visages, puis il reconnut brusquement Kristi et Mitch. Ils étaient venus à pied de la ferme avec des torches électriques et approchaient du musée par l'arrière.

Qwilleran les reçut à l'entrée, en compagnie de l'officier du Service de sécurité.

— La nuit est si belle que nous avons décidé de marcher, expliqua Kristi, le sentier le long du ruisseau est un raccourci, mais assez traître, la nuit. Mitch

197

devrait venir là avec les enfants pour leur conter les histoires de Halloween.

Elle serra Qwilleran dans ses bras dans un geste d'affection et lui tendit un paquet de fromages de chèvre.

— J'ai le moral au beau fixe depuis que vous m'avez parlé de l'offre du Fonds Klingenschoen, dit-elle.

Les deux hommes se serrèrent la main et Qwilleran déclara :

— Vous portez un vieux nom écossais. Ma mère était une Mackintosh.

— En effet, le clan Ogilvie remonte au XIIe siècle, dit Mitch avec un accent de fierté. Ma famille est venue d'Écosse pour s'installer ici en 1861.

— J'ai appris que votre grand-père gagnait tous les concours d'orthographe orale avec les yeux fermés!

— Vous avez parlé de lui avec Homer! Le cher vieux garçon a une sacrée mémoire.

Kristi déclara :

— Je vous tisserai une écharpe dans le tartan des Mackintosh dès que j'aurai déniché mon métier au milieu du fouillis. Oh! Oh! Oh! Quel merveilleux chat! Est-il amical?

— Spécialement avec les personnes qui lui apportent du fromage de chèvre. Où aimeriez-vous vous installer, au salon ou autour de la grande table de la cuisine? Nous pourrons allumer le feu dans l'une ou l'autre cheminée.

Ils choisirent la cuisine. Tandis que Qwilleran versait le cidre, Mitch frotta une allumette pour enflammer les brindilles et Kristi alluma les bougies roses que Mrs. Cobb avait laissées sur la table.

— C'est si confortable! dit-elle. Iris nous invitait pour boire une limonade et manger des cookies. Mitch, n'aimerais-tu pas vivre ici?

— Bien sûr, j'habite au-dessus du drugstore de Pickax, expliqua-t-il. Je me demande s'il y a beaucoup de postulants au poste d'Iris ?

— Quelles sont vos qualifications ?

— Eh bien, je fais partie de la Société d'Histoire depuis le collège et j'ai lu beaucoup de livres sur les antiquités. Je fais partie du comité de Homer pour surveiller les enfants qui nettoient la cour. J'ai aussi certaines idées pour des expositions si je travaillais à plein temps.

— Et il s'entend avec tout le monde, précisa Kristi, même avec Amanda Goodwinter, même avec Adam Dingleberry !

— Le vieil Adam ne va plus traîner bien longtemps, soupira Mitch. Il est entré à l'hospice, mais il a toujours l'esprit vif.

— Et il court toujours après les filles, dit Kristi, en riant.

— Vous devriez l'interviewer pour votre chronique, Mr. Qwilleran, avant qu'il ne soit trop tard.

— Appelez-moi Qwill. Adam a-t-il des histoires de fantômes à raconter ?

— Tout le monde ici a connu au moins une expérience surnaturelle, dit Mitch, en regardant Kristi qui détourna les yeux.

— Malheureusement, je n'ai pas encore rejoint le club des autochtones, dit Qwilleran. Parlez-moi des histoires que vous racontez aux enfants pour la fête de Halloween. Sont-elles classiques ou bien les inventez-vous pour la circonstance ?

— Toutes sont vraies, fondées sur des événements survenus dans le comté de Moose et l'histoire de l'Écosse. Naturellement, il m'arrive d'ajouter quelques détails de mon cru.

— Avez-vous jamais rencontré les trente-deux mineurs ?

Mitch acquiesça :

— Il y a environ trois ans, je revenais d'une soirée à Mooseville et je m'étais arrêté une minute sur le bas-côté de la route. J'étais près de la colline Goodwinter, là où se trouve le crassier, lorsque je les ai vus.

— A quoi ressemblaient ils ?

— A des ombres d'hommes qui avançaient. J'ai compris que c'était des mineurs parce qu'ils portaient une lampe sur leurs chapeaux.

— Les avez-vous comptés ?

— Je n'y ai pas pensé avant que certains aient disparu de l'autre côté de la colline, mais il y a un détail curieux : c'était le 13 mai, le jour anniversaire de l'explosion.

— N'avez-vous pas dit que vous reveniez d'une soirée ?

— Cela n'a rien à voir, je le jure !

— Bien, bien. Je serai franc : ces histoires de fantômes m'ont toujours laissé sceptique. Je pense qu'il y a une explication logique. Mais je commence à douter de mon propre scepticisme. Laissez-moi vous raconter ce qui se passe ici.

Il leur parla de l'appel téléphonique terrifié d'Iris Cobb au milieu de la nuit, des coups frappés dans la cave qu'elle avait entendus, des gémissements dans les murs et du fait qu'elle avait vu quelque chose juste avant de mourir. Il conclut :

— On m'a raconté que Senior Goodwinter, précisément juste avant de mourir, avait vu Ephraïm traverser un mur. J'essaie de démêler ces faits.

— Il y a toujours eu des rumeurs au sujet d'Ephraïm, dit Kristi. On raconte qu'il avait amassé des tas de pièces d'or au cas où il serait obligé de s'enfuir, mais il est mort soudainement et maintenant on insinue qu'il reviendrait les chercher.

— Le vieux scélérat ! Il n'abandonnera jamais ! dit Mitch.

— L'un de mes chats a une conduite bizarre depuis que nous nous sommes installés ici, poursuivit Qwilleran. Il parle tout seul et regarde par la fenêtre où Iris a vu quelque chose qui l'a effrayée.

— Les chats ont toujours des conduites imprévisibles, dit Kristi.

— Koko n'est pas un chat ordinaire, insista Qwilleran. Il a toujours une bonne raison pour faire quelque chose.

Entendant son nom, le chat entra dans la pièce. Il avait l'air élégant et vain.

— Seigneur! Quel merveilleux animal! dit Mitch.

— Il paraît intelligent, approuva Kristi.

— Koko n'est pas seulement intelligent. Il est remarquablement intuitif. Je ne prétendrai pas qu'il est médium, mais il sent manifestement quand il va se passer quelque chose qui n'est pas naturel, et si l'esprit d'Ephraïm se promène par ici, Koko le débusquera.

Tous les trois se retournèrent pour admirer ce chat remarquable. Malheureusement, Koko avait choisi ce moment pour s'occuper de la base de sa queue. Qwilleran demanda vivement :

— Aimeriez-vous voir le sous-sol où Iris a entendu les premiers coups? Ce n'est qu'une réserve où l'on entasse les vieilleries appartenant au musée. La connaissez-vous?

— J'en ai entendu parler, mais je n'y suis jamais allé et j'aimerais y jeter un coup d'œil, dit Mitch.

— Nous allons emmener Koko. Il entend ramper les vers de terre et les papillons butiner. S'il y a quoi que ce soit d'anormal, en bas, il le reniflera. Cependant, je vais le mettre en laisse afin de pouvoir le contrôler.

Il équipa Koko de son harnais bleu, y fixa les quelques mètres de corde en nylon qui servaient de laisse et tous les quatre descendirent au sous-sol, Koko avec enthousiasme.

Dans la réserve quelques ampoules électriques dispensaient une lumière crue sur des meubles endommagés, des outils rouillés, des livres moisis, des faïences craquelées et beaucoup de toiles d'araignée.

— Ma mère aurait adoré cet endroit ! s'écria Kristi.

— C'est ce que Homer appelle « le nid de la pie », dit Qwilleran. Iris cherchait une bassinoire quand elle a entendu des coups dans le mur la première fois. Et voici le presse-purée dont elle parlait, ajouta-t-il.

Il ramassa le pilon en bois et tapa le code S.O.S. contre le mur, seul souvenir de ses années de boy-scout. Le message ne reçut aucune réponse.

Pendant ce temps, Koko fourrageait parmi les toiles d'araignée au lieu de se livrer à une véritable investigation.

— Les chats ne coopèrent jamais, expliqua Qwilleran, le truc est de l'ignorer pendant un moment. Trouvons de quoi nous asseoir.

Kristi avisa un fauteuil à bascule qui ne se balançait plus, Mitch préféra un tonnelet et Qwilleran s'assit sur une chaise de cuisine où trois barreaux manquaient, tous en jetant un coup d'œil furtif à Koko qui commençait à circuler.

— J'entends un grondement, chuchota Kristi, après un silence.

— C'est le tonnerre, dit Mitch, mais il est encore loin. Il ne devrait pas pleuvoir aujourd'hui.

Koko examina une poussette de bébé sans roue.

— Un gosse l'a démontée pour en faire un kart, suggéra Mitch.

Lorsque Koko s'intéressa au presse-purée, Qwilleran déclara :

— Nous commençons à chauffer. Il sait qu'Iris l'a touché. Et maintenant, regardez-le.

Koko se frayait un passage vers le mur de plâtre. Il sauta au-dessus d'un seau à charbon en cuivre, se glissa sous une chaise à trois pieds, grimpa sur un monstrueux buffet constitué par un assemblage d'étagères, de miroirs et d'ornements sculptés, placé contre le mur.

— Ma mère a acheté deux horreurs pareilles, dit Kristi. Écoutez! Encore un roulement de tonnerre. L'orage approche.

Koko s'était dressé sur ses pattes arrière et tendait le cou pour regarder le mur derrière le meuble.

— Il sent quelque chose, affirma Qwilleran.

— Je crois qu'il a vu une araignée monter contre le mur, dit Mitch.

— Je déteste les araignées! s'écria Kristi.

D'un bond souple, Koko sauta sur le mur, attrapa l'insecte, le fit tomber, se laissa glisser à sa suite et le croqua avec satisfaction.

— Oh! fit Kristi.

— Remontons, décida Qwilleran, en prenant le chat dans ses bras. Il n'est pas en forme, ce soir.

— Nous devrions songer à rentrer, dit Mitch quand ils émergèrent du sous-sol et virent le ciel illuminé par des éclairs.

— Je vais vous reconduire en voiture, proposa Qwilleran, aussi prenez un autre verre de cidre, avant de partir.

Tous les quatre retournèrent dans la cuisine.

— Votre cidre est très bon, dit Mitch. Vient-il de chez Trevelyan? Ils utilisent les pommes vertes, tombées, avec des vers. Mon grand-père exigeait que l'on utilisât des pommes parfaites et il obtenait le cidre le plus plat que j'aie jamais goûté.

Les deux hommes parlèrent du ramassage des feuilles, de l'hôtellerie, de l'histoire de l'Écosse, mais Kristi restait silencieuse et attentive. Finalement, elle déclara :

— Emmaline marchera, cette nuit.

Les deux hommes se regardèrent avant de se tourner vers elle.

— Qwill, aimeriez-vous voir Emmaline ? demanda-t-elle. Mitch l'a vue deux fois.

— Oui, bien sûr, dit-il.

La pluie s'était mise à tomber. Tous les trois enfilèrent leurs vestes et coururent jusqu'à la grange en acier. En roulant sur Black Creek Lane, des torrents de pluie éclaboussaient le pare-brise. En tournant dans Fugtree Road, des éclairs zébrèrent le ciel contre lequel se détachait la maison victorienne. Personne ne parla. Ils coururent vers la porte de service et arrivèrent trempés dans la cuisine. Il n'y eut toujours aucune tentative de conversation. Sans parler, Kristi posa leurs vestes mouillées sur le dossier des chaises de la cuisine. Elle ne donna pas de lumière, mais fit courir le rayon de sa torche électrique sur le sol pour aller dans le hall. A travers l'incroyable fouillis, ils trouvèrent leur chemin vers l'escalier et s'installèrent sur les marches pour attendre dans l'obscurité. La maison avait une odeur de moisi et l'on sentait les murs vibrer sous les coups de tonnerre tandis que la pluie ruisselait contre les vitres des fenêtres étroites. Ils continuèrent à attendre.

— Elle arrive, murmura Kristi.

Personne n'osa respirer.

Les deux hommes regardaient fixement devant eux dans un silence angoissé. Kristi frissonna. Qwilleran eut l'impression que le sang gelait dans ses veines.

Les minutes s'écoulèrent, puis Kristi éclata en sanglots.

— N'était-elle pas merveilleuse ? souffla-t-elle.

— Merveilleuse ! répéta Mitch dans un demi-soupir.

— Incroyable ! murmura Qwilleran.

Tous trois restèrent immobiles pendant un moment,

chacun plongé dans ses propres pensées. La pluie ralentit, le tumulte subsista et Qwilleran finit par murmurer :

— Que puis-je dire ?... Merci !... Bonne nuit.

Il serra la main de Mitch, pressa l'épaule de Kristi et trouva son chemin pour sortir.

— Bon sang ! dit-il à haute voix quand il fut assis sur le siège de sa voiture, hésitant à la mettre en marche.

Revenu à la maison, il se laissa tomber dans son fauteuil à bascule et sombra dans une rêverie si profonde qu'il n'entendit pas le véhicule qui s'arrêta devant sa porte. Le heurtoir en cuivre le fit sursauter... Il se leva d'un bond et alla ouvrir la porte.

— Mitch ! Avez-vous oublié quelque chose ?

— Non. Je voulais seulement vous parler une minute... en dehors de Kristi.

— Entrez dans la cuisine et ôtez cette veste mouillée. Voulez-vous une tasse de café avant de rentrer chez vous ?

— Ce ne serait peut-être pas une mauvaise idée.

— Mettez une autre bûche dans le feu pendant que je prépare le café.

— Pardonnez-moi de revenir si tard.

— N'en parlons plus. Que vouliez-vous me dire ? Mitch le dévisagea.

— Honnêtement, Qwill, avez-vous vu Emmaline ?

— Et vous ? demanda Qwilleran, en lui rendant son regard intense.

— Je ne l'ai pas vue, confessa le jeune garçon.

— Pour vous dire la vérité, je ne l'ai pas vue non plus, dit Qwilleran, mais j'ai senti un froid, une sorte de présence invisible. Peut-être ai-je réagi à l'émotion de Kristi. Quoi que cela ait pu être, c'était une expérience mémorable.

Ils burent leur café sans parler. Puis Qwilleran dit :

— Prenez un beignet. J'ai oublié de les servir.

— Merci. Ils sont très bons.

— Kristi est une intéressante jeune femme, dit Qwilleran.

— Je m'inquiète pour elle, avec Brent toujours en liberté.

— Est-il dangereux ?

— Pire que cela peut-être : il est stupide. Il était à peu près normal jusqu'au jour où ils sont partis pour le Pays d'En-Bas et qu'il commença à se droguer. Il s'est effondré. Il était assez joli garçon. Du moins, Kristi le pensait-elle.

— S'il est vraiment dans cet état, la police ne tardera pas à le retrouver, dit Qwilleran. Il faut un minimum d'intelligence et un instinct animal pour être un fugitif.

— Vous avez raison, soupira Mitch, en poussant l'assiette de beignets. En voulez-vous un ?

— Oui. Ils ne sont pas mauvais.

— Franchement, Qwill, croyez-vous que j'aie la moindre chance d'obtenir cette place au musée ?

— Je suis de votre côté, Mitch, mais cette nomination dépend du Conseil d'administration du musée.

— J'ai essayé de tâter le terrain et la plupart de ceux que j'ai interrogés ont promis de voter pour moi, mais Larry et Susan me tirent dans les pieds... du moins, je le crois.

— Je vais voir ce que je peux faire, de mon côté.

— Je vous en remercie d'avance.

Mitch regarda sa tasse de café en pianotant sur la table.

— Un autre beignet ? dit Qwilleran, en poussant une nouvelle fois l'assiette dans sa direction à travers la table.

— Merci.

— Avez-vous autre chose sur le cœur ? demanda Qwilleran.

— Eh bien, vous nous avez dit qu'Iris entendait du bruit. J'ai pensé à quelque chose que m'a raconté un des vétérans. Il tirait son histoire d'un vieux forgeron qui avait l'habitude de ferrer les chevaux des Goodwinter... Vous avez entendu parler des funérailles grandioses qui eurent lieu pour Ephraïm?

— Oui, bien sûr, trente-sept voitures, cinquante-deux buggies... ou tout le contraire...

— Le forgeron a dit à ce vétéran qu'Ephraïm n'était pas dans le cercueil.

— A-t-il dit pourquoi il le pensait?

— Selon lui, la famille du défunt a eu peur qu'il ne soit déterré par ses ennemis... alors, ils ont fait semblant de l'enterrer au cimetière, mais en réalité, ils l'ont enseveli ici, dans la ferme.

— Où cela, le savez-vous?

— Sous la maison.

— Maintenant j'aurai vraiment tout entendu, Mitch! Croyez-vous cette histoire?

— Je vous répète ce que l'on m'a raconté, Qwill, et en raison de ce que vous avez dit à propos d'Iris et de la façon dont votre chat se conduit...

— Hum! fit Qwilleran en lissant sa moustache. Voulez-vous une autre tasse de café?

— Non merci, je dois m'en aller. Je suis de service le jour, cette semaine.

Qwilleran et Koko accompagnèrent leur invité jusqu'à la porte et regardèrent le pick-up bleu s'éloigner. La pluie avait cessé, mais des gouttes tombaient encore des arbres et la nuit était sombre. Koko reniflait en scrutant l'obscurité et Qwilleran se précipita avant que Koko ait pu s'élancer et disparaître dans la nuit.

CHAPITRE QUINZE

Qwilleran se coucha à minuit dans le lit du général Grant avec un des livres brochés que Koko avait délogés de leur étagère. Il avait lu *Vol au-dessus d'un nid de coucou* quelques années plus tôt, mais il était disposé à le relire. Il essaya, mais ses yeux passaient sur les mots sans les enregistrer, tandis qu'en esprit il revoyait les événements de la soirée avec Kristi, Mitch et Emmaline. Il s'attarda, en particulier, sur le fait qu'Ephraïm pouvait être enterré sous la maison. Mitch semblait croire cette histoire, mais le vétéran qui l'avait racontée pouvait l'avoir inventée ou le forgeron avait pu l'imaginer après une rude journée de travail. Néanmoins, cette histoire plaisait à Qwilleran.

Les siamois étaient enroulés au pied du lit. A Pickax, ils disposaient d'une pièce particulière, avec leurs propres commodités, mais au musée, ils préféraient dormir au pied du lit, un fait qui le poussait à se poser des questions sur les influences subliminales de l'endroit.

Tout était tranquille, à part une patte qui s'agrippait de temps en temps, ou un ronflement de satisfaction. Peu après avoir éteint la lampe, il sentit les deux chats se redresser. Koko eut un grognement guttural. Qwilleran ralluma à temps pour voir les deux chats les oreilles tendues, le cou raide, leurs têtes tournées comme des périscopes en direction du hall. Puis d'un même accord, ils sautèrent du lit avec une grâce fluide et partirent vers la cuisine. Ils avaient entendu quelque chose.

Qwilleran avait entendu, lui aussi, mais il avait pensé que le dégivreur du réfrigérateur s'était mis en route ou que la pompe électrique tournait, comme cela se produisait parfois au milieu de la nuit pour des raisons obscures. Néanmoins, il glissa les pieds dans ses mocassins et se dirigea vers la cuisine où il entendit le léger bruissement d'un chat qui buvait. C'était Yom Yom. Koko s'était installé sur le rebord de la fenêtre, bavardant, selon son habitude, avec les écureuils, attitude cependant inhabituelle au milieu de la nuit.

Qwilleran regarda par la fenêtre et ne vit rien, mais il jugea prudent de contrôler le musée. Négligeant l'interrupteur, il se contenta de sa torche électrique pour inspecter la salle d'exposition et le bureau. Avec humour, il songea que ce serait une bonne plaisanterie pour un sceptique comme lui si Ephraïm Goodwinter se matérialisait à travers un mur, et quel article cela ferait pour sa chronique ! Avec espoir il s'assit dans le bureau. Durant un moment il crut voir un léger mouvement du coin de l'œil et il se retourna vivement, mais il n'y avait rien. S'il avait été moins sceptique, il aurait été plus patient, mais il se refusa à passer plus de cinq minutes à surveiller un hypothétique fantôme.

Après être retourné dans son appartement, il ferma la porte de communication et alla se coucher. Il alluma la radio pour entendre la station locale annoncer la fin des émissions. Yom Yom était revenue se nicher au pied du lit, bien que son complice ne fût pas de retour. Qwilleran reprit son livre, mais l'absence de Koko le mettait mal à l'aise. Une nouvelle fois il retourna dans la cuisine et appela le chat sans obtenir de réponse. Tout l'appartement était silencieux et ce n'était pas ce silence rempli de vibrations qui signifiait qu'un corps couvert de fourrure se cachait et écoutait, c'était le silence mortel qui s'abattait brusquement quand un chat absent n'était simplement plus là.

Grommelant entre ses dents, Qwilleran repartit au musée et trouva Koko assis sur la table du bureau où traînait une série d'objets non encore répertoriés : un bol en faïence, un épluche-pomme fait à la main, un coussin brodé célébrant l'exposition colombienne de 1893, une gravure de bateau et la bible de Kristi. Un frémissement à la racine de ses moustaches poussa Qwilleran à ramener la bible et le chat dans son appartement.

Cette fois, avec les deux chats pressés l'un contre l'autre à ses pieds, il n'eut aucun mal à trouver le sommeil.

Il dormit profondément jusqu'aux heures les plus sombres de la nuit et se redressa pour se trouver face à face avec le visage sévère du vieil avare. Il essaya de parler, mais aucun son ne parvint à sortir de ses lèvres. Il voulut crier. Ephraïm s'approcha de plus en plus près et le fond de lit du général Grant se mit à trembler. Qwilleran leva les deux mains dans une tentative futile pour l'empêcher de s'écraser.

Le rêve se termina et Qwilleran se retrouva assis dans son lit, les bras levés, le cœur battant. Les chats dormaient paisiblement, le fond de lit était bien en place et il était couvert de sueur, la gorge douloureuse.

Après avoir avalé un comprimé d'aspirine et un grand verre d'eau, il termina la nuit sur le divan et sombra dans un profond sommeil jusqu'à ce que le téléphone sonnât et que la voix familière d'Arch Riker retentît :

— Avez-vous entendu les nouvelles à la radio ?

— Non. Bon sang ! Je dormais, dit Qwilleran d'une voix enrouée. Avec un ami tel que vous, il n'est pas besoin d'un réveille-matin ! Quelle heure est-il ?

— Neuf heures et quart. Voulez-vous dire que vous dormiez encore et désirez-vous vous rendormir ou entendre la nouvelle ?

Qwilleran fut aussitôt tout à fait réveillé et demanda d'une voix normale :

— Qu'est-il arrivé ?

— C'était aux nouvelles de 9 heures. On a trouvé le corps d'un homme près d'où vous habitez. Avez-vous pris part à une bagarre, hier soir ?

— Qui est-ce ? Qui est l'homme ?

— Pour un innocent témoin, vous semblez bien anxieux, mon ami. Le nom ne sera pas révélé tant que le corps n'aura pas été identifié par un proche.

— Où était le corps ?

— Sur Fugtree Road, près du pont de Black Creek. C'est tout ce que je sais. Roger est au poste de police pour glaner des informations.

A peine Qwilleran eut-il raccroché que Polly Duncan l'appela pour lui faire part de la même nouvelle.

— Les deux chats et moi avons été alertés cette nuit, répondit-il. Certainement, il se passait quelque chose dans le voisinage, mais je ne puis imaginer ce que c'était. Après cela, j'ai eu un cauchemar. J'ai vu le fantôme d'Ephraïm. Lorsque je me suis réveillé, j'ai eu une réaction physique particulière, dit-il, en décrivant les symptômes.

— Il s'agit probablement d'une allergie, peut-être provoquée par les feuilles mortes et le temps orageux. Buvez beaucoup d'eau.

Qwilleran opta pour du café, puis il appela le

journal. Roger venait de rentrer du poste de police.

— Qu'avez-vous découvert, Roger ? demanda-t-il.

— On peut parler de justice immanente ! L'homme assassiné est Brent Waffle, dit le jeune reporter, c'est le gars qui était marié avec Kristi Fugtree et c'était le principal suspect de l'empoisonnement des chèvres.

— Comment a-t-il été tué ? demanda Qwilleran, en se souvenant que Kristi avait une arme et qu'elle était suffisamment nerveuse pour l'utiliser.

— D'un coup frappé sur la tête avec un instrument contondant, mais cela n'est pas arrivé sur le pont. Il a été transporté là. D'après la blessure on peut dire qu'il a été tué ailleurs.

— A-t-on déterminé l'heure de sa mort ?

— Le médecin légiste la fixe entre 5 et 6 heures de l'après-midi, hier.

— Qui a trouvé le corps ?

— Des cantonniers qui travaillent sur la route.

— Y a-t-il des suspects ?

— On interroge les gens dans le voisinage. Vous n'allez pas tarder à l'être. Vous feriez mieux de peaufiner votre alibi ! Bon, il faut que j'aille préparer mon article, maintenant. Gardez tout cela pour vous, jusqu'à ce que le journal soit sorti.

Qwilleran feuilleta le carnet de téléphone de Mrs. Cobb, mais avant qu'il ait eu le temps de composer un numéro, une agitation se produisit sur l'appui de la fenêtre. Koko était aussi nerveux qu'un lion en cage. Il allait et venait sur le rebord de la fenêtre en grommelant : *Ik ! Ik ! Ik !*

— Que se passe-t-il ? demanda Qwilleran.

Il se dirigea vers la fenêtre et arriva à temps pour voir une ombre disparaître à travers la chatière de la porte de la grange — et ce n'était pas un chat. Sur la pente herbeuse se trouvait un petit objet vert brillant. Qwilleran téléphona aux Boswell.

— Ici Qwilleran. Je pense que Baby est dans la grange. Vous devriez envoyer votre mari la chercher.

— Oh! Mon Dieu… Je ne me doutais pas… dit une voix confuse. Vince n'est pas là… Je vais m'habiller.

— Vous sentez-vous bien, Mrs. Boswell?

— J'étais couchée… je ne savais pas… Je vais m'habiller.

— Ne bougez pas. Je me charge d'aller la chercher et de vous la ramener à la maison.

— Merci beaucoup… je suis désolée… je ne savais pas…

Qwilleran coupa court aux civilités, enfila quelques vêtements et courut vers la grange, souleva le loquet et scruta l'obscurité en appelant Baby. Sa voix se répercutait en écho. Il ouvrit, alors, les grandes portes et la lumière révéla la petite fille qui trottait entre les caisses à claire-voie, tenant dans ses bras un petit chat, ses quatre pattes tendues en avant comme un épouvantail.

— J'ai trouvé un petit minet, dit-elle.

— Fais attention, il pourrait te griffer. Pose-le par terre doucement, très doucement. Voilà, très bien.

Baby mit le chat par terre. C'était à porter à son crédit, pensa Qwilleran, elle écoutait ce qu'on lui disait et elle était obéissante.

— J'aime les chatons, dit-elle.

— Je le sais, mais ta maman te réclame à la maison. Elle ne se sent pas bien. Ramasse ton seau et nous irons la retrouver.

Avec un dernier regard vers le petit chat qui s'éloignait d'un pas incertain, Baby sortit de la grange et ramassa le seau vert et la pelle jaune. Qwilleran referma les portes de la grange et tous deux redescendirent la rampe.

— Tu as un joli seau, dit-il, qui te l'a donné ?

— C'est ma maman qui l'a acheté.

— Quelle est sa couleur ?

— Il est vert, dit-elle sur un ton impatient, comme si elle considérait que son interlocuteur était mentalement déficient.

— Que fais-tu avec ta pelle ?

— Je creuse dans le sable.

— Il n'y a pas de sable ici.

— Nous allons à la plage, dit-elle du haut de ses deux ans.

Ils traversèrent lentement la cour de la ferme et Qwilleran dut admettre que les jambes des petits enfants sont singulièrement courtes. A ce rythme, il faudrait une demi-heure pour traverser Black Creek Lane. Il doutait de pouvoir maintenir un dialogue avec Baby pendant trente minutes sans insulter l'intelligence de l'enfant ou paraître lui-même stupide. Elle rompit le silence en disant :

— J'ai envie de faire pipi.

— Ne peux-tu attendre d'être à la maison ?

— Je ne sais pas.

D'affreuses hypothèses traversèrent l'esprit de Qwilleran. C'était là une situation qu'il n'avait jamais imaginée. Cependant Baby avait une solution :

— Avez-vous des toilettes ? demanda-t-elle.

« Quel esprit tortueux ! pensa-t-il. Elle est déterminée à entrer voir les chats. » Vivement, il répondit :

— Non, les toilettes sont en dérangement.

— Que voulez-vous dire ?

— Elles sont cassées.

Ils poursuivirent leur chemin. Qwilleran prit la main de Baby et hâta le pas.

— J'ai envie de faire pipi, répéta-t-elle.

Qwilleran prit une profonde aspiration.

— Très bien, je vais te raccompagner à la maison en vitesse. Tiens bien ton seau.

Il la souleva comme il avait vu Verona le faire et se dit qu'elle ne pesait guère plus lourd que Yom Yom. D'un pas vif, tout en prenant soin de ne pas la secouer, il se hâta sur le chemin.

Verona les attendait sous le porche. Elle avait enfilé une vieille robe de chambre, ses cheveux n'étaient pas coiffés et elle était très pâle. En outre, ses yeux étaient gonflés et elle portait une marque violacée sur la joue.

— Merci, Mr. Qwilleran. Pardonnez-moi de vous avoir dérangé.

Baby s'accrocha à la robe de chambre de sa mère et une entente silencieuse passa entre elles.

— Excusez-moi un instant, dit Verona en s'éloignant.

Qwilleran attendit. Cette ecchymose éveillait sa curiosité. Quand elle revint, il demanda :

— Où est Vince ?

— Il est allé à Lockmaster... à la *bibliothèque* pour faire quelques *recherches*... Il est parti hier après-midi.

L'accent particulier était revenu.

— Qu'est-il arrivé à votre œil ? demanda-t-il.

— Oh ! c'est stupide de ma part ! Je me suis cognée contre la porte du placard.

Qwilleran tira sur sa moustache. Il avait déjà entendu cette réponse.

— J'ai trouvé votre fillette qui jouait avec un petit chat dans la grange. Ces chats sont à demi sauvages, elle pourrait être mordue ou griffée.

— La pauvre Baby n'a personne pour jouer avec elle, soupira Verona, sur un ton pathétique.

— Pourquoi votre mari ne lui installe-t-il pas un bac à sable ? Elle aime creuser.

— Je le lui demanderai, mais il est très occupé et il se fatigue vite... il a une mauvaise jambe, vous savez.

— Quand l'attendez-vous?

— Je pense qu'il sera de retour pour dîner.

En revenant au musée, Qwilleran se demanda pourquoi Boswell allait à la bibliothèque de Lockmaster alors que celle de Pickax possédait une collection sur le matériel d'imprimerie. Qu'est-ce qui l'attirait à Lockmaster? Le centre médical? Le champ de courses? Ou quelque autre affaire en relation avec les caisses de la grange? Les soupçons sur le contenu de ces caisses lui revinrent. Décidément, il aimerait bien passer une heure dans la grange avec une barre de fer.

En arrivant chez lui, il trouva Koko sur la table du téléphone, une indication que celui-ci avait sonné. Kristi avait pu essayer de le joindre. Il composa le numéro de la ferme Fugtree.

— J'ai appris la nouvelle, déclara-t-il, je ne sais que dire.

Elle répondit sur un ton étonnamment belliqueux :

— Je sais fichtrement quoi dire : pourquoi n'a-t-il pas été tué avant d'empoisonner mes chèvres?

— La police a-t-elle un suspect?

— Bien sûr, dit-elle avec amertume. Je suis la principale suspecte et Mitch tout de suite après.

— Comment pouvez-vous figurer parmi les suspects? demanda Qwilleran, j'étais dans l'allée des Soupirs, dimanche matin, et je l'ai entendu vous menacer. J'ai jeté un caillou dans le ruisseau, mais j'avais envie de le lui lancer à la tête.

— Eh bien, j'imagine que la police vous questionnera au cours de la tournée de routine.

— Je vous tiendrai au courant, et n'hésitez pas à faire appel à moi si je peux vous être utile.

216

Peu après Larry Lanspeak appela :

— Que diable se passe-t-il à North Middle Hum-mock, Qwill ? D'abord la mort d'Iris, puis un trou-peau de chèvres empoisonné et maintenant cette mort mystérieuse.

— Je plaide non coupable.

— Nous avons reçu une demande pour le poste d'Iris, émanant d'une femme de Lockmaster qui possède de hautes qualifications, mais qui est trop âgée, en considérant surtout qu'elle a déjà eu une crise cardiaque. Dieu sait que nous n'avons pas besoin de nous retrouver avec une autre conserva-trice morte sur le sol de la cuisine !

— Je pense toujours que Mitch est notre homme, Larry, dit Qwilleran. J'ai eu l'occasion de le voir ces jours-ci et il m'a fait une impression favorable. Il a de bonnes idées et apporterait un esprit jeune et dynamique. De plus les personnes âgées et les femmes l'aiment bien. Il est courtois et a la manière avec elles.

— Je tiens compte de votre opinion, dit Larry, mais en réfléchissant bien, je préfère quand même Boswell. En tant que conservateur, il pourrait conti-nuer à établir le catalogue des presses, aider à l'organisation du musée de l'imprimerie manuelle et assumer ses fonctions de conservateur. Dans sa sphère, je dirai qu'il sera unique aux États-Unis, sinon dans le monde. Naturellement, la décision finale appartient au Conseil d'administration. Nous avons une réunion cette semaine.

— Pardonnez-moi, Larry, mais la voiture du shé-rif vient de s'arrêter devant ma porte. Je vous télé-phonerai plus tard.

L'adjoint du shérif qui se tenait sur le seuil de la porte était celui qui avait répondu à l'appel de Qwilleran, dix jours plus tôt.

— Mr. Qwilleran, puis-je vous poser une ou deux questions ? demanda-t-il poliment.

— Certainement. Voulez-vous entrer ? je ne voudrais pas que les chats sortent.

Tous deux avaient surgi près de lui et humaient l'air frais.

L'adjoint entra et s'enquit :

— Avez-vous vu ou entendu quoi que ce soit de suspect dans le voisinage de Fugtree Road, monsieur ?

— Je ne peux le dire. J'ai reçu des amis dans la soirée et nous avons bavardé sans prêter grande attention à ce qui se passait dehors... bien que... il y ait quelque chose que je pourrais mentionner. Peu après minuit, je lisais dans mon lit quand les chats ont été alertés par un léger bruit. J'ai fait le tour de l'appartement et j'ai contrôlé le musée, mais tout était en ordre.

— Avez-vous regardé dehors ?

— Brièvement, tout paraissait tranquille, aussi ai-je repris ma lecture.

— Quelle heure était-il ?

— La station de radio venait de terminer ses émissions.

Au même instant un certain remue-ménage se produisit dans le hall et les deux hommes se retournèrent pour en chercher l'origine. Cela venait de l'extrémité du hall. Une des carpettes orientales était gonflée en son milieu et progressait en émettant un son rauque.

— C'est mon chat, expliqua Qwilleran. Il se cache tout le temps sous les tapis en parlant tout seul.

L'assistant du shérif sortit la photographie d'un homme, de face et de profil.

— Avez-vous vu cette personne dans le voisinage au cours des deux ou trois derniers jours ?

— Je ne crois pas avoir jamais vu ce visage.

C'était celui d'un homme d'environ trente ans qui avait dû être beau garçon mais qui portait déjà les stigmates d'une vie débauchée.

— Est-ce l'homme que vous recherchez? demanda-t-il avec une feinte innocente.

— C'est la victime. Nous cherchons à reconstituer son itinéraire au cours des derniers jours.

— Je ne manquerai pas de vous faire savoir si quelque chose me venait à l'esprit.

— Je l'apprécierai.

Qwilleran referma la porte après le départ de l'assistant du shérif, redressa la carpette et partit à la recherche de Koko. Cette fois il était sur la table et montait la garde devant la bible en retroussant ses moustaches.

— Ah! du cuir, hein? dit Qwilleran à haute voix.

La reliure était en cuir repoussé, rehaussé à l'or fin, et la bible elle-même, dorée sur tranches. Elle avait probablement cent ans, jugea-t-il. Il l'ouvrit pour contrôler la date de publication et n'alla pas plus loin que la page de garde. Celle-ci était recouverte d'une écriture manuscrite relatant des événements de la famille. Certains noms et certaines dates retinrent aussitôt l'attention de Qwilleran.

CHAPITRE SEIZE

Alors que la reliure avait intéressé Koko, ce fut la page de garde qui retint l'attention de Qwilleran au cours des quelques heures suivantes. Il oublia de déjeuner et les siamois respectèrent sa concentration, bien que Koko restât à proximité pour apporter son soutien moral.

Cette bible avait autrefois tenu une place importante et inspiré le respect sur la table du salon. Plus récemment, elle avait été reléguée dans le grenier des Fugtree, ce qui lui valait l'odeur de moisi de la vieille maison. C'était probablement ce qui avait attiré l'attention de Koko, supposa Qwilleran.

A l'intérieur de la couverture se trouvait une facture de la vente aux enchères datée du mois d'août 1959, attestant que Mrs. Fugtree avait payé cinq dollars pour la « bible Bosworth ». Après avoir consulté l'annuaire téléphonique du comté, Qwilleran ne trouva aucune trace de Bosworth. La famille s'était éteinte ou avait quitté le pays. A l'intérieur de la couverture se trouvait également une enveloppe contenant des articles de journaux jaunis, extraits du *Pickax Picayune*. A la manière du XIXe siècle, on y trouvait les petites annonces, les avis de naissance, de mariage et de décès, rédigés en caractères microscopiques, ce qui laissait penser que les gens avaient une meilleure vue en ce temps-là.

Il écarta les articles et tourna son attention sur la page de garde. Ayant entendu les membres de la Société généalogique parler fort longuement de leurs difficultés pour dresser leur arbre généalogique, il savait qu'il était courant dans les familles de consigner naissances et décès dans la bible familiale. Lui-même ne savait rien de ses propres ancêtres, sinon le nom de jeune fille de sa mère qui était une Mackintosh. Il trouva l'arbre généalogique de la famille Bosworth fascinant.

Malheureusement les générations n'étaient pas enregistrées de façon scientifique ; naissances, mariages, décès, calamités étaient rapportés au fur et à mesure de leur avènement avec mention de l'année. Une maison avait brûlé en 1908, une jambe avait été amputée en 1911, quelqu'un s'était noyé en 1945. C'était tout autant un journal bavard qu'un arbre généalogique. Les premières inscriptions étaient écrites avec une plume trempée dans de l'encre qui avait passé. Plus tard, le porte-plume avait tendance à faire des pâtés et à la fin, on s'était servi d'un stylobille de bonne qualité.

L'écriture suggérait que la même personne avait tenu la plume pendant plus de cinquante ans, et à la vue des fioritures, Qwilleran fut enclin à penser que c'était l'écriture d'une femme. La dernière inscription remontait à 1958, un an avant que la bible fût vendue aux enchères, sans aucun doute, à la liquidation des biens. Aucun membre de la famille n'avait réclamé ce document nostalgique. Il ne tarda pas à deviner la personnalité de l'auteur et décida que c'était une femme sympathique. Elle avait noté des détails piquants : la mariée avait une grosse dot ou des petits pieds. Un nouveau-né avait des cheveux roux ou de grandes oreilles. Un avis de décès était suivi de ce commentaire précis : « ivrogne ». Il n'y avait pas de place sur la page de garde pour des mots superflus, mais les coupures de journaux élargissaient ces vues.

Qwilleran aborda l'investigation avec le même entrain qu'il appliquait à un bon repas et Koko comprit qu'il se passait quelque chose d'excitant. Assis sur la table, il surveillait avec attention les articles triés en pile nette : mariages, baptêmes, annonces d'affaires, nécrologie, accidents, etc. A l'occasion, il tendait une patte timide pour les toucher et la retirait en entendant Qwilleran dire :

— Non !

Ce qui attira l'attention de celui-ci fut une date. Le premier nom sur la page était celui de Luther Bosworth, né en 1874. La similitude avec le nom de Vince fut notée et écartée. Le facteur important était la date de sa mort : 1904. Si Luther était mort le 13 mai de cette année, il était de toute évidence l'une des victimes de l'explosion, alors qu'il n'avait que trente ans. Mais un simple mineur posséderait-il une bible aussi imposante ? Les logements fournis aux mineurs n'étaient que de petites cabanes et les propriétaires des mines exploitaient des magasins qui tenaient les ouvriers continuellement en état de dette.

Un contrôle montra que Luther s'était marié en 1898. Son épouse, Lucy, n'avait que dix-sept ans. Dix ans plus tard, elle était veuve avec quatre enfants en bas âge. Que pouvait faire une mère de famille à cette époque, sinon envoyer ses enfants à l'orphelinat et faire des ménages ?

— Je pense que c'est Lucy qui a tenu ces rapports, expliqua Qwilleran à Koko. Bon sang ! Pourquoi n'a-t-elle pas fait figurer les dates exactes ? D'où a-t-elle tiré cette bible coûteuse ?

— Yao ! dit Koko avec ambiguïté.

— Très bien, essayons de voir ce que sont devenus les quatre enfants de Lucy.

Un fils était mort en 1918 : « France », avait-on noté, ce qui faisait de lui une victime de la Grande Guerre. Une fille était morte en 1919 : « Grippe. » Une référence du *Picayune* révéla que soixante-treize habitants du comté de Moose avaient succombé à cette épidémie, y compris deux médecins qui « avaient travaillé jusqu'à ce qu'ils s'écroulent ».

Deux enfants, Benjamin et Margaret, avaient survécu pour fonder une famille, mais seul Benjamin avait pu perpétuer le nom de la famille. Qwilleran suivit d'abord cette lignée et ce qu'il trouva lui fit frapper la table du poing dans l'excitation de la découverte.

Benjamin Bosworth avait eu trois enfants. L'un d'eux, prénommé Henry, était mort en 1945 : « Marin, perdu en mer », avait noté sa grand-mère. La veuve de Henry était partie pour Pittsburgh en 1950 avec son fils. L'enfant avait eu un accident en 1950. Un article du *Picayune* élucidait le mystère dans son style concis habituel : « Un ouvrier agricole travaillant dans le verger de la famille Trevelyan a tiré un coup de fusil pour effrayer de jeunes voleurs de pommes, dans la nuit de mercredi, mettant en fuite trois garçons effrayés. L'un d'eux a eu une jambe cassée. Vincent Bosworth est tombé d'un arbre et souffre d'une fracture ouverte. »

Avec une délectation évidente, Qwilleran frappa encore sur la table et demanda :

— Eh bien, Koko, que déduis-tu de tout cela ?

Le chat se lava la patte avec concentration et ne fit aucun commentaire.

— Je vais te dire ce que j'en conclus : Vincent Bosworth souffrant toujours d'une fracture mal soignée — et non de polio — est revenu de Pittsburgh en ayant changé de nom. Pourquoi est-il revenu et pour quelle raison a-t-il changé de nom ? Pourquoi prétend-il que s'il boite, c'est dû aux suites d'une polio-myélite ? Vince est l'arrière-petit-fils de Luther et de Lucy.

Qwilleran était tellement surexcité par sa découverte qu'il dut sortir pour marcher un peu afin de se calmer. Il fit le tour de la maison, en prenant soin de ne pas faire craquer les feuilles sous ses pas. La terre humide dégageait une forte odeur d'humus. Les chrysanthèmes rouille et or étaient encore en fleur. Un chat de grange prenait le soleil. Il n'y avait aucun signe de Boswell et de sa camionnette. Dans l'ensemble, c'était une journée agréable.

Retournant à son investigation généalogique, Qwilleran dit à Koko :

— C'est plus amusant que de chercher de l'or. Et maintenant, voyons ce qui est arrivé à la fille de Luther, Margaret.

D'après la page de garde, Margaret avait épousé un certain Roscow DeFord. Le fier commentaire de Lucy était : « Homme de loi. » Le *Picayune* mentionnait une réception de deux cents invités à l'hôtel de Pickax et un voyage de noces à Paris. Pas mal pour une fille de mineur, pensa Qwilleran... Si c'était bien ce qu'était Luther ? Le nom de DeFord était encore courant à Pickax, mais plus dans la pratique de la loi.

Travaillant vite, poussé par le suspens, il identifia la progéniture de Roscow et Margaret DeFord : quatre enfants, dix petits-enfants. L'un des derniers était Susan, née en 1949.

— Que je sois pendu... grommela Qwilleran.

Il se souvenait brusquement des lettres dorées sur l'enseigne Exbridge et Cobb. Dans un coin les noms des propriétaires étaient précisés : Iris Cobb et Susan DeFord-Exbridge.

— Ainsi, Susan Exbridge et Vince Boswell sont cousins germains, confia-t-il au fidèle Koko. Qui l'aurait deviné ? Ne le répète à personne ! Elle est si suave et il est si rustre ! Mais le sang est plus puissant que l'eau, comme dit le proverbe, et c'est pour cela qu'elle le soutient au poste de conservateur du musée. Apparemment, elle ne souhaite pas que leur parenté soit connue.

Cette découverte méritait une célébration. Il prépara du café et prit quelques biscuits au chocolat dans le freezer, puis il donna aux siamois un poignée de croquettes croustillantes qui étaient supposées contenir des vitamines et être bonnes pour leurs dents. Il avait hâte de reprendre ses recherches. Il lui restait encore une piste à explorer : le destin de la veuve de Luther.

— Lorsque nous avons entendu parler d'elle pour la dernière fois, c'était une veuve de vingt-trois ans avec quatre jeunes enfants et une bible impressionnante. Était-elle profondément religieuse ? Était-elle jolie ? Dommage que nous n'ayons pas une photographie d'elle !

Son enthousiasme était contagieux et les chats étaient maintenant en éveil, assis tous les deux sur la table dans une pose sculpturale. La patte célèbre de Yom Yom dérangeait à l'occasion l'ordre des coupures.

— S'il te plaît ! Si tu dois participer, fais quelque chose de constructif. Écoute plutôt ça : l'année où Luther est mort, Lucy est entrée dans le commerce. Elle n'est pas devenue femme de ménage !

Une annonce dans le *Picayune* déclarait : « Lucy Bosworth, veuve de Luther Bosworth, annonce qu'elle achète le magasin général de John Edwards qui a pris sa retraite pour raisons de santé. Mrs. Bosworth continuera à offrir les articles de la meilleure qualité, des vêtements, de la quincaillerie, des fournitures diverses, de la mercerie et de la bière à des prix raisonnables. Le magasin est ouvert tous les jours de 7 heures du matin à 10 heures du soir. »

— Le magasin général de 1908 ! s'écria Qwilleran, avec des surveillants autour du poêle ventru, au lieu des jeux vidéo... Attendez une minute, qu'avons-nous là ?

Une note, en marge de l'article, de l'écriture reconnaissable de Lucy, précisait : « Payé comptant. »

— Intéressant, dit Qwilleran. Si Luther était mineur, où Lucy a-t-elle trouvé l'argent pour faire des affaires ? Les mineurs ne bénéficiaient pas d'assurances en ce temps-là, je le sais. Ephraïm a-t-il indemnisé les familles des victimes ? Celles-ci étaient nombreuses à l'époque. A-t-elle fait chanter ce vieux grigou ? Et si oui, sous quel prétexte ?

— Yao ! dit Koko avec une emphase qui renforça Qwilleran dans sa conjecture.

Il continua à déchiffrer les notes. En 1904, Lucy acheta le magasin. En 1905, elle se remaria. Son nouveau mari s'appelait Karl Lunspik et sa remarque personnelle sur la bible précisait : « Bel homme. »

— Ah ! Ah ! un bel homme épouse une veuve avec quatre enfants ! Par amour ? Ou parce qu'elle possède un commerce florissant et une bible impressionnante ?

Les notes suivantes firent tressaillir sa moustache :

En 1906 Karl et Lucy Lunspik eurent un fils : William.

En 1908 leur nom fut légalement changé en Lanspeak.

En 1911 le magasin général de Pickax fut rebaptisé Magasins Lanspeak.

En 1926, leur fils, William, vint les rejoindre dans la firme qui prit le nom de Grands Magasins Lanspeak.

William eut cinq enfants et onze petits-enfants, l'un des derniers étant Lawrence Karl Lanspeak, né en 1946.

226

— Fantastique ! s'écria-t-il aux siamois effrayés. Ils sont tous cousins : Larry et Susan avec leur statut mondain et leur voiture de luxe, et Vince Boswell avec sa camionnette rouillée et ses manières rustres. Larry est l'arrière-petit-fils de cette incroyable Lucy Bosworth !

Il saisit le téléphone et appela les Grands Magasins de Pickax. Dès qu'il reconnut la voix de Qwilleran, Larry demanda :

— Avez-vous lu le journal d'aujourd'hui ? Ils ont identifié le corps. C'est celui du type qui a empoisonné les chèvres.

— Je le sais, dit Qwilleran, la police est venue me poser des questions.

— J'espère que vous n'avez pas donné votre nom, ironisa Larry.

— A propos de noms, j'ai fait une découverte au musée. Quand avez-vous l'intention de venir ici ?

— Demain, mais pourquoi ne viendriez-vous pas dîner en ville ce soir avec Carol et moi ? Nous pourrions nous retrouver *Chez Stéphanie*.

— Cela aurait été avec plaisir, mais je suis pris, ce soir. Merci quand même. Je vous verrai demain.

Il se garda de mentionner que Polly allait lui porter Bootsie pour la nuit.

Il venait à peine de reposer le téléphone quand un léger coup frappé à la porte le fit sursauter. D'habitude, on entendait le bruit provenant du heurtoir en cuivre sur la porte.

Les siamois dressèrent les oreilles et quand il se leva pour aller voir ce qui se passait, ils restèrent à leur place. En traversant le hall, il entendit le coup se répéter. Il regarda à travers la porte vitrée, mais ne vit personne, ni aucune voiture dans la cour. Il était exact, pensa-t-il, que les vieilles maisons sécrétaient des bruits bizarres.

Comme il se retournait, le coup se répéta. Même en plein jour, l'effet était étrange et pour Mrs. Cobb, au milieu de la nuit, cela avait dû être terrifiant. Il revint vers la porte et l'ouvrit brusquement. Et là, sur le pas de la porte, se tenait Baby avec son seau vert à la main, levant sa pelle jaune pour frapper encore.

— Bonjour, dit-elle.

Qwilleran poussa un grognement de soulagement et d'ennui tout à la fois.

Elle lui tendit le seau :

— C'est pour vous.

Il y avait une feuille de papier au fond du seau ainsi qu'un paquet enveloppé de papier sulfurisé. Sur le billet, il lut : « J'ai pensé que vous aimeriez une tranche de pâté pour faire un sandwich. Je l'ai fait hier. Il est meilleur le lendemain. »

— Remercie ta maman, dit-il, en lui rendant le seau.

Baby essayait de regarder entre ses jambes :

— Ne puis-je voir les minets?

— Ils font la sieste. Pourquoi ne vas-tu pas à la maison faire la sieste, toi aussi?

— J'ai déjà fait la sieste, dit-elle, en tournant la tête en direction de la grange.

— Rentre chez toi, ordonna-t-il d'un ton ferme, et directement, s'il te plaît.

Sans un autre mot, Baby descendit les marches et traversa la cour sur ses courtes jambes, balançant son seau vert. Il la suivit des yeux jusqu'à ce qu'elle fût presque arrivée chez elle. Pas une fois elle ne se retourna.

Qwilleran se prépara un sandwich au pâté et en donna une part aux chats. Tous trois le dévorèrent comme s'ils avaient été à la diète pendant une semaine. Puis il alla chercher sa bicyclette dans la grange en acier et partit faire une promenade.

Il y avait une circulation inhabituelle sur Fugtree Road. Des curieux qui venaient regarder l'endroit où le corps avait été trouvé, espérant, sans doute, voir du sang. Une équipe de cantonniers travaillait et un panneau de signalisation orange indiquait que la route était coupée pour travaux, mais Qwilleran continua à pédaler et alla parler au chef de chantier, un homme robuste portant un képi et mâchonnant du tabac à chiquer. L'homme reconnut la fameuse moustache.

— C'est tout droit, un peu plus loin, dit-il en désignant une pente rocailleuse que Qwilleran avait déjà dévalée en se rendant à l'allée des Soupirs. Il avait du sang sur tout le visage et ressemblait à un de ces fantômes que l'on voit pour Halloween.

— La police a-t-elle une idée sur celui qui a fait le coup ?

C'était un truisme, dans le comté de Moose, de penser que quiconque portait un képi avait des informations privées ou était disposé à en inventer.

— J'ai entendu raconter qu'ils avaient deux suspects, mais ils n'ont encore inculpé personne. On sait qu'il a été tué ailleurs et transporté ici. Il y avait des traces de pneus dans la boue quand nous sommes arrivés.

— Qui est la victime ?

— Le type qui a empoisonné les chèvres. Un prisonnier évadé. C'était un gars de la région. Il est parti au Pays d'En-Bas et s'est attiré des tas d'ennuis. Je vous le dis sans ambages, dit l'homme avec emphase, si ç'avait été mes chèvres, je lui aurais couru après avec un fusil !

CHAPITRE DIX-SEPT

Qwilleran revint de sa promenade à bicyclette au moment où Polly garait sa voiture dans la cour.

— Je suis un peu en avance, s'excusa-t-elle, mais je voudrais arriver à Lockmaster avant la nuit.

Elle lui tendit un panier à chat.

— Voici mon précieux petit chéri. Portez-le à l'intérieur avant qu'il ne prenne froid. Je vais chercher ses bagages.

Le panier avait une poignée sur le dessus, des trous d'aération et une inscription sur le côté : « Salut ! Mon nom est Bootsie ! » De l'un des trous sortait un petit nez noir. Il se retira promptement pour faire place à une patte brune qui aurait pu appartenir à un cocker-spaniel.

Polly entra dans l'appartement avec une boîte d'aspect médical portant une étiquette couverte d'explications en petits caractères, un panier garni d'un coussin et un plat contenant des morceaux de papier froissé.

— C'est son plat pour ses besoins, précisa-t-elle. Il est habitué au papier. J'utilise du papier tissu et non du papier journal parce que l'encre pourrait irriter son petit derrière. Et voici une boîte de nourriture spéciale. C'est une formule parfaitement équilibrée lui apportant tout ce dont il a besoin. Donnez-lui-en trois cuillerées à soupe rases — ni plus, ni moins — à chaque repas. Vous n'avez qu'à verser la cuillère à soupe dans une soucoupe, et je vous suggère de la placer dans un coin afin qu'il ne soit pas effrayé.

— Boit-il de l'eau minérale ou peut-il se contenter de l'eau du robinet ?

— L'eau du robinet sera satisfaisante, dit-elle avec le plus grand sérieux. Voici son panier. Placez-le dans un endroit chaud à trente ou quarante centimètres du sol. Merci beaucoup, Qwill, et maintenant je dois me sauver. Laissez-moi seulement dire au revoir à mon petit trésor.

Tendrement elle sortit Bootsie de son panier et frotta son nez sur la truffe humide du chaton :

— A bientôt, ma beauté, sois un bon petit chat !

A l'adresse de Qwilleran elle ajouta de sa voix ordinaire :

— A propos, demain c'est son anniversaire : il aura juste onze semaines.

Elle donna un affectueux mais rapide baiser à Qwilleran, lui tendit l'innocent chaton et se hâta de gagner sa voiture. Il se tint immobile avec cette boule de fourrure ronronnante en se demandant où étaient passés les siamois. Ils avaient évité la cérémonie de réception autant qu'ils l'avaient pu et il hésitait à relâcher le petit chat avant de savoir ce qu'ils étaient devenus.

Koko et Yom Yom, il le découvrit finalement, étaient en haut de la *schrank* allemande de Pennsylvanie, à deux mètres cinquante du sol. Ils paraissaient pétrifiés.

— Ah, vous voilà ! dit Qwilleran, descendez que je vous présente Bootsie, le bien-nommé.

Il posa doucement le chaton par terre. Il paraissait vulnérable avec son petit cou maigre, sa queue mince, ses pattes trop grandes pour sa taille, son nez noir, mais une fois qu'il se sentit libre, il fit quelques pas incertains et brusquement bondit hors de la pièce comme un missile.

Quand Qwilleran fut revenu de sa surprise et l'eut poursuivi en vain à travers tout l'appartement, il le trouva sur la table de la cuisine où il dévorait le pâté maison, papier sulfurisé compris. En voyant arriver ce grand bonhomme, il s'enfuit au fond de l'appartement en faisant des bonds exagérés comme une sauterelle, sautant d'une chaise sur une table, d'un bureau sur le lit pour atterrir sur la commode. Koko et Yom Yom étaient toujours en haut de la *schrank* d'où ils regardaient le spectacle avec incrédulité.

Au cours de l'heure suivante Bootsie créa le chaos le plus complet avec ses courses folles, glissant sur les meubles, brisant un vase en cristal, sautant, tombant et atterrissant sur le dos, pour finir par glisser le long de la jambe du pantalon de Qwilleran en lui griffant le genou. Après une heure épuisante pour les nerfs, il téléphona à Lori Bamba, à Mooseville, pour réclamer de l'aide.

Il ne perdit pas de temps à s'enquérir de la santé du bébé et des occupations de Nick. Il déclara précipitamment :

— Je ne sais pas comment je me suis laissé prendre dans ce piège, Lori, mais Polly Duncan a un petit chat, elle prétend que c'est un siamois, et j'ai accepté de le lui garder pendant vingt-quatre heures. Il se trouve être du genre superactif, brise-fer, maniaque en un mot. Il est en train de nous rendre fous à courir d'un bout à l'autre de la maison tout en ronronnant comme un modèle T auquel il manquerait deux cylindres.

— Quel âge a-t-il ? demanda Lori.

— Onze semaines demain et je suis supposé lui chanter « Joyeux anniversaire ».

— Rappelez-vous qu'il est très jeune, Qwill, et qu'il

est confronté à une maison inconnue où vivent deux gros chats. Sa réaction est probablement provoquée par la peur.

— Par la *peur*! s'écria Qwilleran. Koko et Yom Yom ont tout à redouter de ce fou furieux. Ils se sont réfugiés en haut d'une armoire et refusent d'en descendre, même pour manger. Bootsie a avalé la nourriture savamment dosée laissée par Polly, plus la dinde des chats avec des olives et des champignons, puis il a sauté sur la table et a tenté de me subtiliser une rondelle de saucisson au bout de ma fourchette. Laissez-moi vous dire autre chose : au lieu de griffes, il a des aiguilles. Lorsque je m'assieds, il saute sur mes cuisses et enfonce ses dix-huit aiguilles. La décence m'empêche de vous décrire l'effet ressenti. Demandez à votre mari.

Lori écoutait avec sympathie.

— J'ai fini par l'enfermer dans son panier mais je ne peux pas le laisser là pendant vingt-quatre heures. N'existe-t-il pas une sorte de calmant pour félin?

— Avec tout ce qu'il a mangé et dans la sécurité de son panier, il va probablement s'endormir, Qwill. Laissez-le jusqu'à ce qu'il se calme. Ensuite, avant de vous coucher, enfermez-le dans la cuisine avec de l'eau, son plat pour ses besoins et un coussin pour dormir.

— Je vais essayer. Merci, Lori.

Elle avait raison. Bootsie resta tranquille et la soirée se passa avec sérénité. Les deux siamois s'aventurèrent à descendre de leur perchoir. Cependant cette paix domestique ne devait pas durer longtemps.

Peu avant minuit, Qwilleran porta le panier dans la cuisine, ferma la porte et relâcha Bootsie. Pendant un moment le petit chat tituba sur le sol comme un homme ivre, miaulant et ronronnant en même temps. Puis il se tut et disparut mystérieusement de vue. Il était évident qu'il mijotait une embuscade. Qwilleran, qui commençait à avoir sommeil, préparait le repas du soir du chaton : trois cuillerées rases d'une poudre peu appétissante qu'il répandit dans une soucoupe, quand il fut soudain attaqué par-derrière. Bootsie avait sauté sur son dos et s'était accroché à son pull-over.

— Descends! cria-t-il, en secouant ses épaules pour essayer de déloger son agresseur, mais le pull-over était un tricot lâche et Bootsie était fermement accroché à ses mailles en hurlant au plus fort de ses minuscules poumons.

— Descends! Aïe! Aïe! Aïe!

A chacun de ses cris des aiguilles s'enfonçaient dans sa chair et les cris perçants du chat augmentaient de volume.

— Tais-toi, espèce d'idiot!

Qwilleran tendit la main derrière son dos, d'abord par-dessus son épaule, puis autour de sa taille. La première tentative lui rapporta une poignée d'oreilles, la seconde le bout d'une queue. Il tira doucement sur la queue.

— Oh! Oh! Bon sang!

Au bruit de cette agitation, les siamois descendirent de l'armoire sur laquelle ils étaient promptement remontés et vinrent miauler derrière la porte de la cuisine.

— Taisez-vous donc, vous autres! hurla Qwilleran.

« Reste calme », se dit-il en essayant de s'asseoir au bord d'une chaise. Cela marcha jusqu'à un certain point. Bootsie cessa de crier et de s'agiter mais ne fit aucun effort pour dégager ses griffes. Il était satisfait et prêt à passer la nuit là, suspendu comme un petit Indien en bas âge dans le dos de sa mère.

Au bout de cinq minutes d'inactivité, Qwilleran atteignit les limites de la patience. Comme Lori l'avait dit, la frayeur engendrait la panique. Il sauta sur ses pieds en proférant les pires jurons qu'il avait appris en Afrique du Nord, agita les bras et galopa dans la cuisine comme un hystérique en crise. La série de jurons se termina par un cri de douleur, quand Bootsie s'agrippa à son dos pour résister à cette charge sauvage.

Il était plus de minuit. Mais en désespoir de cause, il composa le numéro de téléphone des Boswell. Lorsqu'il entendit la voix douce de Verona, il hurla :

— Passez-moi Vince. J'ai de graves ennuis. C'est Qwilleran.

— Oh! mon Dieu! Vince n'est pas rentré, dit-elle sur un ton alarmé. Puis-je faire quelque chose?

— J'ai un petit chat pendu sur mon dos, ses griffes plantées dans mon pull-over. J'ai besoin de quelqu'un pour le détacher. Oh! Oh! Oh!

— Seigneur! Je viens tout de suite.

Il marcha lentement jusqu'à la porte en essayant de ne pas effrayer Bootsie et alluma les lampes extérieures.

Quelques minutes plus tard — qui lui parurent des heures — Verona apparut en courant, tenant une torche électrique à la main. Elle portait une lourde veste sur un vieux peignoir de bains. Il ouvrit la porte doucement et la mit en garde :

— Ne faites pas de mouvements brusques. Voyez si vous pouvez le décrocher en le prenant sous le ventre et essayez de détacher ses griffes. Tâchez de lever une patte à la fois.

Verona fit ce qu'on lui demandait, mais lorsqu'une patte était détachée, l'autre se raccrochait avec une détermination renouvelée.

— Je crains que cela ne marche pas. Puis-je faire une suggestion? dit-elle, sur un ton plein de déférence. Nous pourrions rouler le pull-over pour le passer au-dessus de votre tête. Si je l'enroule le long de votre dos, le petit chat sera pris en même temps.

235

— Très bien, nous allons essayer. Faites doucement. Ne l'effrayez pas.

— Oh! mais c'est un si joli petit minet! dit Verona, de sa voix douce, tout en roulant le pull-over autour du petit animal, puis au-dessus de la tête de Qwilleran. Oh! Mon Dieu! dit-elle. Votre chemise est pleine de sang!

Il l'arracha.

— Et votre dos est couvert d'égratignures. Il vous a griffé partout. Avez-vous un antiseptique?

— Je crois qu'il y en a un dans la salle de bains. Laissant Bootsie confortablement enroulé dans le pull-over, ils se rendirent dans la salle de bains et trouvèrent l'antiseptique que Verona vaporisa sur les éraflures tandis que Qwilleran faisait la grimace.

— Est-ce que cela pique? Nous ne voulons pas risquer une infection, n'est-ce pas? Là! Voilà qui est bien. Couvrez-vous, il ne faut pas prendre froid.

Sa voix résonnait comme une musique à ses oreilles.

— Je ne sais comment vous remercier, Mrs. Boswell, dit-il, en enfilant une chemise propre. J'hésitai à vous appeler à cette heure tardive, mais ma seule autre ressource était la brigade des pompiers de North Kennebeck.

— Vous ne m'avez pas dérangée du tout. Avez-vous d'autres blessures qui auraient besoin de désinfectant?

— Hum... Non, je ne crois pas. Où est Vince?

— Il est resté un peu plus longtemps que prévu à Lockmaster. Il n'a pas encore terminé ses recherches à la bibliothèque.

Il regarda cette pathétique jeune femme avec ses cheveux défaits, son œil au beurre noir, son accoutrement ridicule : veste kaki, peignoir défraîchi, vieilles chaussures.

— Voulez-vous une tasse de café?

— Il faut que je rentre, dit-elle, j'ai laissé Baby endormie et elle pourrait se réveiller, mais... avez-vous du lait ?

— Du lait ? Je ne suis pas buveur de lait. Mrs. Cobb en avait laissé un pot, mais il a tourné et je l'ai jeté.

— Je manque de lait pour Baby. Je pensais que Vince allait revenir et qu'il irait faire les courses.

— Je crois qu'il y a un paquet de lait en poudre dans le placard. Pouvez-vous l'utiliser ?

— Oh ! oui, merci beaucoup.

— Si Vince n'est pas de retour demain matin, je pourrai faire vos courses. Dressez-moi seulement une liste.

Verona rougit d'embarras.

— C'est que... il ne m'a pas laissé d'argent.

— C'est impardonnable ! Voyons ce que nous pouvons trouver ici.

Prenant un panier à provisions, il le remplit avec du pain complet, des biscuits, des sachets de potage, des boîtes de thon et de sardines et — à contrecœur — son plat favori de raviolis au fromage.

— Je vais vous reconduire en voiture, dit-il, en prenant sa veste et ses clefs.

Le trajet était court. Après un bref silence, Verona dit :

— J'ai aperçu vos siamois. Ils sont très beaux. J'aimerais que Baby puisse les voir, un jour.

— Entendu, venez avec elle jeudi après-midi. Et merci encore d'être venue à mon secours, Mrs. Boswell.

— Appelez-moi Verona, dit-elle en descendant de voiture.

Il attendit qu'elle fût rentrée dans la maison pour s'en aller, en se demandant comment une jeune femme aussi charmante pouvait supporter un goujat tel que Boswell.

Rentré chez lui, il trouva Bootsie toujours enroulé dans le pull-over et quand Qwilleran le dégagea, le chat resta endormi avec une expression angélique. Il ronronnait même dans son sommeil.

CHAPITRE DIX-HUIT

Bootsie et les siamois avaient des rapports polis quand Qwilleran s'éloigna sur sa bicyclette le mercredi matin en direction de North Middle Hummock. En passant devant la ferme Fugtree, il se demanda si la police reviendrait le questionner.

Selon le médecin légiste, Brent Waffle avait été tué avant 8 heures du soir. Kristi et Mitch étaient arrivés par l'allée des Soupirs à 8 heures. Ils avaient pu rencontrer Waffle sur le sentier, avoir une violente altercation, l'assommer avec une torche électrique et laisser son corps sur le bord du ruisseau. Peut-être s'étaient-ils rappelé le cas Buddy Yarrow au bord de la rivière Ittibittiwassee. Le coroner avait établi que Buddy avait glissé et s'était brisé la tête contre les rochers. Puis, après minuit, Mitch avait pu conduire sa voiture par l'une des routes secondaires menant à l'allée des Soupirs et transporter le corps sur la grande route, un lieu plus éloigné de la ferme Fugtree. Le bruit que Qwilleran avait entendu à une heure avancée pouvait provenir de la camionnette de Mitch sur la route gravillonnée.

Si ce scénario était le bon, songea-t-il, les meurtriers amateurs avaient montré un remarquable sang-froid au cours de la soirée. Et si c'était le bon, pourquoi le corps — laissé dans l'allée des Soupirs sous une pluie torrentielle — était-il couvert de sang séché quand il avait été retrouvé par les cantonniers?

Plus vraisemblablement, Waffle avait été tué à l'intérieur d'une maison. Peut être était-il retourné sur la scène de son crime et se cachait-il dans l'une des granges devenues vacantes, peut-être avec l'intention de faire de Kristi sa prochaine victime. Peut-être que les boucs Attila, Napoléon et Raspoutine avaient provoqué un remue-ménage qui avait alerté la jeune femme. Puis, en compagnie de Mitch, elle était allée se rendre compte et ils s'étaient trouvés à deux contre un.

Qwilleran espérait que ses hypothèses étaient fausses. Ils avaient l'air de braves gosses sympathiques avec l'avenir devant eux. C'était l'effet hypnotisant de pédaler à bicyclette qui produisait de tels fantasmes, conclut-il.

Dans une épicerie de campagne de West Middle Hummock, il acheta des pommes, des oranges et du lait qu'il déposa au cottage Boswell. Verona, toujours en robe de chambre, le remercia avec les larmes aux yeux.

— Où est Vince? demanda-t-il.

Elle haussa les épaules en hochant tristement la tête.

— Appelez-moi si un problème se pose.

Accrochée aux jupes de sa mère, Baby déclara:
— Je vais aller voir les petits chats demain.

Lorsque Qwilleran arriva au musée, la cour était remplie de voitures: la vieille limousine de Tibbitt, la longue station-wagon de Larry, la voiture de sport de Susan — faisant partie des arrangements du divorce, entre autres. Il s'avéra que le Conseil d'administration se réunissait, sans aucun doute pour décider la nomination d'un nouveau conservateur.

Qwilleran changea rapidement de costume, compta les nez et les pattes de trois boules de fourrure endormies et alla rejoindre le groupe au musée. La session n'avait pas encore été ouverte. Certains des membres du Conseil se promenaient dans les salles d'exposition, d'autres prenaient du café dans le bureau.

— Venez vous joindre à nous, Qwill, dit Larry. Prenez un beignet.

— Je voudrais d'abord vous parler en privé, Larry, dit Qwilleran en l'entraînant dans son appartement. J'ai quelque chose à vous montrer.

— De quoi s'agit-il ?

— Quelque chose qui appartenait à votre arrière-grand-mère.

— Laquelle ? J'en ai quatre. Vous aussi, au fait.

— La mienne n'écrivait pas les secrets de famille sur les feuilles de sa bible, rétorqua Qwilleran. Prenez un siège.

Ils s'installèrent devant la grande table et Qwilleran prit l'épais livre relié de cuir et doré sur tranches.

— Cet objet a été acquis à une vente par Mrs. Fugtree. Sa fille en a fait don au musée. Il a été identifié comme étant la bible Bosworth parce que le premier nom porté sur la page de garde était celui de Luther Bosworth, qui mourut en 1904.

— Faites-moi voir ça, dit Larry, en tendant la main.

— Pas si vite ! En étudiant les inscriptions, j'en ai déduit que la veuve de Luther, Lucy, a tenu les archives de la famille dans cette bible. Elle est apparemment décédée en 1958, car il n'y a plus d'inscription après cette date et Mrs. Fugtree a acheté cette bible en 1959.

— Vous avez été fort occupé, dit Larry, mais que voulez-vous prouver ?

— J'en ai conclu que selon les déclarations de Lucy, vous, Susan et Vince Boswell êtes cousins. Naturellement vous le savez. Tout le monde dans le comté de Moose connaît son arbre généalogique.

— Je crois, en effet, qu'il existe une sorte de parenté, dit Larry sur un ton évasif. Oh! Oh! Oh! Qu'est-ce que cela? ajouta-t-il en secouant sa jambe.

— Navré. C'est Bootsie, le chat de Polly Duncan. Je vais l'enfermer. Il est un peu envahissant.

Sans cérémonie, Qwilleran mit Bootsie dans le placard à balais.

— Très bien, Sherlock, qu'avez-vous découvert d'autre? demanda Larry. Vous avez l'air bien suffisant.

— J'ai appris certains faits sur votre famille. Votre arrière-grand-mère a acheté le magasin général de Pickax en 1904, peu après la mort de Luther. Elle l'a payé comptant. Quelque temps plus tard, elle a épousé Karl... quel est donc son nom? Il a changé le nom du magasin en Magasins Lanspeak. Cela ferait un sujet intéressant pour ma chronique. Je suis certain que vous pourriez me préciser quelques détails.

Aussi bon acteur qu'il fût, Larry ne put s'empêcher de rougir et son front se couvrit de sueur.

— Laissez-moi voir ce document.

Qwilleran garda une main possessive sur la bible.

— Encore un détail, Larry, et je ne vous ferai pas attendre plus longtemps. Vous et Susan favorisiez Vince Boswell — ou plutôt Bosworth, car tel est son nom — pour prendre la place d'Iris, mais êtes-vous sûr qu'il reflète l'image que vous souhaitez pour le musée? Malgré vos liens de parenté, il lui manque la personnalité nécessaire et disons, pour être charitable, une certaine classe. Il existe d'autres mauvaises notes contre lui, si mes soupçons se vérifient.

Qwilleran caressa sa moustache d'un air significatif.

— Puisque le Conseil d'administration se réunit aujourd'hui pour discuter de cette question, il serait sage de réfléchir à votre décision.

— Qu'essayez-vous de me dire, Qwill ? Quel est ce grand mystère ?

— Vince est allé à Lockmaster en laissant Verona sans moyen de transport, sans argent et même sans lait pour l'enfant. Il est parti depuis lundi et nul ne sait quand il reviendra. Joue-t-il aux courses ? La saison des courses vient justement d'ouvrir à Lockmaster.

— J'ignore tout à ce sujet.

— De toute évidence, cet homme n'a pas le sens des responsabilités. Est-ce là le genre de conservateur que vous désirez ? A propos, pourquoi a-t-il changé son nom en Boswell ?

— Pour vous dire la vérité, je ne le lui ai jamais demandé, répondit Larry.

— Luther Bosworth était-il mineur ? A-t-il été une des victimes de l'explosion du 13 mai ?

— Non. C'était une sorte d'homme de peine — un gardien de la ferme Goodwinter. Tout ce que j'en sais est ce que m'en a dit mon grand-oncle Bosworth. Ephraïm tenait Luther en haute estime.

— Mais vous ne descendez pas vous-même de Luther, votre arrière-grand-père était Karl.

— Exact.

— Karl était bel homme.

— Comment le savez-vous ?

— Lisez votre bible familiale et vous le découvrirez.

Qwilleran lui tendit le livre en s'inclinant, sans se soucier du remue-ménage qui se produisait dans le placard à balais.

— Maintenant laissez-moi vous poser une question, dit Larry. D'après le journal, la victime assassinée était le mari de Kristi Fugtree. Chacun sait que c'est lui qui a empoisonné ses chèvres. Naturellement, elle voit beaucoup Mitch Ogilvie. Croyez-vous que Mitch puisse être mêlé à cette affaire ?

— C'est peu vraisemblable. Kristi et lui étaient là lundi soir à boire du cidre en discutant comment restaurer la propriété Fugtree afin de la faire classer site historique.

Je prie Dieu qu'il ne soit pas impliqué, dit Larry. Mais je dois retourner au bureau et ouvrir la séance.

— Encore une question, si vous le permettez, Larry. Que pensez-vous des bacs à sable pour les enfants ?

— Dans la région, les gens les confectionnent eux-mêmes et vont chercher du sable gratuit sur Sandpit Road. Pourquoi cette question ?

— Nous possédons une archéologue en herbe au cottage Boswell et il n'y a rien pour creuser.

Larry se leva et prit le livre précieux.

— L'équipe des ouvriers pourra lui préparer quelque chose. Il doit y avoir des bacs convenables dans la grange en acier. Je vais m'en occuper.

Comme il sortait il se produisit une sorte d'explosion dans le placard à balais, suivie d'un bruit de verre brisé. Qwilleran entrouvrit la porte. Bootsie était assis sur l'étagère à côté des ampoules électriques. Il ronronnait gaiement.

Polly Duncan revint plus tôt que prévu pour chercher le petit chat.

— Lorsque la réunion a pris fin je ne suis pas restée, expliqua-t-elle. Mon petit trésor me manquait trop ! A-t-il été sage ?

— Aucun problème. Je conserve quelques cicatrices, la valeur de la collection de verres a baissé de quelques centaines de dollars et les siamois ne seront jamais plus les mêmes, mais non, pas de problème.

Polly ne lui prêta aucune attention.

— Où est-il ? J'ai tellement hâte de le voir !

En compagnie de Qwilleran, elle fouilla l'appartement, contrôlant tous les endroits chauds et confortables. Ils trouvèrent Koko et Yom Yom sur le fauteuil en velours bleu, mais pas la moindre trace du chaton. A l'expression horrifiée de Polly, Qwilleran comprit l'affreux soupçon qui naissait dans l'esprit de Polly : elle pensait que les siamois avaient mangé Bootsie !

— Il est là ! cria-t-il de la salle de bains, évitant de justesse une crise de nerfs.

Bootsie était dans la poêle à frire qui servait de plat aux siamois, profondément endormi au milieu de la litière. Polly se précipita :

— Bootsie, mon chéri, que fais-tu là ? Te sentais-tu seul ? A-t-il utilisé son plat, Qwill ?

— Il a paru préférer la poêle à frire.

— J'espère que l'émotion ne lui a pas coupé l'appétit.

— Non. En fait, il a vraiment très bien mangé, je peux vous l'assurer. Avez-vous rencontré Vince Boswell là-bas ? Il est supposé y faire des recherches à la bibliothèque.

— Je n'ai rencontré personne de Pickax. Ceux qui y étaient se sont rendus à l'hippodrome. Il y avait des courses cette semaine. Mais il est temps de préparer nos bagages pour rentrer à la maison.

Qwilleran sortit le panier de Bootsie, son plat, sa brosse et sa corbeille avec alacrité.

— Dis au revoir à Oncle Qwill, Bootsie, dit Polly en levant la patte du petit chat pour l'agiter en signe d'adieu.

» Regardez la jolie pa-patte ! On dirait une fleur brune. Croyez-vous que je devrais lui couper les griffes ?

— Ne faites rien de précipité, lui conseilla Qwilleran.

Après leur départ il poussa un soupir de soulagement et les siamois se promenèrent en s'étirant. Tous les trois savourèrent un dîner paisible composé de poulet à la cordon-bleu tiré du freezer et, à la tombée de la nuit, ils s'installèrent au salon pour écouter de la musique, les chats sur leur fauteuil en velours bleu et Qwilleran sur la méridienne brune en face d'eux, une tasse de café à la main. Les deux téléphones avaient été débranchés. Foin de crise ou d'urgence, Qwilleran était décidé à écouter la cassette de l'opéra de Polly sans interruption !

Tandis que les trois actes se déroulaient, il se rendit compte qu'il prenait vraiment plaisir à cette musique. En dépit des remarques, parfois sardoniques, qu'il avait quelquefois émises dans le passé, il était désireux de faire amende honorable. Les siamois écoutaient, eux aussi, et entendaient peut-être des notes et des nuances qui lui échappaient. Il suivait le livret en anglais et le suspens montait au quatrième acte. Au cours de la poignante *Chanson du Saule*, Desdémone cria : « Attention ! j'entends un cri ! Chut ! Qui frappe à la porte » et Emilia répondit : « C'est le vent. »

A ce moment précis, un grognement sourd s'éleva du fond de la poitrine de Koko. Il sauta par terre et courut vers le hall. Un instant plus tard, on frappait contre la porte à coups redoublés. Le heurtoir de cuivre s'agitait tandis qu'un poing nerveux tapait contre la porte. Qwilleran se précipita pour ouvrir.

— Aidez-moi à retrouver Baby ! cria Verona, les yeux brillants d'anxiété et cherchant à reprendre sa respiration. Elle est sortie, elle est peut-être dans la grange.

Il saisit sa veste et une puissante lanterne à batterie. Ensemble, ils coururent dans la cour. Une lampe fixée sur un lampadaire éclairait toute la cour, mais Verona avait couru tout le long du chemin plongé dans l'obscurité. Dans sa panique, elle avait oublié de se munir d'une torche électrique.

— Depuis quand est-elle partie? demanda Qwilleran.

— Je l'ignore, dit-elle, le souffle court.

— Où est Vince?

— Il n'est pas encore rentré.

Ils gravirent la rampe herbeuse en courant. Il ouvrit la porte :

— Entrez à l'intérieur, mais n'avancez pas. Il fait noir et il y a trop d'obstacles, dit Qwilleran. Appelez-la.

— Baby! Baby! articula Verona, d'une voix terrifiée.

— Plus fort!

Elle fit un pas en avant.

— Ne bougez pas, je suis sérieux. Appelez-la encore.

— Ba-by! Ba-by!

Qwilleran fit courir le faisceau de la lampe sur les côtés couverts de paille, entre les caisses à claire-voie et les presses. Il n'y eut aucun mouvement, à part un chat qui surgit et courut se cacher.

Dans un coin de la grange, une planche en bois étroite était appuyée contre un mur. Qwilleran avait remarqué cette planche, lors de sa précédente visite : elle était par terre et il s'était demandé si Boswell l'utilisait comme levier.

— Ne bougez pas, répéta-t-il, en avançant lui-même à l'intérieur. Continuez à l'appeler.

La planche avait servi à recouvrir une ouverture pratiquée dans le sol; une échelle conduisait au sous-sol. Qwilleran fit courir le faisceau de sa lampe dans l'ouverture et aperçut un seau vert. Il descendit le long de l'échelle et remonta immédiatement. Posant son bras autour des épaules de Verona, il dit :

— Retournez à la maison, il faut appeler une ambulance.

— Est-elle blessée? Où est-elle? Il faut que je la voie!

— Vous ne le pouvez pas. Attendez l'arrivée de l'ambulance.

Verona s'évanouit.

Qwilleran la transporta dans l'appartement et l'étendit sur le lit, où elle resta inconsciente, immobile, les yeux au plafond. Il la recouvrit avec une couverture en lui maintenant les pieds surélevés avant de composer le numéro des secours d'urgence, puis celui du docteur Halifax.

— Docteur, j'ai une mère et son enfant ici. Après une chute la fillette est inconsciente, la mère en état de choc. J'ai appelé une ambulance, que puis-je faire en attendant?

— Tenez-les au chaud. Faites-les transporter à l'hôpital de Pickax. J'y serai. Quel est le nom de la mère?

— Boswell, Verona Boswell.

— Ce nom ne me dit rien. Il n'est pas du comté de Moose.

Les ambulanciers posèrent Baby sur une civière et la remontèrent. L'adjoint du shérif les accompagnait.

— On dirait qu'elle est tombée de l'échelle sur le sol en ciment. Elle a dû se rompre le cou.

« Un si petit cou, pensa Qwilleran, pas plus gros que celui de Koko. »

Après le transport de Verona, qui n'avait toujours pas repris conscience, Qwilleran retourna dans la grange avec sa lanterne et éclaira la trappe. Le seau vert était toujours là.

Il revint au musée. Dès qu'il ouvrit la porte de l'appartement, un bolide frôla ses pieds et disparut au tournant de la maison, trop vite pour que son œil ait eu le temps de rien discerner. Il courut à la poursuite du fuyard en criant :

— Koko! Koko! Reviens tout de suite!

Le chat courait vers la grange à une vitesse quatre fois supérieure à celle de Qwilleran, franchissant la rampe en deux bonds. Comme s'il avait été un chat de grange dans une vie antérieure, Koko disparut à travers la chatière. Qwilleran poussa la lourde porte pour avoir davantage de lumière et appela le chat.

Un frémissement sur sa lèvre supérieure lui apprit que Koko était descendu le long de l'échelle. Qwilleran le suivit. Le sous-sol était constitué par une pièce à plafond bas, au sol cimenté, coupé de stalles pour les animaux, car cela avait visiblement servi d'étable dans le passé. Maintenant il y avait d'autres caisses à claire-voie, d'autres presses et de la paille. Il éclaira chaque stalle, écoutant avec attention, il entendit le grognement familier devenant progressivement plus fort et se terminant par un long miaulement lugubre. Il repéra le chat à l'extrémité de l'étable, près des portes par lesquelles les chevaux et les vaches avaient été conduits à l'intérieur. Koko était là, pressé contre quelque chose qui paraissait coincé entre deux caisses. En s'avançant, Qwilleran découvrit des chats nouveau-nés et leur mère, couchés sur un chiffon sale.

Qwilleran saisit Koko sous le ventre, le chat ne se débattit même pas. En s'avançant vers l'échelle, Qwilleran buta sur la barre de fer que Boswell utilisait pour ouvrir les caisses. Il éclaira encore le sol avec sa lanterne. Dans un coin, un tas de paille était aplati comme si quelqu'un avait dormi là. Il vit une canette de bière et un paquet de cigarettes vide. « Ce fou de Boswell! pensa Qwilleran. Se prélasser en fumant à côté d'un tas de paille sèche! »

Sous son bras Koko s'agita et il le relâcha. Le nez à terre, le chat suivit une odeur qui le conduisit vers un morceau de tissu qui avait été entassé pour en faire un oreiller. Il y avait des traces de sang sur la paille et sur l'oreiller. Celui-ci était constitué par un tissu vert foncé que Qwilleran avait déjà vu dans l'allée des Soupirs; il portait la marque : « Prison du comté de Lockmaster. »

Saisissant Koko et la lanterne, Qwilleran retourna à l'appartement et donna trois appels téléphoniques. Le premier au service de nuit du journal, le deuxième au bureau du shérif et le troisième au président de la Société d'Histoire.

CHAPITRE DIX-NEUF

Le bulletin matinal de la radio locale WPKX donna cette information : « Un suspect dans le meurtre de Brent Waffle est recherché par la police dans plusieurs comtés du Nord, après la découverte de preuves flagrantes et la disparition du suspect de la région. Selon le bureau du shérif, le nom de celui-ci ne sera pas divulgué tant qu'il ne sera pas appréhendé et officiellement mis en état d'arrestation. »

Suivait un bref rapport sur la collision de trois voitures dans la ville de Kennebeck et une controverse au sein du Conseil municipal de Pickax concernant un couvre-feu à l'occasion des fêtes de Halloween. Les nouvelles se terminaient par l'annonce suivante : « Une fillette de deux ans et demi a été sérieusement blessée dans la propriété de la ferme Goodwinter transformée en musée, hier soir. Une trappe dans le sol d'une grange avait été laissée ouverte et l'enfant est tombée sur le sol cimenté, en dessous. »

Peu après la diffusion de ces nouvelles, Qwilleran reçut un certain nombre d'appels téléphoniques de tous les curieux qui le connaissaient, à commencer par Mr. O'Dell, le gardien à cheveux blancs qui s'occupait de l'appartement de Qwilleran à Pickax. Il déclara :

— J'ai l'intention de laver les vitres si vous revenez bientôt en ville.

— Je n'ai pas de projets immédiats, répondit Qwilleran. J'ai promis de rester ici jusqu'à la nomination d'un nouveau conservateur.

— Regrettable, ce qui s'est passé là-bas, dit Mr. O'Dell. D'abord Mrs. Cobb, une femme charmante, Dieu bénisse son âme, et à peine est-elle dans sa tombe que cette innocente petite agnelle tombe dans une trappe. Il plane sûrement un nuage sombre au-dessus de cette ferme Goodwinter et je vais vous donner un conseil que vous devriez bien suivre : rien de bon ne pourra advenir d'un séjour prolongé là-bas. Le diable prépare son coup depuis quatre-vingts ou quatre-vingt-dix ans. Vous devriez rentrer.

— J'apprécie vos conseils, Mr. O'Dell, dit Qwilleran. Je vous promets d'y réfléchir sérieusement.

— Dois-je laver les carreaux ?

— Oui, allez-y, lavez-les !

Qwilleran n'était pas pressé de regagner Pickax, que le diable s'en mêlât ou non... mais il savait que Mr. O'Dell serait soulagé si les vitres étaient propres.

Arch Riker avait une autre idée :

— Pourquoi ne rentreriez-vous pas en ville et ne cesseriez-vous pas de jouer au détective ? dit-il. Les lecteurs se plaignent. Ils comptent sur la chronique « *De la plume de Qwill* » à jours fixes.

— Je me suis heurté à des urgences, des obstacles et des distractions au cours des deux dernières semaines, dit Qwilleran. J'étais sur le point d'écrire une chronique sur les fantômes quand le troupeau de chèvres a été empoisonné et cette nouvelle a fait la une de la presse. J'allais écrire une chronique sur les vieilles presses à imprimer, mais le soi-disant expert a quitté la ville et va finir en prison.

— Des excuses ! Toujours des excuses ! Trouvez un vétéran et pondez-nous un article pour lundi, suggéra Riker. Donnez-nous quelque chose de facile, jusqu'à ce que vous puissiez retrouver votre rythme habituel.

Suivant cette suggestion, Qwilleran se souvint fort opportunément du conseil de Mitch Ogilvie et appela le Service des vétérans à l'hospice de Pickax afin d'interviewer Adam Dingleberry. L'infirmière de service lui recommanda une visite en fin de matinée, le vieil homme ayant l'habitude de faire une petite sieste après son repas. Elle spécifia, en outre, un temps limité à trente minutes pour le nonagénaire, selon les instructions du médecin.

En arrivant à l'hospice, Qwilleran trouva l'entrée éclairée par la présence des « canaris » — des volontaires portant un badge jaune. Elles s'agitaient et accueillaient les visiteurs, poussaient les fauteuils roulants, apportaient des couvertures, relevaient des châles en souriant gentiment et en montrant de l'intérêt, que le patient fût un hôte payant, comme Adam Dingleberry, ou un indigent. On ne pouvait deviner que ce bâtiment moderne et gai provenait d'une vieille ferme croulante.

L'un des « canaris » fit entrer Qwilleran dans le salon de lecture, un endroit tranquille équipé de livres à gros caractères et de lampes réglables. Qwilleran était déjà venu là à diverses occasions pour procéder à des interviews et n'avait jamais vu personne lire. Les patients qui n'étaient pas confinés dans leur lit étaient dans le hall et regardaient la télévision.

— Il est un peu dur d'oreille, dit le « canari », en poussant le fauteuil du nonagénaire dans la pièce.

C'était un homme frêle qui avait été le plus grand garçon de l'école et une sainte terreur, selon Homer Tibbitt.

La jeune bénévole prit un siège à l'écart, près de la porte, et Qwilleran déclara d'une voix haute et claire :

— Nous ne nous sommes jamais rencontrés, Mr. Dingleberry, mais je vous ai vu à des réunions d'anciens et Homer Tibbitt m'a dit qu'il était allé à l'école avec vous.

— Homer, hein? Il était plus jeune que moi à l'école. Il l'est toujours. Il n'a que quatre-vingt-quatorze ans. J'en ai quatre-vingt-dix-huit. Quel âge avez-vous?

Sa voix était aussi haut perchée que celle de Homer et elle craquait tous les dix mots.

— Je suis gêné d'avouer que je n'ai que cinquante ans, répondit Qwilleran.

— Cinquante ans, hein? Vous pouvez marcher sur vos deux jambes. Quand on a mon âge, on vous trimbale partout en fauteuil roulant.

— Voilà qui me donne quelque espoir.

En dépit de son dos voûté et de son visage ridé, Adam Dingleberry avait les yeux aussi aigus que ceux d'un oiseau de proie et son regard semblait vous pénétrer jusqu'au fond de l'âme.

— Les autorités de la ville semblent vouloir mettre les fêtes de Halloween hors la loi, dit-il, en prenant l'initiative de la conversation. Autrefois, nous passions de la cire sur les vitres et frappions à toutes les portes. Une année, nous avons muré celle de l'école!

Qwilleran demanda :

— Puis-je mettre la machine en route et enregistrer notre conversation?

Ayant reçu l'accord du vieil homme, il plaça l'appareil sur la table entre eux et l'entretien suivant fut enregistré pour la postérité :

— *Le musée possède une table qui provient de l'école de Black Creek avec des initiales gravées dessus. Pourrait-ce être les vôtres?*

— Non. J'ai toujours gravé les initiales d'un autre. Je n'ai pas terminé ma scolarité. Je me suis fait renvoyer pour avoir collé de la bouse de vache sur la chaise du professeur. Mon père m'a donné une raclée, mais ça en valait la peine!

— *Est-il exact que la famille Dingleberry travaille dans les pompes funèbres depuis plus de cent ans?*

— Ouais. Mon grand-père est venu du Vieux Pays pour construire des abris pour les mines. Il fabriquait aussi des cercueils. Quand un pauvre diable mourait, Grand-Pa passait la nuit à capitonner un cercueil sur mesure. On ne les fabrique plus comme ça maintenant. Ils étaient plus larges en haut et étroits vers les pieds. Compréhensible, non? Il fallait être très habile pour forer et assembler les joints. Grand-Pa était très fier de son travail et mon père apprit la technique avec lui, seulement Pa s'est mis à confectionner aussi des meubles.

— *Quel genre de meuble, Mr. Dingleberry?*

— Eh bien, par exemple, il fabriquait une grande table avec un placard au-dessus. Il en a vendu des tas. On appelait ça des « tables Dingleberry ». Toutes étaient un peu différentes, avec ou sans porte, avec un ou deux tiroirs, un double fond, avec ou sans serrure, tout ce que les gens demandaient.

— *Votre père signait-il ses œuvres?*

— Non. Les gens savaient qui avait fait ces tables. Il était inutile de mettre son nom. Aujourd'hui, on met son nom partout. Mes petits-fils portent leurs noms sur leurs chemises. Bientôt, ils graveront le nom de Dingleberry à l'intérieur du cercueil!

— *Comment votre père est-il devenu ordonnateur des pompes funèbres?*

— Eh bien, sa table se vendait si bien qu'il avait engagé des ouvriers pour la fabriquer ainsi que des lits et des cercueils. Tout ce que les gens réclamaient, en somme. Alors, Pa a ouvert un magasin de meubles. Il offrait des funérailles gratuites aux gens qui achetaient des cercueils. Il avait un corbillard fantaisie traîné par des chevaux noirs. En ce temps-là, les funérailles étaient un spectacle. Lorsque moi et mes frères avons

grandi — les autres sont tous morts, maintenant —
nous avons eu une véritable entreprise de pompes
funèbres, tout à fait convenable et très digne. Nous
nous sommes débarrassés des chevaux à l'avènement
de l'automobile. Les gens ont bien regretté. Puis mes
fils ont repris l'affaire et mes petits-fils. Ils sont allés à
l'université. Moi je n'ai pas terminé mes études pri-
maires.

— *Vous souvenez-vous des funérailles d'Ephraïm
Goodwinter?*

(Longue pause.)

— Eh bien... j'étais jeune à l'époque, cependant
mes parents en parlaient...

— *Était-ce un suicide ou a-t-il été lynché?*

(Longue pause.)

— Tout ce que je sais, c'est qu'il était pendu.

— *Savez-vous qui a dépendu le corps?*

— Ouais. Mon Pa et le fils d'Ephraïm, Titus. Il y
avait un prêtre aussi. J'ai oublié son nom.

— *Le révérend Crawbanks?*

— C'est bien lui!

— *Comment savez-vous tout cela?*

(Longue pause.)

— Je n'étais pas supposé être là. Mon Pa m'avait
ordonné de rester à la maison, mais je me suis caché
dans la charrette. Le prêtre a dit quelques prières. Pa
et Titus ont retiré leurs chapeaux et je me suis signé. Je
savais que je recevrais une raclée en rentrant à la
maison.

— *Avez-vous vu le corps? Les mains étaient-elles
liées ou non?*

— Je ne pouvais le voir. C'était au lever du jour. Il
y avait peu de lumière.

— *Quelqu'un avait-il un appareil photographique?*

— Ouais, et Titus a pris une photo. Je ne sais pas
pourquoi.

— *Comment était habillé le corps ?*

— C'était il y a bien longtemps et j'étais trop effrayé pour y prêter attention. Ils ont jeté une couverture sur lui.

— *Un suicidé aurait dû monter sur une boîte ou une bûche et la repousser d'un coup de pied, pour se pendre. Avez-vous remarqué quelque chose de ce genre ?*

(Longue pause.)

— Il devait être à cheval et a dû lui donner un coup. Le cheval est rentré seul, la selle vide. C'est alors qu'ils sont allés à la recherche du vieil homme. C'est ce qu'a dit Titus.

— *Et l'avez-vous cru ?*

— J'étais un jeune garçon à l'époque. Je ne me suis pas posé de question.

— *Votre père en parlait-il ?*

(Longue pause.)

— Non. Pas alors. (Longue pause.) Pourquoi voulez-vous savoir tout cela ?

— *Nos lecteurs aiment les souvenirs des anciens. J'ai interviewé Euphonia Gage, Emma Huggins-Wimsey, Homer Tibbitt...*

— Homer, hein ? Je pourrais vous raconter quelque chose qu'il ne sait pas. Mais ne le répétez pas dans votre journal.

— *Je vais arrêter l'enregistrement.*

Qwilleran ferma les boutons de l'appareil et posa celui-ci par terre.

— Je voudrais un verre d'eau, dit le vieil homme de sa voix haut perchée.

Comme le « canari » sortait de la pièce, il dit à Qwilleran :

— Je ne voulais pas qu'elle entende.

Avec une petite lueur au fond des yeux, il ajouta :

— Comment la trouvez-vous ?

257

— C'est une jeune personne séduisante.

Lorsque le « canari » revint avec le verre d'eau, Qwilleran l'attira à part :

— Puis-je rester seul un moment avec Mr. Dingleberry? Il voudrait me confier quelque chose de personnel.

— Certainement, dit-elle, je vais attendre dehors.

Avec quelque nervosité, le vieil Adam demanda :

— Où est-elle allée?

— Juste derrière la porte. Que vouliez-vous me raconter, Mr. Dingleberry?

— Vous n'en direz rien dans votre journal?

— Je vous le promets.

— Vous n'en soufflerez mot à personne?

— Je m'y engage sur l'honneur, dit Qwilleran en levant la main droite.

— Mon Pa me l'a confié avant de mourir. Il m'a fait promettre de ne pas le répéter. Si les gens l'apprenaient, a-t-il dit, nous serions tous les deux dans de sales draps, mais il est parti maintenant et je ne vais pas tarder à le suivre. Il n'y a aucun avantage à emporter le secret dans ma tombe.

— Ne préféreriez-vous pas confier ce secret à vos fils?

— Non. Je ne leur fais pas confiance. Ce sont de jeunes paltoquets, beaucoup trop suffisants. Vous avez un visage honnête.

Qwilleran promena un doigt sur sa moustache en prenant l'air modeste. Les étrangers avaient toujours été prêts à se confier à lui. Avec une expression de grand intérêt et de sincérité, il demanda :

— Que vous a révélé votre père?

— Eh bien, c'est à propos des funérailles d'Ephraïm, dit le vieil Adam. La plus longue procession de toute l'histoire de Pickax! Six chevaux noirs au lieu de quatre. On en avait fait venir deux de Lockmaster. Ils furent suivis par trente-sept voitures, cinquante-deux buggies... et tout ça, c'était de la frime !

Il termina sa phrase par un rire caquetant qui s'acheva dans une quinte de toux. Qwilleran lui tendit le verre d'eau. Il attendit que le vieil homme se fût calmé pour demander :

— Quelle était la plaisanterie ?

L'œil brillant de malice, le vieil Adam prononça :

— Ephraïm n'était pas dans le cercueil !

« Ainsi l'histoire de Mitch serait vraie ! pensa Qwilleran. Il est enterré sous la maison. » A haute voix, il reprit :

— Vous dites que le corps d'Ephraïm n'était pas dans le cercueil, alors, où était-il ?

— Eh bien, voilà, pour dire la vérité...

Adam avala une gorgée d'eau qui passa de travers et il se remit à tousser encore plus violemment. Qwilleran appela pour avoir de l'aide ; deux « canaris » et une infirmière se précipitèrent. Le vieil Adam lorgna l'infirmière qui était jeune et bien faite. Qwilleran remercia les trois femmes et les poussa vers la porte. Puis il répéta sa question :

— Où était le corps d'Ephraïm ?

Avec un rire qui ressemblait à un coassement, Adam déclara :

— Ephraïm n'était pas mort !

Qwilleran dévisagea le vieil homme dans son fauteuil roulant. Il était possible qu'il soit devenu sénile, cependant le reste de sa conversation avait été cohérent et plausible — du moins pour le comté de Moose.

— Comment expliquez-vous ce subterfuge ? demanda-t-il.

— Eh bien, voilà : Ephraïm savait que tout le monde le détestait et que beaucoup étaient prêts à se venger. Il a préféré dételer. Il est parti pour la Suisse, où il s'est établi sous un autre nom en laissant croire à tout le monde qu'il était mort, dit Adam en continuant à caqueter.

Qwilleran lui tendit un autre verre d'eau.

— Buvez un peu, Mr. Dingleberry, et faites attention en avalant... Que devint le reste de la famille Goodwinter ?

— La femme d'Ephraïm est soi-disant partie pour l'Est. En réalité, elle a suivi son mari à Yerp. En ce temps-là, les gens pouvaient disparaître sans provoquer d'émotion. Le satané gouvernement ne mettait pas son nez partout. Mais à la façon dont les choses ont tourné, c'est Ephraïm qui a été joué. Lorsqu'il écrivit cette note de suicide, il ne pouvait deviner que ses ennemis prétendraient qu'il avait été lynché.

— Que sont devenus ses fils ?

— Titus et Samson vécurent tous deux dans la ferme et continuèrent l'affaire... qu'ils ont complètement ratatinée !

Sa voix glapissait jusqu'à atteindre un aigu qui se termina par un éclat de rire.

— Si votre père a participé à cette opération, j'espère qu'il a été convenablement rétribué.

— Deux mille dollars, dit aussitôt Adam. Et c'était de l'argent à cette époque, beaucoup d'argent. Plus cinq cents dollars chaque trimestre, tant que Pa fermerait sa grande gueule. Pa était un homme religieux et il n'aurait rien dit, mais il avait un découvert à la banque et redoutait de perdre son magasin.

— Combien de temps ces versements trimestriels ont-ils duré ?

— Jusqu'à ce que le vieil Ephraïm casse sa pipe, en 1935. Pa a toujours dit qu'il avait fait un bon investissement. Il était sur son lit de mort quand il m'a raconté l'histoire et il m'a recommandé de ne pas en parler. Il a dit que les gens seraient furieux et pourraient mettre le feu à son magasin pour lui apprendre à s'être payé leurs têtes.

Soudain le menton d'Adam s'affaissa sur sa poitrine. Sa demi-heure était écoulée.

— C'est une histoire intéressante avec de grandes ramifications, dit Qwilleran. Merci de m'avoir mis dans la confidence.

Le vieil homme retrouva un regain d'énergie.

— Pa avait quelque chose d'autre sur la conscience. Il a enterré l'homme de peine des Goodwinter et ils ont payé pour ses funérailles — grassement payé, en considérant que c'était un cercueil modeste.

Aussitôt Qwilleran fut alerté.

— Qui était cet homme de peine ?

— J'ai oublié son nom.

— N'était-ce pas Luther Bosworth ? Trente ans, et il a laissé une veuve et quatre enfants ?

— C'était bien lui !

— Qu'était-il arrivé à Luther ?

— L'un des chevaux de Goodwinter s'est emballé. L'homme a été piétiné à mort... à tel point qu'ils ont dû fermer le cercueil en vitesse.

— Quand cela a-t-il eu lieu ?

— Dès le départ d'Ephraïm. Titus a raconté qu'il avait tué le cheval.

On frappa à la porte et le « canari » l'entrouvrit :

— Le temps de la visite est presque terminé, monsieur.

— Ne la laissez pas entrer, dit Adam.

— Une minute encore, s'il vous plaît, dit Qwilleran.

La porte se referma et il dit à Adam :

— Savez-vous pourquoi les Goodwinter ont payé si cher pour les funérailles ?

Adam s'essuya la bouche :

— C'était un secret. Pa n'aurait pas fait payer plus

cher pour les funérailles, s'il n'avait été pressé par les banquiers. Pa était un homme religieux.

— Je n'en doute pas. Mais qu'est-ce que les Goodwinter essayaient de cacher?

Adam s'essuya encore la bouche avant de reprendre :

— Titus a prétendu que l'homme avait été piétiné à mort par le cheval, mais quand Pa a relevé le corps, il avait seulement un trou dans la tête provoqué par une balle.

On frappa encore à la porte. Le menton du vieil homme plongea de nouveau, mais son œil se ralluma à la vue de la jupe jaune qui s'approchait du fauteuil.

En retournant à North Middle Hummock, Qwilleran réfléchit. Mitch Ogilvie avait raison sur un point : le vieil Adam savait effectivement une ou deux choses. Cette double supercherie était assortie d'assez de détails précis pour être convaincante — dans le comté de Moose, tout au moins, où l'incroyable était plausible. Et cependant, était-ce vrai? Adam Dingleberry avait la réputation d'être un vieux farceur. Raconter une histoire farfelue sur Ephraïm pouvait représenter sa dernière plaisanterie au comté de Moose. La raconter aux médias serait lui assurer une plausibilité posthume. Quelle manchette cela ferait dans le journal local! « LA PENDAISON DE GOODWINTER EST UNE BLAGUE. LE PROPRIÉTAIRE DE LA MINE EST MORT À L'ÉTRANGER EN 1935! » Les agences de presse relèveraient la nouvelle et le nom de Qwilleran reparaîtrait dans tous les journaux du pays. Mais comment réagirait le comté de Moose? Les Nobles Fils du Nœud Coulant — quels qu'ils puissent être — pourraient mettre les établissements Dingleberry à sac, hall funéraire compris (avec ses portes en bois de Norvège qui n'étaient pas encore payées). Ils pourraient même s'en prendre à Junior Goodwinter, rédacteur en chef du

Quelque chose, un brave gosse, même s'il était l'arrière-petit-fils d'une authentique fripouille. Qwilleran avait sa part de responsabilité et la décision à prendre lui incombait. La double mystification pourrait bien devenir une triple mystification.

CHAPITRE VINGT

En arrivant à la ferme, Qwilleran se dirigea directement vers l'appareil stéréo, suivi par les siamois, la queue en panache.

— Tendez vos oreilles, leur dit-il, vous allez entendre une histoire fort étonnante.

Les chats qui s'attendaient à du Verdi furent déçus. La voix haut perchée craquait dans les haut-parleurs.

— Ouais. Mon Grand-Pa est venu du Vieux Pays pour construire des abris pour les mines...

Leurs oreilles s'agitèrent avec nervosité et ne se calmèrent qu'en entendant la voix profonde et bien modulée de Qwilleran.

— Quel genre de meuble, Mr. Dingleberry ?

Au son de la voix familière, Koko se dressa sur ses pattes arrière et caressa l'appareil, tandis que Yom Yom ronronnait avec enthousiasme.

— Merci, leur dit Qwilleran, j'admets que j'ai une bonne voix.

Le vieil homme poursuivait :

— Toutes étaient un peu différentes, avec ou sans porte, avec un ou deux tiroirs, un double fond, avec ou sans serrure, tout ce que les gens demandaient.

— Yao! dit Koko et Qwilleran ressentit un frémissement familier à la racine de ses moustaches.

Il ferma le son.

La vilaine table de Mrs. Cobb était une Dingle-berry. Quelle que fût sa valeur sur le marché local, pensa Qwilleran, elle était laide. Elle avait de hauts pieds, un placard avec des portes, un seul tiroir. Avait-elle un double fond? Il retira le tiroir et l'inspecta, le secoua, pressa le fond à plusieurs endroits, tâta le pourtour du bout des doigts, pressa les côtés avec le plat de la main, inspecta encore le fond. Il était plus épais que la normale et en le secouant, quelque chose bougeait à l'intérieur.

— J'ai besoin d'aide, confia Qwilleran à Koko.

Le chat renifla et pesa sur le fond avec ses pattes tandis que la main de Qwilleran courait sur la surface et pressait les points vitaux. De façon inattendue, le fond du tiroir se souleva à une extrémité et Qwilleran le poussa.

Il n'y avait pas de bijoux cachés dans le double fond. Sans aucun doute, Mrs. Goodwinter les avait emportés avec elle en Suisse. Cependant il y avait des documents qui lui donnèrent un frisson intérieur. Il avait l'impression de profaner une tombe et il alluma un feu dans la cheminée avant d'étaler les papiers devant lui sur le tapis. Il y avait des factures, des reçus, des compromis. Il reconnut l'écriture de l'un des documents.

Reçu de Titus Goodwinter la somme de 3 000 dollars (trois mille dollars) en compensation de la mort accidentelle de mon mari, signé ce jour, 31 octobre 1904.
Lucy Bosworth.

Titus l'avait-il dicté? Lucy l'avait-elle écrit sous la contrainte? Ce reçu lança Qwilleran dans une cascade de spéculations concernant les relations de la jeune femme avec son mari, et en même temps avec Titus, qui était un coureur de jupons bien connu. Il était clair que cet homme avait financé l'achat du magasin général de Pickax. Trois mille dollars étaient une somme considérable en ce temps-là où une famille de six personnes pouvait vivre avec cinq dollars par semaine. C'était le prix du sang, pour ainsi dire. Une somme pareille pouvait justifier l'achat d'une bible aussi impressionnante en ces jours anciens.

Il y avait d'autres documents d'un intérêt historique, si on avait le temps de les étudier, y compris des reçus de prêts à un taux élevé, signés de noms bien connus dans le comté de Moose, parmi lesquels figurait le terrible capitaine Fugtree. La banque d'Ephraïm avait pu agir en toute légalité, mais ces prêts personnels faisaient de lui un véritable usurier.

L'un des reçus portant la date du 28 octobre attira l'attention de Qwilleran. On reconnaissait la même écriture sèche que dans le billet de suicide laissé par Ephraïm, mais il était signé par le malheureux menuisier et entrepreneur des pompes funèbres, le « Pa » d'Adam Dingleberry. Contraint par ses dettes à mettre de côté ses scrupules religieux, il avait signé le reçu suivant :

Reçu d'Ephraïm Goodwinter la somme de deux mille dollars en considération de quoi le soussigné accepte d'enterrer un cercueil vide en grande cérémonie dans le caveau des Goodwinter au cimetière de Pickax, il s'engage à ne révéler à personne les arrangements ci-dessus, en considération de quoi le payeur accepte de verser une somme trimestrielle de cinq cents dollars jusqu'au jour où le payeur quittera cette vie. Signé et accepté ce jour, le 28 octobre 1904.

Joshua Dingleberry.

Un agrément similaire avec Titus couvrait l'enterrement de Luther Bosworth et portait également la signature de Joshua.

266

Attirés par la chaleur des bûches et l'odeur de moisi des documents, les siamois s'étaient rapprochés et Koko était particulièrement intéressé par une feuille de papier pliée qui avait été tenue par des mains sales. C'était un diagramme grossièrement dessiné portant des mesures et autres notes explicatives, tracées avec une encre passée que Qwilleran eut des difficultés à déchiffrer, même en mettant ses lunettes. Utilisant la loupe de Mrs. Cobb, posée sur la table du téléphone, il put identifier l'élément central comme un demi-cercle avec des dimensions calculées en pieds. Deux rectangles reliés par deux lignes parallèles étaient marqués par les lettres S.O. et N.O., mais sans dimensions spécifiques. Pliée avec le diagramme se trouvait une facture mal orthographiée de la carrière de pierre de Mayfus, Sandpit Road : « quatre chargements de pierres pour paver le garage »; la date était le 16 mai 1904, et il y avait deux initiales « pd ».

— Trois jours après l'explosion ! s'exclama Qwilleran. Que pensez-vous de cela, vous autres fins limiers ? Le garage à voitures n'a toujours pas été pavé : il est en terre battue. Et qu'est-ce que cela ?

Également pliée avec le diagramme se trouvait une petite feuille de papier de l'écriture reconnaissable d'Ephraïm Goodwinter :

Reçu d'Ephraïm la somme de mille dollars (1 000 dollars) en considération de quoi le soussigné accepte de paver en pierre et sans aide l'endroit précisé et en s'engageant à ne rien révéler de ce travail à quiconque. Ce travail devra être terminé le 15 août de l'année en cours. Signé et accepté ce jour, le 16 mai 1904.

Luther Bosworth.
(Signé d'une croix.)

— Luther ne savait même pas écrire son nom ! s'exclama Qwilleran. Comment trouvez-vous ça ?

N'entendant pas de réponse, il chercha les chats. Yom Yom était endormie sur le tapis, la queue enroulée confortablement sous son nez. Une bosse sous une autre carpette orientale indiquait que Koko se cachait là.

Consterné, Qwilleran se dirigea vers le téléphone et composa un numéro de Mooseville.

— Allô, Lori? C'est Qwill. Comment allez-vous tous?... Heureux de l'entendre. Comment va le bébé?... Êtes-vous sûre qu'il ne mange pas de la nourriture pour chat? A propos de chat, je suis navré de vous déranger encore, mais j'aimerais vous poser une question au sujet de la dernière aberration de Koko. Comme vous le savez, il est habitué aux pièces recouvertes de moquettes dans notre appartement de Pickax, mais ici, il y a des parquets cirés avec de petits tapis jetés dessus, or il a la manie de se cacher dessous. Il n'a jamais fait cela auparavant... Eh bien, ils sont de styles différents. Orientaux au salon et dans l'entrée, tissés dans la chambre, en paille tressée à la cuisine. Koko préfère les carpettes orientales qui sont plus minces et ont plus de valeur. Il a toujours été snob... Non. Il se fraye un tunnel au-dessous et forme une bosse au milieu... Attendez une minute... Excusez-moi, Lori, je vous rappellerai plus tard.

Qwilleran raccrocha en frottant sa moustache avec ferveur. Il saisit une torche et se précipita vers la grange. Il fit courir sa lampe vers le coin orienté au sud-ouest. Là il trouva une planche en bois semblable à celle qui fermait la trappe en haut. Celle-ci était appuyée contre le mur, mais entourée de caillasse. Quand il eut déblayé l'emplacement, il se trouva devant un trou taillé dans le mur épais. L'ouverture avait environ un mètre vingt de large et quatre-vingts centimètres de haut : un tunnel arqué, taillé dans la maçonnerie, s'ouvrait sur le sol en terre battue. La voûte était grossièrement taillée. Autant que le faisceau lumineux permettait de le deviner, le tunnel se poursuivait. Qwilleran se laissa tomber à quatre pattes et se mit à ramper. C'était le tunnel creusé par Ephraïm pour lui permettre de s'enfuir, pensa-t-il. Il avait commencé à être alarmé par la rumeur publique. La facture était datée de trois jours après l'explosion. Le jour même où Luther avait signé d'une croix et accepté de construire un passage secret pendant que la famille voyageait à l'étranger.

Ephraïm avait-il utilisé ce moyen pour se sauver dans la nuit du 20 octobre ? C'était possible. Qwilleran imaginait une foule hurlant des obscénités devant la ferme et jetant des pierres contre les fenêtres pendant qu'Ephraïm rampait dans le tunnel. Sans aucun doute, le fidèle Bosworth tenait un cheval prêt. Deux chevaux, un pour le fils d'Ephraïm, les fontes remplies de documents de valeur. Sous le couvert de l'obscurité, les deux hommes avaient pu chevaucher le long de l'allée des Soupirs, et partir en direction de Mooseville où Ephraïm aurait pris place sur un bateau en partance pour le Canada.

Pendant ce temps-là, son épouse avait cherché refuge au presbytère auprès du révérend Crawbanks et de son épouse. Un accord avait déjà été passé avec Enoch Dingleberry, et les fils d'Ephraïm continueraient le reste de la mise en scène, tuant Luther qui en savait trop et accusant le cheval de sa mort, puis simulant la pendaison et exhibant une lettre de suicide avant de procéder aux funérailles de leur père en grande pompe. Ils ne se doutaient pas qu'une rumeur commencerait à circuler sur le décès d'Ephraïm. Ce qui avait provoqué l'histoire du lynchage, naturellement, c'était le drap blanc, récemment abandonné là par un des plaisantins de la fête de Halloween et découvert par le révérend Crawbanks.

La reconstitution de ce mélodrame occupait Qwille-ran tandis qu'il se frayait péniblement un chemin dans le tunnel. Il s'accrochait les mains et souffrait de son mauvais genou. Il finit par s'arrêter pour réfléchir. Ce dont il avait besoin, décida-t-il, c'étaient des genouil-lères et une paire de gants épais.

Avec précaution, il rebroussa chemin et s'épousseta avant de remonter par l'échelle. Il entendit les jeunes qui ramassaient des feuilles dans la cour de la ferme sous la direction de Mitch. Ils travaillaient sur le côté nord de la maison et quand Qwilleran passa près d'eux en se dirigeant vers l'aile ouest, Mitch le héla :

— Salut, Qwill! Beau temps pour se promener!

Une fois dans l'appartement il réfléchit à sa straté-gie. Les gants ne posaient pas de problème, il en avait acheté une paire doublée de laine et il était prêt à les sacrifier afin de poursuivre son investigation dans le tunnel. Cependant, comment préserver ses genoux? Il parcourut l'appartement en quête d'un matériel adé-quat. Tout ce qu'il trouva fut une pile de serviettes de toilette roses portant le monogramme d'Iris. Elles feraient l'affaire. Il avait seulement besoin d'une grosse corde pour les maintenir en place.

Koko le suivait partout, sentant une aventure immi-nente, et cette présence insistante donna une idée à Qwilleran. Il serait peut-être avantageux d'emmener le chat dans le tunnel devant lui en le tenant prudem-ment avec sa laisse. Les mineurs avaient l'habitude de se faire accompagner dans les puits par des serins pour détecter les gaz toxiques. Si Koko sentait une odeur désagréable, il n'en mourrait pas, il provoquerait seulement une scène comme seuls les siamois savent le faire. Koko possédait un harnais en cuir bleu et une laisse constituée par une corde en nylon longue de deux mètres, dont une partie pourrait servir à mainte-nir en place les serviettes roses. Se félicitant de son ingéniosité, Qwilleran réduisit la laisse de moitié et conserva le reste pour ses genoux.

Dans la cour l'équipe travaillait rapidement sur le côté ouest, et il hésita à se rendre à la grange en tenant ses gants de cuir et une brassée de serviettes roses. Après avoir réfléchi quelques instants, il sortit pour demander un sac en plastique à Mitch.

— Vous venez nous donner un coup de main, Qwill ?

— Non, je veux seulement porter quelques vieux chiffons dans la grange.

Maintenant tout était prêt. Dans le sac en plastique, il entassa les serviettes roses, une seconde torche électrique et deux courtes longueurs de corde. Il cacha Koko à l'intérieur de sa chemise et enfila une veste large pour se camoufler.

— Ça ne va pas être long, expliqua-t-il au chat, et j'apprécierai ta coopération. Tais-toi et ne fais pas tes griffes.

Il attendit que les volontaires soient rassemblés autour de la camionnette de Mitch pour y déverser leur chargement, puis il jeta le sac sur son épaule et sortit pour se diriger vers la grange. Il sentit Koko remuer à l'intérieur de sa chemise et il entendit quelques « iks » étouffés, mais il gagna la grange sans soulever de soupçons. Évitant de s'exposer aux regards sur la pente herbeuse, il entra par la porte réservée au bétail. Jusque-là, tout allait bien.

D'abord il équipa Koko de son harnais et l'attacha à une presse à imprimer. Puis il se harnacha lui-même avec les serviettes de bain maintenues en place avec la corde, une idée qui était moins efficace qu'on aurait pu le croire. En fait, dès le premier essai, il trouva difficile de plier les genoux et il dut tout défaire pour recommencer en serrant moins la corde. Koko qui s'impatientait prononça quelques « Yao ! » bien sentis.

— Du calme, protesta Qwilleran, je vais aussi vite que je le peux.

Finalement, ils furent prêts, Koko avec son harnais bleu, Qwilleran avec ses genouillères roses. Ils pénétrèrent alors dans le tunnel, le chat ouvrant la voie et l'homme rampant derrière lui. Ce fut une lente progression. Le sol en terre battue du tunnel était parsemé de pierres et de morceaux de mortier. Les repoussant de la main, Qwilleran était obligé de tenir la laisse de Koko entre ses dents, faisant implicitement confiance au chat pour qu'il ne bondisse pas soudainement.

Ce fut une longue avancée, très lente. Après tout, le diagramme original montrait le tunnel qui s'ouvrait dans l'étable, passait sous l'écurie et à travers la cour jusqu'au soubassement de l'aile ouest. Qwilleran avait lu l'histoire d'un tunnel de cette sorte en Europe, reliant un couvent avec le monde extérieur : le couvent était fréquenté, on avait même retrouvé des ossements dans le tunnel. Il n'y en avait pas dans le tunnel Goodwinter, seulement des canettes de bière, des enveloppes de chewing-gum et quelques autres objets non identifiés que Koko jugea opportun de renifler. Qwilleran trouva l'air du tunnel confiné, charriant une odeur de moisi et de souris. Koko était beaucoup plus à son affaire.

La progression se poursuivit. Plus ils avançaient, plus ils rencontraient d'amoncellements de pierres et plus le chat était désireux de progresser plus vite et tirait sur sa laisse.

— Arrrr, grogna Qwilleran, la laisse entre les dents.

— Yao! répondit Koko avec impatience.

Ils approchaient du terminal sud-ouest, mais il n'y avait aucune lumière au bout du tunnel. Seulement un mur en pierre taillée, du mortier et des outils abandonnés, burin, marteau, et une perceuse. Il y avait aussi beaucoup de poussière. Ils rampèrent jusqu'à l'extrémité ; Qwilleran s'efforça de tousser sans desserrer les dents.

Koko fut le premier à trouver un petit objet ressemblant à une boîte noire, carrée, dans un coin du tunnel :

« *Une bombe*! pensa Qwilleran, de la *dynamite*! »

Enroulant la laisse autour de sa main gauche, il utilisa l'autre pour éclairer l'objet, comprit son utilité et, à tâtons, trouva un bouton à presser. Pendant un moment il y eut un silence mortel sous le tunnel, puis... jaillit un cri à faire se dresser les cheveux sur la tête... un grognement furieux, suivi d'un grondement hargneux... des râles d'agonisants... le son d'un glas funèbre... les gémissements d'un fantôme invisible... des cris...

Il était trop tard pour expliquer qu'il ne s'agissait pas d'une bombe mais d'une cassette, une cassette mortelle puisqu'elle avait provoqué la mort de la malheureuse Iris Cobb. Koko s'élança brusquement comme une fusée et à l'autre bout de la laisse Qwilleran s'étala sur le sol.

CHAPITRE VINGT ET UN

Lorsque Qwilleran émergea de la grange avec son sac rempli de serviettes roses et un chat qui miaulait de terreur, Mitch mit ses mains en porte-voix devant sa bouche pour crier :

— Votre téléphone sonne !

Qwilleran était resté deux heures à ramper sur ses mains et ses genoux, le dos courbé, et il était complètement engourdi. Néanmoins, il gagna son appartement assez rapidement pour répondre avant que son correspondant n'ait raccroché.

— Ah ! vous voilà enfin, dit Carol Lanspeak. J'ai laissé sonner quinze fois parce que je pensais que vous étiez dehors par une si belle journée. Était-ce le cas ?

— Oui, dit-il sur un ton un peu essoufflé.

— Je suis allée à l'hôpital voir Verona. Baby va s'en sortir et Verona est enceinte.

— Je l'ignorais. Comment va-t-elle ?

— Pas très bien. Elle veut retourner chez elle et veiller à la convalescence de Baby. Larry prend les dépenses à sa charge, assurera son voyage de retour et lui donnera de quoi vivre. Vince l'a laissée sans un sou, cette brute !

— L'a-t-on retrouvé ?

— Je ne le pense pas. La police a interrogé Verona et Larry a prié son avocat de la conseiller.

— Je suis navré pour Verona.

— Moi aussi. Nous n'avons jamais fait l'effort de la connaître. Elle était si tranquille et si timide ! Pourtant elle s'était portée volontaire pour adhérer à notre comité d'entretien et elle était digne de confiance. Au fait, si je vous appelle, Qwill, c'est qu'elle a quelque chose à vous confier. Elle prétend que c'est important. Croyez-vous que vous pourrez passer à l'hôpital, ce soir ? Je la conduis à l'aéroport demain.

— Je vais y aller. Merci de m'avoir prévenu.

— A propos, le Conseil a voté en faveur de Mitch qui aura le poste de conservateur-résident, ajouta Carol.

Polly Duncan fut la seconde à appeler.

— On l'a retrouvé, déclara-t-elle sans autre préambule. Il était quelque part dans l'Ohio. L'assistant de ma belle-mère a entendu la nouvelle à la radio et a téléphoné à la bibliothèque.

— Il est coupable de quelque chose de plus grave que d'avoir tué un évadé de prison.

— Que voulez-vous dire ?

— J'aimerais passer vous voir ce soir pour discuter certaines questions, dit Qwilleran.

— Venez dîner, je vous préparerai un curry...

— Hum... Merci, Polly, mais j'ai un rendez-vous à Pickax. Je viendrai après 20 heures.

— Ne prenez pas de dessert, dit-elle, j'aurai une tarte au potiron et du café.

En roulant vers Pickax, Qwilleran éprouva des remords de ne pas avoir permis à Baby de rendre visite à ses chats. C'était pur égoïsme de sa part. Et maintenant cela ne se produirait jamais. Ce fut peut-être le besoin de faire pénitence qui le conduisit à s'arrêter pour dîner au *TristeDale*. Après avoir avalé une soupe trop claire, des choux trop salés et un pâté desséché, il partit pour l'hôpital.

Il trouva Verona dans une chambre privée, assise dans un fauteuil, picorant dans une assiette.

— Je suis désolé d'interrompre votre repas.

— De toute façon, je n'ai pas faim, dit-elle, en poussant le plateau. L'ont-ils arrêté ?

Sa voix douce avait perdu tout accent et avait maintenant une tonalité monotone.

— On l'a retrouvé quelque part dans l'Ohio.

— J'en suis heureuse.

— Souriez : Baby va se remettre et votre œil va mieux. La trace s'efface.

— Je ne me suis pas cognée contre une porte. Il m'a frappée.

— Quand est-ce arrivé ?

— Au moment de son départ, lundi soir.

— Vous avez prétendu qu'il était parti lundi à midi.

— C'est ce qu'il voulait que je dise.

Elle se détourna et regarda par la fenêtre.

— Carol Lanspeak assure que vous avez quelque chose à me confier, Mrs. Boswell.

— Ce n'est pas mon nom. Je m'appelle Verona Whitmoor.

— Voilà qui sonne beaucoup mieux, ce nom a une résonance musicale, comme votre voix.

Elle parut troublée et baissa la tête.

— J'ai tellement honte ! Je faisais le ménage au musée et préparais tout pour dimanche. Je suis allée dans la cuisine d'Iris pendant que vous étiez sorti et j'ai pris son carnet de recettes.

— Je savais que c'était vous. Je l'ai compris quand vous m'avez envoyé ce pâté. C'était une recette d'Iris.

— Vince aimait tant ce pâté ! J'essayais de lui faire plaisir.

— Je suis surpris que vous ayez pu déchiffrer l'écriture d'Iris.

— C'était difficile, mais j'y suis parvenue. J'avais

276

l'intention de remettre ce carnet en place. C'est alors que tout est arrivé.

Elle paraissait pitoyable, vulnérable et sous-alimentée.

— Mrs. Whitmoor, ne devriez-vous pas essayer de manger un peu ? Cette tarte aux pommes paraît délicieuse.

— Je n'ai pas faim.

— Comment avez-vous rencontré Vince ?

— Je travaillais dans un restaurant à Pittsburgh et il y venait souvent. J'avais pitié de lui parce qu'il souffrait de sa mauvaise jambe. Vous savez qu'il a été blessé au Vietnam.

Qwilleran renifla avec colère dans sa moustache. Verona poursuivit :

— Nous sommes devenus amis et il m'a invitée à venir ici en vacances. Il a dit que nous pouvions emmener Baby. Il ne m'a pas parlé de l'argent... pas à ce moment-là.

— Quel argent ?

— Sa mère était d'ici et elle lui avait appris qu'il y avait de l'argent caché sous la grange. Son grand-père était au courant. Mais creuser s'avéra difficile et il redoutait que quelqu'un ne s'avise de ce qu'il faisait. C'est pour cela qu'il a tué cet homme qui s'était caché dans la grange.

Verona se prit le visage dans les mains et ses épaules furent secouées de sanglots. Une telle manifestation d'émotion sur la mort d'un repris de justice conduisit Qwilleran à demander :

— Connaissiez-vous l'homme qui a été tué ?

Elle secoua la tête et les larmes continuaient à ruisseler sur son visage. Il posa un paquet de mouchoirs en papier sur ses genoux et attendit patiemment. Que pouvait-il dire ? Son état nerveux était peut-être le résultat d'une combinaison de griefs, de remords de conscience et de soulagement, maintenant qu'elle et Baby étaient débarrassées de Vince. Ce fut une longue scène pénible. Quand il la persuada finalement de parler, ce fut d'une voix hésitante, en trébuchant sur les mots.

Il relata cette expérience à Polly en arrivant au cottage de cette dernière à 20 heures. Il fit irruption dans la maison en déclarant :

— Je savais que ce type était un imposteur. Il n'était pas expert en presses à imprimer et il a menti aussi sur sa mauvaise jambe. Il avait raconté à Larry qu'il avait été atteint de polio et à Verona qu'il avait été blessé au Vietnam. En réalité, c'était le résultat d'un chapardage de pommes dans un verger, au temps de son adolescence. Au fait, figurez-vous que lui, Larry et Susan sont cousins.

— Asseyez-vous et prenez une tranche de gâteau, dit Polly, ensuite commencez par le commencement.

— Je viens de voir Verona à l'hôpital.

— Était-elle au courant du meurtre de Waffle ?

— Pas avant que la police ne le lui apprenne, mais elle savait ce que Vince faisait dans la grange : il creusait pour retrouver les pièces d'or d'Ephraïm.

— Quelle naïveté ! Où a-t-il appris cette vieille histoire ?

— Son arrière-grand-père était l'homme de confiance d'Ephraïm et l'histoire s'est perpétuée dans la famille. Il l'a crue. Il a changé son nom afin que personne en ville ne pût le relier aux Bosworth. Cataloguer les presses n'était qu'une couverture. Ce fut une coïncidence heureuse qui lui a permis de prendre contact avec Larry pour venir s'installer ici avec « sa femme et son enfant ». Mais il redoutait constamment d'être découvert. Aussi quand Brent

278

Waffle s'est caché dans l'étable, je suppose que Boswell l'a considéré comme une menace d'autant plus que celui-ci était agressif. Ils en sont peut-être venus aux mains et Boswell l'a assommé avec une barre de fer.

— Que devient votre théorie sur les objets de contrebande ? dit Polly pour le taquiner.

— Oublions cela. C'était une fausse piste.

Dans son état de surexcitation, Qwilleran ne remarqua pas que la tarte au potiron était surgelée et incomplètement déglacée, ni que Bootsie s'était installé sur ses genoux. Il reprit :

— La nuit où Waffle a été assommé, les chats ont entendu du bruit. Moi aussi, du reste, suivi par une sorte de ronronnement. C'était le moteur de la camionnette de Boswell qu'il plaçait à l'extrémité de la grange afin de sortir le corps de l'étable. Après cela, il est parti en recommandant à Verona de mentir sur l'heure de son départ. Il usa même de la force afin de lui faire peur.

Polly lui offrit un autre morceau de tarte. Il refusa :

— Une tranche était plus que suffisante, mais je reprendrais bien une tasse de café.

Après en avoir avalé quelques gorgées, il reprit :

— Boswell utilisait une perceuse pour rechercher le trésor. Les vibrations ébranlaient les murs et desserraient les ampoules des appliques électriques. Je pense que cela a également produit un craquellement dans le mur du sous-sol. C'est là qu'Iris a entendu des bruits de coups pour la première fois. Il utilisait un marteau et un burin pour faire sauter le ciment. Êtes-vous prête à écouter le pire ?

— Y a-t-il autre chose ?

— Oui, et beaucoup plus grave. Il m'a fallu du temps pour le faire avouer à Verona. Elle ne faisait que pleurer et au début je pensais qu'elle était bouleversée à cause de Baby et de son propre état. En réalité, elle se faisait un sang d'encre à propos de la mort d'Iris. Il se trouve que j'avais un petit appareil enregistreur invisible sur moi. Aimeriez-vous entendre ma conversation avec Verona?

Polly eut l'air embarrassée.

— Cela ne me semble pas très convenable. C'était une conversation privée.

— Serait-ce plus convenable si je vous la relate textuellement?

— Eh bien... si vous le prenez ainsi...

Les paroles hésitantes de Verona étaient coupées par des reniflements et des gémissements, mais la voix de Qwilleran fut la première à retentir et il fit la grimace en s'entendant répéter les mots mêmes utilisés si souvent par Boswell :

— Seigneur! dit-il, ai-je vraiment dit cela?

— *Ne craignez pas de me parler de vos soucis, Mrs. Whitmoor. C'est à cela que servent les voisins.*

— Elle était si bonne avec Baby et moi. Personne d'autre...

(Longue pause.)

— *Saviez-vous qu'elle souffrait d'une maladie de cœur?*

— Elle ne parlait jamais d'elle, mais je savais que quelque chose la tracassait.

— *Vous a-t-elle entretenue de ces bruits mystérieux dans sa maison?*

— Oui. Et quand je l'ai répété à Vince, il est devenu nerveux. Il a dit qu'elle était trop fouineuse. Il se servait du marteau et du burin et elle l'entendait sans pouvoir déterminer l'origine de ces bruits. Elle s'est imaginé qu'il y avait un fantôme.

— *Qu'a fait Vince?*

— Il a essayé de trouver un moyen de lui faire

quitter la maison afin de pouvoir poursuivre ses recherches en paix, mais elle aimait le musée et adorait sa cuisine. Elle était toujours occupée à préparer des petits plats ou à faire des gâteaux.

(Longue pause.)

— *Poursuivez, Mrs. Whitmoor.*

— Un jour, il est revenu à la maison avec une de ces cassettes utilisées par les jeunes pour les fêtes de Halloween, avec des bruits terrifiants. Il a dit qu'il avait une idée, qu'elle était sotte et crédule et qu'il pourrait l'effrayer suffisamment pour lui faire abandonner son appartement, et même son travail, de sorte qu'il serait amené à la remplacer et à occuper le logement de fonction afin de pouvoir ainsi creuser autant qu'il lui plairait.

— *Est-ce que ce plan a marché?*

— Elle s'est beaucoup inquiétée, mais elle n'est pas partie. Vince en parlait tout le temps. Il en devenait fou et quand il se mettait dans un état pareil, il souffrait davantage de sa jambe.

— *Vous souvenez-vous de la nuit où Iris est morte?*

(Pleurs prolongés.)

— Comment pourrais-je jamais l'oublier? J'y penserai jusqu'à mon dernier jour!

— *Que s'est-il passé?*

(Gros sanglots.)

— Il m'a donné un drap avec deux trous au milieu... Il m'a obligée à m'en recouvrir et m'a entraînée sous la fenêtre d'Iris... Pendant ce temps-là, il produisait des bruits effrayants avec sa cassette... Je ne voulais pas, mais il a dit...

(Longue pause.)

— *Qu'a-t-il dit?*

— Il a dit des choses terribles. Il m'a menacée et j'ai eu peur pour Baby, alors j'ai fait ce qu'il voulait. (Long gémissement.) Je ne savais pas ce qu'il allait faire ! Je le jure ! Ah Seigneur ! pardonnez-moi ! (Dans un cri :) Je ne savais pas qu'il allait étouffer Iris avec un oreiller !

(Sanglots hystériques.)

Qwilleran coupa l'enregistrement et dit :

— Elle a continué à sangloter au point que j'ai cru qu'elle allait avoir des convulsions. En fait, l'infirmière est venue et lui a administré un calmant. Elle m'a conseillé de m'en aller. C'est ce que j'ai fait, mais j'ai attendu dans le couloir. Au bout d'un moment, je suis revenu. J'ai remercié Verona et je lui ai dit qu'elle était une brave fille, qu'elle devait retourner dans le Sud et refaire sa vie. Je lui ai tenu les deux mains et elle a presque souri. Puis je lui ai posé une dernière question. Pourquoi l'appartement d'Iris était-il plongé dans l'obscurité ? Ce problème me rendait perplexe depuis que j'avais trouvé le corps de cette pauvre Iris sur le sol de la cuisine.

— Verona vous a-t-elle donné une explication ?

— Elle m'a dit que c'était elle qui était allée éteindre les lumières et le micro-ondes, parce que Homer Tibbitt avait toujours tellement insisté sur la nécessité pour les volontaires d'éteindre tout à cause des risques d'incendie.

— Je me sens anéantie, dit Polly. C'est une histoire déconcertante et si bizarre.

— Voulez-vous entendre quelque chose de vraiment bizarre ? Lorsque j'ai conduit Koko au musée pour la première fois, il est allé directement vers un certain oreiller, dans la collection des textiles. Je ne le savais pas, à ce moment-là, mais cet oreiller avait été retiré de la collection, sans autorisation, et avait été ensuite remis à sa place. Ce n'est pas tout. Lorsque Koko a couru vers la grange, la nuit, il a trouvé une portée de chatons sur un drap blanc brûlé de deux trous en son milieu. De toute évidence, Boswell l'avait caché entre deux caisses après s'en être servi pour effrayer Iris. Il avait plu, le drap était maculé de boue... enfin, le plus incroyable de tout, Polly, est que, par deux fois, Koko a délogé d'une étagère un roman où un personnage meurt étouffé sous un oreiller.

Lorsque Qwilleran revint à la ferme, les siamois l'accueillirent, le poil hérissé, en miaulant des reproches. Il faisait froid dans l'appartement.

— Le thermostat est-il réglé trop bas, leur demanda-t-il, ou bien l'ombre d'Ephraïm s'est-elle promenée par ici?

Il alluma un feu de bois au salon, enfila sa vieille robe de chambre Mackintosh et se laissa tomber dans son fauteuil.

Il s'était retenu de confier à Polly l'histoire du vieil Adam Dingleberry et le secret serait encore gardé pendant quelques décennies. Le comté de Moose pouvait continuer à penser qu'Ephraïm était mort le 10 octobre 1904 — d'une façon ou d'une autre. Et les Nobles Fils du Nœud Coulant — tous les trente-deux —, avec des lampes sur leurs casques, pouvaient continuer à organiser leur marche fantomatique à travers les anciennes mines Goodwinter, tous les ans le 13 mai.

Dans leur fauteuil de velours bleu, les siamois procédaient à leur toilette rituelle. Avaient-ils choisi ce fauteuil parce que c'était le préféré de Mrs. Cobb, ou bien savaient-ils que cette couleur mettait leurs yeux en valeur? Qwilleran continua à les regarder. Superbes félins, vains et mystérieux. Il s'adressa à Koko :

— Quand tu étais assis devant la fenêtre de la

cuisine donnant sur la grange, savais-tu qu'il se passait là-bas quelque chose d'illicite ?

Occupé à passer une langue agile sur l'oreille de Yom Yom, Koko ne lui prêta aucune attention. « Pourquoi, se demanda Qwilleran, les chats se montrent-ils si curieusement attentifs ou si souverainement indifférents ? » Il poursuivit :

— Lorsque tu te glissais sous les carpettes, essayais-tu de me dire quelque chose ou bien en faisais-tu un jeu ?

Koko étendit ses services sur la gorge neigeuse de Yom Yom et elle leva le cou avec extase. Qwilleran se rappelait une époque où Koko attendait les mêmes attentions de la petite femelle. Les temps avaient bien changé.

— Et à quoi rimaient tous ces grommellements et ces bougonnements ? demanda-t-il. Parlais-tu tout seul ou faisais-tu la conversation avec une présence invisible ?

Les deux chats s'installèrent avec les pattes repliées, visiblement satisfaits et complètement indifférents.

Tandis que Qwilleran méditait en regardant le fauteuil bleu en face de lui, il sentit presque la présence d'Iris Cobb. A ce moment précis, deux nez bruns se relevèrent, deux paires de moustaches frémirent. Quelque chose allait se produire. Qwilleran s'attendait à une apparition rose apportant des cookies. Dix secondes plus tard, le téléphone sonna. Qwilleran prit l'appel dans la chambre.

— Allô ?... Bien sûr, je me souviens de vous. Comment tout va-t-il au Pays d'En-Bas ?... Je l'ignore. Quelle proposition ? .... Un appartement au dernier étage, dites-vous ? Cela paraît tentant, mais il faut que j'en discute avec mes associés. Où puis-je vous joindre ?

Il revint au salon et s'adressa au fauteuil bleu :

284

— Eh bien, les gars, que diriez-vous d'aller passer l'hiver dans la ceinture du crime au lieu de rester dans la ceinture de neige?

Le fauteuil était vacant. Ils avaient pressenti un nouveau déménagement. Machinalement, le regard de Qwilleran se porta en haut de la *schrank* allemande de Pennsylvanie. Ils n'étaient pas là. Mais il remarqua une bosse sous la carpette devant la cheminée et une autre bosse sous la carpette devant le divan. Les deux bosses étaient éloquemment silencieuses.

ACHEVÉ D'IMPRIMER SUR LES PRESSES
DE COX & WYMAN LTD. (ANGLETERRE)

Dépôt légal : février 1993
N° d'éditeur : 2235
Imprimé en Angleterre